Œdipe sur la route

DU MÊME AUTEUR

ROMANS

Chemin sous la neige, Actes Sud, 2013.
Temps du rêve, Actes Sud, 2012.
L'enfant rieur, Actes Sud, 2011.
Déluge, Actes Sud, 2010 ; Babel, 2011.
Le boulevard périphérique, Actes Sud, 2008 ; Babel, 2009.
L'enfant bleu, Actes Sud, 2004 ; Babel, 2006 ; J'ai lu, 2007.
Antigone, Actes Sud, 1997 ; Babel, 1999 ; J'ai lu, 2001.
Diotime et les lions, Actes Sud, 1991 ; Babel, 1997 ; Albin Michel, 2002.
Le régiment noir, Gallimard, 1972 ; Actes Sud, 2000 ; J'ai lu, 2000 ; Babel, 2005.
La déchirure, Gallimard, 1966 ; Actes Sud, 2003.

POÉSIE

Tentatives de louange, Actes Sud, 2011.
Poésie complète, Actes Sud, 2009.
Nous ne sommes pas séparés, Actes Sud, 2006.
Exercice du matin, Actes Sud, 2000.
Heureux les déliants, poèmes 1950-1995, Labor «Espace Nord», 1995.
Poésie 1950-1986, Actes Sud, 1986.
La sourde oreille ou le rêve de Freud, L'Aire, 1981.
La Chine intérieure, Seghers, 1975 ; Actes Sud, 2003.
Célébration, L'Aire, 1972.
La Dogana, Castella, 1967.
La pierre sans chagrin, L'Aire, 1966 ; Actes Sud, 2001.
L'escalier bleu, Gallimard, 1964, 2009.
Géologie, Gallimard, 1958, 2009.

(Suite en fin d'ouvrage)

HENRY BAUCHAU

Œdipe sur la route

ROMAN

© Actes Sud, 1990

Le Code de la propriété intellectuelle interdit les copies ou reproductions destinées à une utilisation collective. Toute représentation ou reproduction intégrale ou partielle faite par quelque procédé que ce soit, sans le consentement de l'auteur ou de ses ayants droit ou ayants cause, est illicite et constitue une contrefaçon sanctionnée par les articles L335-2 et suivants du Code de la propriété intellectuelle.

à Laure

GÉNÉALOGIE

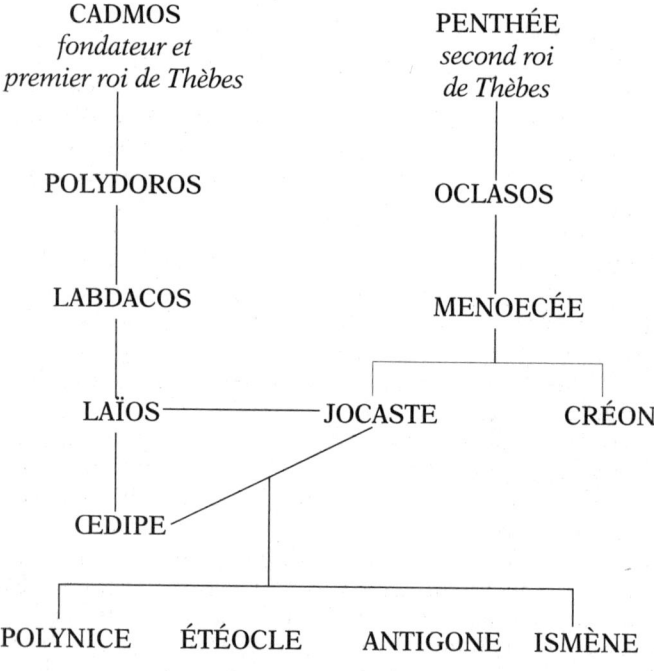

1

LES YEUX D'ŒDIPE

Les blessures des yeux d'Œdipe, qui ont saigné si longtemps, se cicatrisent. On ne voit plus couler sur ses joues ces larmes noires qui inspirent de l'effroi comme si elles provenaient de votre propre sang. L'incroyable désordre, qui a régné au palais après la mort de Jocaste, s'efface. Créon a rétabli les usages et le cérémonial mais chacun à Thèbes sent persister une dangereuse et secrète fêlure.

Œdipe met longtemps, près d'un an, à comprendre. Si ses fils s'agitent et se querellent, si parfois une rumeur de détresse s'élève sourdement de la ville, Créon, qui détient le pouvoir, est patient, encore patient. Il sait qu'un jour Œdipe n'en pourra plus d'attendre. D'attendre quoi ?

Œdipe, cette nuit-là, ne voit plus en rêve, au-dessus de Corinthe, la grande mouette blanche dont l'image lui a permis jusqu'ici de supporter l'interminable écoulement des heures. Un aigle plane dans son ciel dont il masque ou dévoile les astres. D'un mouvement superbe, il plonge vers le sol. Quand il en est proche, il bat des ailes à grand bruit pour terroriser sa proie. Œdipe est cette proie. Il bondit, il échappe aux serres de l'aigle. Toutes ses forces en alerte, il s'éveille, prêt au combat.

À l'aube, Antigone entre dans la salle, malgré la défense de ses frères et l'opposition du garde. Elle dit : « Père, tu m'appelles, tu n'en as pas le droit. » Depuis le drame il ne parle plus, elle est surprise, interdite, de l'entendre répondre : « J'en ai le droit, mais je n'appelle personne. » Elle interroge du regard le garde. Il fait signe qu'Œdipe n'a pas appelé. Elle sort.

Elle revient quelques heures plus tard : « Père, tu m'appelles. Tu m'appelles sans cesse dans ton cœur. » Elle ne pleure pas, il pense qu'elle sait se tenir. « Je partirai demain à l'aube. Tu me conduiras, avec Ismène, à la porte du Nord. – Pour aller où ? » Il hurle d'une voix terrible : « Nulle part ! N'importe où, hors de Thèbes ! » Il s'apaise, il lui fait signe de partir, mieux vaut d'ailleurs ne rien ajouter car déjà le garde a disparu. Il est allé prévenir Créon ou les deux frères qui, à cette heure, se surveillent sauvagement dans la grande salle.

Le lendemain, on peut voir que les soldats ont bien fait leur travail et que les habitants ont été prévenus. La ville est déserte, toutes les portes et les volets sont clos.

Ismène lui a donné une gourde qu'elle a attachée à sa ceinture, Antigone, un bâton. Il le soupèse de la main, reconnaît avec plaisir un contact familier. C'est le bois de sa lance préférée. Il pense : « C'est le cadeau d'adieu de mes fils. » Il oublie qu'Antigone manie, comme les garçons, la pique et la lance et qu'elle connaît toutes ses armes. Les rues sont silencieuses, on n'entend que le bruit de leurs pas et le son du bâton d'Œdipe qui hésite sur les dalles. Ils arrivent à la porte. Polynice sort de l'ombre. Il ouvre seul et manie sans aide l'énorme battant renforcé d'airain. En haut sur le rempart, Étéocle en armes surveille la ville et la route du Nord qui s'en va entre les jardins et les champs avant de se transformer très vite en un chemin semé d'ornières et de trous.

Ismène, qui sait toujours ce qu'il faut faire, ne cesse pas de pleurer à petit bruit depuis qu'ils ont quitté le palais. Antigone a les yeux secs, elle est déchirée, écartelée par une petite chose absurde et terrifiante. D'une main elle guide son père, de l'autre elle tient le sac qu'elle a préparé la veille en même temps que la gourde d'Ismène. Son sac de mendiant pour aller nulle part. Elle ne peut supporter l'idée ni l'image du roi Œdipe en train de mendier. Elle n'a pu lui donner le sac au palais et maintenant qu'il va les quitter pour longtemps, pour toujours peut-être, et franchir le seuil redoutable de la cité, elle ne peut se résoudre à le faire. Le temps presse pourtant car, à sa façon, il abrège les adieux. Il les embrasse, il leur dit brièvement quelque chose qu'elle ne parvient pas à comprendre et déjà se retourne. Il a passé la porte, elle entend son pas et son bâton qui résonnent autrement sur les pavés de la route que sur les dalles de la ville. Elle voit son large dos, sa taille haute qui s'éloignent. Elle se tord les mains, elle se cramponne misérablement à ce sac dérisoire qui devait permettre à son père d'être un mendiant comme les autres. Elle ne pleure toujours pas, elle sanglote sans larmes et même – elle, la fière Antigone – elle hurle de toutes ses forces. Ismène est épouvantée, elle balbutie : « Viens ! Rentrons », alors que leur père, aveugle et seul, s'en va nulle part. Antigone repousse Polynice qui tente de la retenir. Elle crie : « Attends-moi ! » et s'élance en courant sur la route. Elle parvient à rattraper Œdipe, mais elle est hors d'haleine, épuisée par la course et par l'émotion. Elle ne peut lui dire un mot ni lui donner le sac. Il s'arrête, il dit : « Retourne, Antigone, personne ne doit venir avec moi ! » Il est déjà reparti. Elle est glacée par le ton dont il a dit cela, ce n'est pas l'ordre d'un père, c'est la sentence de la ville et des terribles dieux qui la protègent. Elle revient en courant vers Thèbes, Polynice est devant la porte, il ne l'a pas refermée, il l'a attendue, quel bonheur ! Il lui ouvre les bras, elle s'y jette en pleurant. Il est grand, il est fort, il est beau comme Œdipe mais ne la rejette pas comme lui. Elle l'aime et Polynice, à sa manière de garçon, de prince, d'ambitieux, l'aime aussi en somme. Il lui caresse les cheveux et les épaules, il la flatte et l'apaise comme il fait avec ses chevaux. Il dit qu'il faut respecter la volonté d'Œdipe, le laisser faire. Il ne se demande pas si c'est réellement sa volonté. Il lui prend le bras, tente de l'entraîner vers la ville. Elle résiste, c'est de ce côté de la porte qu'elle veut demeurer et pleurer, pleurer encore.

Il patiente mais le temps fixé pour le départ d'Œdipe est écoulé, il lui demande de rejoindre Ismène et de le laisser refermer la porte. Elle demande pourquoi. Il répond que toutes les portes de Thèbes doivent être fermées aujourd'hui et durant trois jours pour les cérémonies de purification de la ville. C'est l'ordre. Elle comprend soudain. C'est l'ordre, donné hier soir déjà, qui interdit à Œdipe les portes de la ville et tout retour en arrière. C'est leur ordre, celui qu'elle n'accepte pas, qu'elle n'acceptera jamais. Polynice s'impatiente, il la presse de passer le seuil de la porte, il veut la forcer.

Il a tort car, d'un mouvement brusque, elle surprend son frère, se dégage et, le défiant du regard, lui fait face. Elle recule à pas lents, prête à lui résister. Polynice est désolé, il a commis une erreur, ce n'est pas la voie à suivre avec cette fille sauvage, mais la colère le prend car le temps manque et l'ordre est impératif. Étéocle, là-haut, surveille la fermeture des portes, prêt à signaler tout manquement au plan fixé. Qu'elle fasse donc l'expérience de la vie errante et de la mendicité, elle reviendra ici plus vite qu'elle ne s'y attend. Un sursaut d'affection pour elle le pousse cependant à détacher un bel objet de sa ceinture : « Prends ça, tu en auras besoin ! » Elle craint un piège, saisit l'objet à la volée en faisant en arrière un bond de cabri. Elle le regarde, c'est le plus beau poignard de Polynice, celui qu'elle désirait tant. Elle le remercie de la petite révérence moqueuse qui fait partie de leurs jeux rituels, mais il ne répond pas comme d'habitude par une de ses épouvantables grimaces. Il est occupé à fermer la porte dont le lourd battant retombe bruyamment derrière lui. Le cœur serré, Antigone regarde les ornements d'airain qui la renforcent et qu'elle revoit toujours avec fierté chaque fois qu'elle revient dans la ville. Elle entend son frère entraîner Ismène qui, cette fois, pleure à grand bruit. Elle se retourne, elle n'emporte que le poignard de Polynice et le sac de mendiant d'Œdipe. Elle pense : « C'est moi qui mendierai pour lui. » Étéocle, du haut du rempart, la voit s'éloigner, il la hèle plusieurs fois, elle ne tourne pas la tête, elle se presse, leur père est déjà hors de vue.

Antigone ne court plus, elle sait qu'il lui suffit de marcher pour rattraper Œdipe. Elle le suit mais son cœur tire, son cœur l'attire non pas vers lui mais vers Thèbes. Devant elle la haute silhouette de son père avance avec peine, avec cette obstination insensée qu'il a toujours eue. Elle sent monter, bouillonner sa colère contre lui. Pourquoi l'a-t-il appelée dans son cœur si c'était pour la repousser ensuite ? Pourquoi est-il resté si longtemps à Thèbes dans cette position humiliante et déchue si c'était pour en partir brusquement ? Les conséquences sont là, les deux frères aspirant à la royauté et dressés plus que jamais l'un contre l'autre. Lui-même, chassé du palais et de la ville comme une bête. Et moi, ne pouvant supporter ce désastre, qui le suis sans manteau, sans souliers pour la marche, laissant Ismène toute seule au milieu des luttes et des intrigues du palais.

Elle s'effraie, elle s'irrite, car elle s'aperçoit qu'elle ne sait rien de la vie que ces choses inutiles qui conviennent à la fille d'un roi. Tout ce qui n'avait de prix qu'à Thèbes, tout ce qui faisait sa valeur est aujourd'hui perdu, englouti dans ce qu'Étéocle appelle la folle, la risible aventure de leur père.

Tandis qu'elle se rapproche du grand corps courbé qui avance en trébuchant sur les pierres et dans les ornières du chemin, elle sent monter sa colère contre ceux qui l'ont chassé et celui qui les manœuvre tous : Créon. Créon qui aime tellement Ismène à cause de sa ressemblance avec Jocaste, tandis qu'elle, Antigone, c'est de son père qu'elle tient sa taille trop haute pour une fille et ce visage aujourd'hui brouillé et sans grâce dont sa mère pourtant disait : « Tu ressembles à ton père, prends patience, tu seras belle, peut-être très belle. »

Elle est près d'Œdipe qui avance d'un pas hésitant, difficile, tâtant le sol devant lui sans jamais s'arrêter. Elle a faim, elle a soif, elle est brûlée par le soleil comme lui mais, marchant plus vite, elle peut de temps à autre se reposer à l'ombre.

Œdipe parvient près d'un puits, une paysanne tenant un enfant à la main y arrive aussi. Des ordres ont dû être envoyés de Thèbes car c'est la première personne qu'il rencontre. Cette femme qui habite un endroit écarté n'a pas été prévenue. Elle voit qu'il est aveugle et lui donne de l'eau. Elle remplit sa gourde et il lui demande de lui verser de l'eau sur la tête. Elle rit : « Comme font les soldats ? » Il soupire. « Comme je faisais jadis. » Elle le regarde avec pitié, avec respect. Il la remercie. Malgré le bandeau sur ses yeux, il a toujours son admirable sourire. Il repart.

Antigone s'avance jusqu'au puits, elle dit son nom, la femme répond en lui disant le sien, elle s'appelle Ilyssa. Elle remplit le bol resté sur la margelle et elles boivent toutes les deux. Est-ce qu'Antigone accompagne l'aveugle ? Elle répond que oui. « Il ne faut pas le laisser aller seul comme ça, il va tomber et se faire mal. – Il ne veut pas. – Il ne veut pas, il ne veut pas, une entorse est vite attrapée. Il faut le forcer, ma fille ! » Antigone est stupéfaite : « Le forcer ? – Mais oui le forcer et peut-être qu'il sera content de se laisser faire. Il y a longtemps qu'il va ainsi tout seul ? – On l'a chassé de Thèbes ce matin. – Alors c'est lui, l'ancien tyran qui a tué son père ! Je n'aurais pas dû lui parler. Il faut que je me purifie, mon garçon aussi. Comment est-ce qu'il faut faire ? » Antigone connaît les rites de Thèbes et les leur fait accomplir avec beaucoup d'autorité. Ilyssa est rassurée et se prépare à partir. Antigone ose enfin lui demander quelque chose à manger. Ilyssa retourne chez elle et revient avec un morceau de pain. Elle lui sourit, mais ne s'approche pas pour le lui donner. Elle le lance sur le sol. Antigone se baisse et le ramasse.

Œdipe a le vertige. Il s'en est aperçu dès qu'il a quitté les rues ombreuses de la ville pour s'engager sans protection dans le vent et les aspérités de la route. Est-ce que c'est l'éclat du soleil sur les cicatrices de ses yeux, ou l'effet du grand air après ces mois d'inaction, assis par terre au pied de la colonne de la petite salle du palais ? Il a le sentiment de traverser un brouillard rouge strié de sombres éclairs ou d'entrer dans des zones où le blanc qui survient devient très vite douloureux. À chaque pas, il est un peu déporté vers la gauche ou la droite avec le désir, l'appréhension de poursuivre, d'accentuer ce mouvement jusqu'à la chute. Il se hâte, non par souci d'arriver quelque part, car il ne sait pas, ne veut plus savoir où il pourrait aller. Il se hâte parce qu'il est Œdipe qui s'est toujours pressé, qui a toujours été pressé par les autres, par les événements et par l'oracle. Sauf lorsque l'événement – ou peut-être l'oracle – était Jocaste, et qu'ils sortaient ensemble de ce qu'on appelle le temps.

Quand Ilyssa lui a versé de l'eau sur la tête, il a pensé que c'est ainsi qu'un destin glacé était tombé sur lui et ce qu'il appelait alors son bonheur. Depuis, il n'y a plus que des faits confus, des événements mal enchaînés qui surgissent on ne sait d'où. Comme a fait le rêve de l'aigle qui l'a jeté hors de ce coin humilié du palais où il pouvait au moins se refuser à l'avenir. Il ne peut plus se permettre cela maintenant et il faut qu'il trouve quelque lieu bien pauvre, bien vide où s'écrouler et disparaître tout d'un coup. Ce projet, le seul qui convienne au vertige, est remis en question par Antigone qui le suit, qui le poursuit comme une dernière et inadmissible présence de Thèbes.

Il avance de plus en plus lentement. Tout son corps, qui n'a plus l'habitude de la marche, lui fait mal. Lorsqu'il ne sent plus le soleil sur son front, il sort du chemin et se couche de tout son long. Un réflexe de sa vie de soldat lui fait retirer ses sandales et mettre son bâton et sa gourde à côté de lui.

Un pas léger s'approche, une main lui glisse sous la tête un peu d'herbe et de feuilles et lui met dans la main un morceau de pain. Antigone dit : « Je n'ai que ça, j'ai déjà mangé l'autre moitié. » Il ne refuse pas, mange le pain qui est dur, mais a bon goût. Il lui tend la gourde.

Elle boit avec mesure, elle pense au lendemain. Il boit à son tour en prenant soin de garder la moitié de l'eau. Lui aussi pense à l'avenir, quelle misère ! Il dit : « Demain, retourne à Thèbes, Antigone, je le veux. » Elle ne répond pas, elle s'éloigne, il se dit qu'il ne peut plus rien pour la protéger. Il s'endort brusquement, comme il fait toujours.

Il y a un peu de lune, mais Antigone a peur de l'obscurité. Elle n'ose pas se coucher comme Œdipe au bord de la route. Il y a une vigne un peu plus loin, elle pense qu'elle sera cachée entre deux rangées. Elle se couche dans un sillon, elle se demande ce qu'elle fera le lendemain matin. Elle s'aperçoit qu'elle l'ignore. Il veut que je retourne à Thèbes et moi, de toute mon âme, je le veux aussi. Mais quelle est celle qui désire cela ? Il y en a une autre qui, en même temps, me dit : Va avec lui, n'importe où. Ce n'importe où qui me fait horreur et qui pourtant m'attire. Elle est épuisée, elle ne peut plus penser. Elle regarde le mince croissant de lune, au-dessus d'elle, qui est sans doute une déesse. Elle pense confusément à toutes les déesses, à tous les dieux auxquels elle a fait des libations, offert des sacrifices, pour lesquels elle a chanté, dansé et qui maintenant sombrent avec elle dans le sommeil, si loin de sa demeure, si loin de Thèbes – le lieu de leur existence.

Elle s'éveille très tôt, engourdie par le froid du matin, brisée par sa nuit sur le sol nu. Le soleil à l'horizon commence à peine à sortir de la brume. Son père n'est pas reparti, il s'éveille en s'étirant dans l'herbe. Entre les ceps de vigne, on a planté des arbres. Les raisins commencent seulement à mûrir, mais les fruits des arbres sont mangeables. Elle en cueille quelques-uns. Elle les porte à Œdipe, il ne refuse pas, il les partage avec elle mâchant avec application, ainsi qu'elle l'a toujours vu faire, comme quelqu'un qui sait que la nourriture est rare et doit être ménagée.

Elle part en chercher encore, elle est en train de les cueillir quand elle entend crier derrière elle. Elle se retourne, c'est le vigneron qui la prend pour une voleuse et qui a l'air en colère. Elle ne sait que faire ni comment justifier ce qui a l'air d'être un larcin. À ce moment la haute stature d'Œdipe apparaît derrière elle. L'homme en s'approchant voit qu'il est aveugle. Il dit : « Je ne savais pas, prenez ce que vous voulez ! »

Antigone, stupéfaite, voit alors Œdipe s'agenouiller, tendre les bras vers l'homme et dire comme un véritable mendiant : « Donne un peu de pain à l'aveugle, homme, comme tu le donnerais à Zeus et aux grands dieux protecteurs de Thèbes. » L'homme demande avec crainte : « Tu es Œdipe, l'ancien roi ? – Je suis un aveugle, un suppliant. Ne m'approche pas, mais donne-nous un peu de pain pour ce jour. »

L'homme est épouvanté et s'en va. Antigone pense qu'il s'enfuit et ne reviendra plus. Elle est terrifiée par ce qu'elle vient de voir, jamais elle n'a imaginé que son père pourrait s'agenouiller en demandant du pain. Il se relève, elle supplie : « Pourquoi t'humilies-tu ainsi ? » La réponse n'est pas celle qu'elle craint. Il ne dit pas : Pour toi, mais : « Je demande du pain et je dis ce qui est. »

Le vigneron revient. Arrivé à une certaine distance, il dépose sur le sol un morceau de pain, une petite cruche et détale. Antigone va ramasser le pain, prend la cruche qui contient un peu de vin qu'elle verse dans la gourde. Ils mangent la moitié du pain en silence, elle met l'autre moitié, avec les fruits, dans le sac.

Il se lève : « Tu as vu ce qui est arrivé, d'autres incidents bien pires peuvent se produire sur la route et je ne suis plus capable de te protéger. Retourne à Thèbes, Antigone, je ne te l'ordonne pas puisque tu ne veux plus m'obéir, mais je t'en prie. »

Elle ne peut résister à cette prière, elle pense qu'il pourrait s'agenouiller devant elle pour qu'elle consente. Elle dit oui.

Ils reviennent à la route, il l'embrasse et ils s'en vont chacun de leur côté, lui vers le levant et elle vers le couchant. Vers Thèbes, la ville aux sept portes interdites à Œdipe.

Elle a marché longtemps sans s'apercevoir du vent, du soleil qui la brûle ni de la longueur du chemin. Son cœur pèse et tire toujours vers Thèbes comme si c'était là qu'elle allait connaître la paix et la réponse à ses interrogations. La fatigue l'accable, son corps ne suit plus et elle ne cesse de ralentir. D'un dernier effort, elle parvient jusqu'au puits où elle a rencontré Ilyssa la veille.

Elle descend le seau dans le puits, mais elle est si épuisée qu'elle ne parvient pas à le faire remonter. Elle est obligée de s'étendre, elle craint de s'évanouir et, de toutes les forces qui lui restent, elle appelle Ilyssa. Sa voix devait être bien angoissée car la voilà qui arrive en courant.

Ilyssa lui donne à boire, lui lave le visage et les mains. Elle dit : « Tu as faim, mange un peu. » Elle ouvre son sac, lui donne le pain du vigneron. En le voyant, Antigone pense : « Œdipe n'a rien, il est sur la route sans rien. » Elle prend le sac et veut s'en aller en courant à sa poursuite. Ilyssa l'en empêche : « Il faut manger d'abord, te reposer, laisser passer la grande chaleur. » Antigone sanglote comme une petite fille dans les bras d'Ilyssa qui la console et la fait manger sous un arbre. Elle lui apporte du pain et des galettes. Quand le soleil est moins haut et qu'il y a un peu d'ombre sur le chemin, elle l'accompagne un moment : « Ne te presse pas, le travail est long, comme disait ma mère. L'aveugle ne peut pas aller vite, tu le rattraperas. » Elle ajoute : « Prends garde, on dit que Clios le bandit est dans le pays. Il est si beau que les femmes n'ont pas peur de lui. Après il les tue. »

Elle s'arrête car elle ne peut laisser ses enfants seuls. Elles s'embrassent et Antigone, tournant le dos à Thèbes, s'en va à la poursuite d'Œdipe. Elle marche lentement, en s'arrêtant, comme le lui a conseillé Ilyssa, pour se reposer et grignoter un peu de pain. La part la plus lourde, la plus cachée d'elle-même a irrésistiblement basculé et l'entraîne vers ce gouffre sombre sur lequel Œdipe est penché et où elle devra le suivre.

À la tombée du jour, elle aperçoit son père de loin. Il marche avec peine, il s'arrête souvent, il tombe parfois et sa silhouette est changée. Elle voudrait courir pour le rejoindre, mais elle n'oublie pas les conseils d'Ilyssa et ménage ses forces. Quand elle est près de lui, elle voit qu'il porte un chapeau de paille qui le protège. Quelqu'un a dû le lui donner car elle ne le lui a jamais vu. Il n'est plus capable d'avancer, il sort du chemin et se laisse tomber au pied d'un arbre. Il a bu toute l'eau de sa gourde et il a marché tout le jour sans manger. Il ne résiste pas quand elle approche de ses lèvres l'outre d'eau que lui a donnée Ilyssa. Il boit en prononçant des mots sans suite dans le dialecte de Corinthe qu'elle ne comprend guère. Il a sans doute un début d'insolation, heureusement qu'il a ce chapeau. Qui le lui a donné ? « Un homme, dit-il, qui est venu sans bruit comme un chasseur et est reparti sans rien dire. »

Œdipe ne semble pas surpris de la sentir près de lui ni de la nourriture qu'elle lui apporte. Elle pense qu'il ne sait plus qui elle est. Elle reste près de lui jusqu'à ce qu'il s'endorme, avant de se trouver une sorte d'abri dans un champ.

2

CLIOS

Le lendemain matin, Œdipe semble aller mieux. Ils partagent l'eau qui leur reste, la dernière galette d'Ilyssa et les fruits. Antigone est inquiète, elle a peur sur ce chemin solitaire de ne pas trouver d'eau.

Œdipe repart, elle le suit à une certaine distance. Le chemin traverse une forêt, l'ombre est agréable et douce, elle se réjouit de la beauté des feuillages, du soleil filtrant à travers les sous-bois, mais elle ressent une crainte vague et pénétrante. Elle ne sait si c'est le bruit du vent dans les arbres ou cette impression qu'elle a, depuis le matin, d'être suivie et épiée. Elle voit entre les branches un ruisseau qui coule à proximité du chemin. Elle crie à son père qu'elle va y puiser de l'eau, elle espère qu'il va s'arrêter. Elle arrive au ruisseau, s'agenouille sur le bord, trempe son visage dans l'eau. En se relevant, elle voit l'image d'un homme. Elle se retourne brusquement. Il est debout derrière elle, elle ne comprend pas comment elle ne l'a pas entendu survenir. Il est jeune, il la regarde en riant, il n'a pas l'air méchant, mais il y a pourtant dans son regard quelque chose de sauvage et d'amer qui l'effraie et la subjugue. Il dit : « Tu es belle et tu es encore plus belle quand tu es effrayée. » Elle se braque car elle sait bien qu'elle n'est pas belle, surtout quand elle a peur, et parce qu'elle est incapable de dire autre chose qu'un stupide : « Qui êtes-vous ? » Il ne prend pas la peine de répondre, il dit comme si cela le concernait : « Vous n'aurez plus d'eau avant longtemps, fais boire l'aveugle et reviens remplir ta gourde et ton outre ici. » Il ajoute, toujours de son air terriblement assuré : « Je te ferai un petit bassin, tu pourras te laver et lui aussi. Vous en avez besoin. » Et il disparaît, toujours sans bruit, en direction du chemin. Elle retrouve Œdipe assis sur une pierre : « Il m'a demandé de t'attendre ici. – Qui ? – L'homme qui marche sans bruit. »

Quand elle revient au ruisseau, l'homme n'est plus là. Elle est soulagée et un peu déçue. Elle voit qu'il a établi un barrage de pierres au milieu du ruisseau, ce qui fait une petite vasque où elle va pouvoir se baigner après ces deux jours torrides sur la route et ces deux nuits sur le sol. Mais n'est-il pas caché dans les feuillages, prêt à l'épier ? Elle inspecte les environs, il n'y a personne. Elle se dévêt, se baigne avec un immense plaisir et se rhabille en hâte. Elle remplit les outres et revient sur le chemin. Œdipe a dû l'entendre arriver car il s'est remis en route. À peine a-t-elle fait quelques pas que l'homme sort d'un fourré. Elle pense qu'il va parler, mais il marche près d'elle sans rien dire. Elle ne peut s'empêcher de le regarder. Qu'il est beau avec ce front haut sur lequel retombent ses cheveux noirs et bouclés, sa bouche éclatante sous le jeu amer du sourire. Ses yeux semblent affronter ironiquement le ciel et la terre parce que n'est-ce pas – ah ! que cela vous touche – il n'y a rien à espérer, rien à perdre. Des yeux qui vous transpercent, vous, pauvre fille, et qui devinent sans effort ce qui se passe dans votre corps maigre et votre esprit encore informe. Oui, il a compris ce que vous désiriez sans le savoir, il prend votre main dans la sienne pendant que vous marchez à ses côtés et, bien que vous sachiez qu'il faudrait la retirer prestement, vous n'en avez pas la force. Vous marchez complètement dépendante de cette main qui glisse vers le poignet, remonte le long de l'avant-bras. Quand elle approche de l'épaule, la fille de Jocaste s'éveille, se rend compte, s'écarte d'un mouvement. Quelque chose d'impatient et de cruel apparaît sur le visage de l'homme et subitement, en plein visage, de toute sa force, il la gifle. Il s'apprête à la frapper encore mais, avec la douleur, la colère surgit en elle. Elle pense : « C'est comme ça qu'il fait, on va voir ! » Elle recule d'un bond, sort son poignard, échappe de justesse au second coup, ce qui le déséquilibre. Elle pourrait le frapper, mais elle ne peut blesser ce corps si beau. Elle se contente de le tenir à distance en le menaçant de son arme. Il recule, il rit en disant : « Quelle fille ! » Il a une arme au côté, mais il n'aurait pas le temps de la saisir avant d'être frappé par elle. Il rit et il est en colère, elle jouit de cette colère, elle en a peur et elle s'amuse. C'est là qu'elle se fait surprendre. La jambe de l'homme s'élève très vite, très haut, elle pense : « Une jambe de danseur », et de toute la force de son pied, il lui frappe l'avant-bras. Elle ressent une douleur fulgurante, pense : « J'ai le bras cassé », pendant que le poignard lui échappe. Elle tombe, il est déjà sur elle, mais instinctivement elle s'est laissée tomber dans la position que lui a apprise Polynice et, des pieds et des genoux, en se détendant, le renverse. Elle l'entend dire : « Belle défense ! »

Ils sont à nouveau debout face à face, mais lui tient le poignard tandis qu'elle est hors d'haleine, sans arme, et ne peut plus se servir de son bras. Il tourne lentement autour d'elle et, en criant : « Tu l'auras ! » lui envoie un second coup encore plus violent que le premier. Elle sent le sang sur ses lèvres et dans sa bouche. La douleur, la honte la font pleurer. Elle n'a plus aucun moyen de se défendre tandis qu'il danse autour d'elle attendant le moment qu'il désire – car son choix n'est pas encore fait – pour la violer ou pour la tuer. Elle pense : « C'est lui, c'est Clios le bandit », et absurdement, comme s'il pouvait encore la sauver, elle crie de toutes ses forces : « Père, aide-moi ! »

L'homme recule de quelques pas, sort son glaive et rit. Elle se retourne, Œdipe est là, son misérable bois de lance à la main. Le bandit déjà tourne autour de lui en riant de son rire féroce et joyeux, mais son père tourne aussi sur lui-même en lui opposant son bâton suivant la technique thébaine. Elle pense : « Il est perdu », et elle tente la seule chose qu'elle puisse faire sans arme, plonger dans les jambes de l'homme et essayer de le faire tomber. Son bras droit est toujours sans force, elle n'entoure que sa jambe gauche. Il ne tombe pas, mais elle mord de toutes ses forces dans sa jambe, tandis que d'une ruade il l'envoie rouler sur le sol. Elle entend la voix très calme d'Œdipe qui dit : « Ne bouge plus, Antigone. Laisse-moi faire ! »

Le bandit tourne dans tous les sens, avec des bonds inattendus, autour de son adversaire. Il trouve toujours devant lui le moulinet du bois de lance. Il dit : « Mais tu n'es pas aveugle, tu fais semblant. » Il tente plusieurs fois de percer la garde d'Œdipe, et Antigone voit avec frayeur qu'il s'amuse de plus en plus et qu'il est content de trouver un adversaire à sa taille. Il dit : « La garde thébaine, la garde secrète. Nous allons voir ça ! » Il se coule tout contre le sol et se fend à fond. Il y a deux cris de douleur, Œdipe a été blessé mais seulement à la jambe, il a reculé à temps, son mouvement de parade est arrivé avec force sur le bras gauche du bandit qui a dû laisser tomber le poignard de Polynice. Le bras pend et Antigone espère et redoute qu'il soit cassé. Elle a saisi l'arme et voit que, si l'homme rit toujours, il est fatigué par sa ronde autour d'Œdipe et par la douleur. Œdipe économise ses forces et se contente, en tournant sur place, d'opposer toujours à son adversaire une muraille mouvante. Les mouvements de l'homme s'alourdissent. La jambe, qu'Antigone a mordue, le gêne. Œdipe fait un pas en avant, un autre de côté, son adversaire croit à une ouverture, se risque à attaquer.

Antigone connaît ce mouvement et elle attend le formidable moulinet inversé qui se produit au moment voulu et arrache son glaive au bandit, tandis qu'un second coup, lancé très bas, lui fauche les jambes et le fait s'écrouler. Elle admire ce coup imparable, Polynice le lui a appris, mais elle n'aurait jamais pu l'exécuter aussi vite et avec une telle sûreté. Le bandit est par terre, étourdi, Antigone a saisi son glaive, Œdipe lui met le pied sur la gorge, lève son bâton. Il va l'abattre de toutes ses forces sur la tête de l'homme et lui fracasser le visage. Elle crie : « Père, ne le tue pas ! » Il arrête son mouvement, il semble étonné de ce qu'il allait faire. Il abaisse le bois de lance, retire son pied, se courbe vers son adversaire et l'aide à se relever. Antigone voit que le bras de l'homme n'est pas cassé et qu'il n'a plus son rire supérieur. Il semble stupéfait, dépassé par ce qui vient d'avoir lieu. Tête basse, il regarde Œdipe et c'est d'une voix faible qu'il demande : « Tu es vraiment aveugle ? – Oui », dit Œdipe.

L'homme a peine à le croire, mais il voit dans les yeux d'Antigone que c'est vrai. « Quel est ton nom ? demande Œdipe. – Clios. Dans ce pays on m'appelle Clios le bandit. » Œdipe lui tend son glaive : « Reprends ça et va-t'en ! »

Cette fois encore l'étonnement se peint sur le visage de Clios. Il prend l'arme et s'en va.

Après quelques pas, il revient vers Antigone : « Prends ces feuilles et cette terre, mettez-en sur vos blessures. Voilà du pain, vous en aurez besoin. »

Il se penche sur sa jambe, regarde Antigone : « Tu m'as mordu comme une chienne ! » Le sourire moqueur et cruel réapparaît sur ses lèvres, il ajoute : « Tu as bien fait. » Il s'enfonce sans bruit sous les arbres.

Œdipe souffre de sa blessure et elle est trop émue pour reprendre la route. Il se laisse guider par elle jusqu'à la clairière où Clios a dressé un barrage. Ils s'installent près du ruisseau, l'eau passe au-dessus des pierres en faisant entendre quelques voix très claires. Il ne lui reproche pas ce qui est arrivé, ne lui demande plus de retourner à Thèbes. Il dit : « Puisqu'il y a du pain, mangeons. » Ils épargnent tous les deux le pain, mais ils peuvent boire leur content et, après ces journées où la soif a toujours été proche, c'est une liberté délicieuse. Elle l'aide à tremper ses pieds et ses jambes dans l'eau de la vasque. Elle applique les feuilles reçues, dont son père connaît l'efficacité, et la terre argileuse sur sa blessure. Elle lui prépare une couche de fougères, et l'aide à se coucher. Il la remercie d'un sourire et elle pense : « Comme il est beau. » Pas de la beauté vénéneuse et funeste de Clios le bandit, mais d'une beauté, autrefois rieuse, devenue grave et réservée. Elle ose lui demander : « Père, comment l'as-tu vaincu sans voir ? – Je ne sais pas. Je sentais tous ses gestes, tout ce qu'il allait faire. J'ai été quelques instants dans un état de gloire, puis je suis redevenu lourd. » Elle voit qu'il ne lui est pas agréable de parler de cela, elle insiste pourtant : « Est-ce qu'il est un guerrier très habile ? – Oui habile, très habile, mais il ne connaît pas la garde secrète de Thèbes. Et l'orgueil, la présomption l'ont abusé. »

Il y a un silence amusé entre eux, puis : « Est-ce que ce Clios est aussi beau que tu le crois, ma fille ? » Il y a un petit rire : « Oui, trop, beaucoup trop... » Ils se sont couchés tous les deux. Après cette journée étouffante, on sent la fraîcheur du ruisseau. Le croissant de la lune s'élève. Elle se demande s'il dort, elle entend qu'il dit à voix basse, comme s'il en éprouvait un peu de honte : « Antigone, je suis content que tu sois là. » Elle ressent aussi, à sa dimension, pense-t-elle, un sentiment de gloire. Elle entend son souffle régulier, il s'est endormi de son profond sommeil de marin. Pourquoi de marin ? De très loin remonte une parole très ancienne de sa mère : « Il ne faut pas oublier, ma chérie, que ton père est avant tout un marin. » Oui, Jocaste pouvait dire cela, mais comment est-ce que je puis le comprendre, moi, petite terrienne de Thèbes qui n'ai jamais été sur la mer ?

Le lendemain matin, la blessure d'Œdipe le fait encore souffrir, mais il assure qu'il pourra marcher. Pourtant il ne se presse pas. Quand après leur repas elle lui propose de l'aider à se laver, il ne répond pas. On dirait qu'il attend. Il attend quoi ? Clios peut-être, car il est là avec ses armes et son visage étincelants. S'il n'y avait son bras gauche raidi et les blessures de ses jambes, on pourrait croire qu'hier n'a pas eu lieu. Il dépose son javelot et son glaive aux pieds d'Œdipe, s'agenouille, le saisit aux genoux et dit : « Ne me rejette pas, Œdipe, je viens à toi en suppliant. Moi, Clios le bandit, j'ai voulu ajouter à mes crimes un forfait plus monstrueux et, à mes yeux d'hier, plus attirant que les précédents. Séduire une jeune fille, une princesse naïve et sans peur, la battre, la réduire à ma merci à proximité de son père aveugle. Ensuite vous tuer tous les deux, laisser vos corps sans sépulture et vos âmes errantes dans cette forêt. Voilà ce que je voulais faire. – Tu ne l'as pas fait, dit Œdipe. – Tu m'en as empêché et ce matin, en m'éveillant, il m'a semblé que quelqu'un m'appelait. Tous les miens sont morts, personne ne peut m'appeler. C'était toi que j'entendais. »

Œdipe prend ses mains dans les siennes et le fait se relever. « Autrefois, dit-il, quand j'avais un pouvoir, je n'ai jamais repoussé un suppliant. Je ne te rejetterai pas aujourd'hui que je n'ai plus rien à donner. Oublie et va en paix. – Aller où ? – Tu es libre. – Libre de voler, de violer, d'assassiner ? Est-ce que tu étais libre quand tu as tué ton père et épousé ta mère ? »

Œdipe soupire et ne répond pas. Clios reprend : « Ce matin quand tu m'as appelé j'ai senti que tu étais ma dernière chance. – Je ne t'ai pas appelé, je ne suis la chance de personne. Je n'appelle personne. » Alors Antigone : « Tu l'as appelé comme tu m'as appelée à Thèbes. Tu l'appelles encore dans ton cœur, tu l'ignores parce que tu ne connais pas ton cœur. »

Un sourire navré, démuni, apparaît sur les lèvres d'Œdipe : « Alors, dis-moi ce que tu veux, homme que j'ai appelé sans le savoir. – Je veux vous suivre et faire ce que vous faites. – Je suis un aveugle des yeux et des actes. – Je servirai cet aveugle, je protégerai avec lui Antigone. Ce ne sont pas des femmes qui t'ont servi jusqu'ici mais des hommes. Je sais comment faire, je te soignerai, comme un roi, même exilé et déchu, doit l'être. Je peux commencer tout de suite. »

Œdipe ne répond pas. Antigone est heureuse et dit : « Commence ! » Elle se retire et Clios emmène Œdipe au ruisseau où avec beaucoup de soin il le lave, panse sa blessure, nettoie ses vêtements et remet en ordre sa puissante toison fauve.

Clios propose de demeurer encore un jour au bord du ruisseau. Antigone objecte le manque de nourriture, mais il lui donne deux perdrix qu'il a prises à l'orée du bois. Il bâtit un petit foyer de terre et de pierre. Ils mangent, les perdrix ne sont pas grosses mais savoureuses et il a apporté le pain qui lui restait. Œdipe remarque : « Tu es un homme de ressources. » Il répond : « Mon père était éleveur et fermier avant notre malheur. Il était aussi bon chasseur. Dans nos montagnes, il faut savoir tout faire. » Antigone comprend qu'un malheur est survenu, celui qu'on peut lire sur le visage acéré et souvent assombri de Clios, mais elle n'ose pas l'interroger.

Dans la soirée, il arrange le lit de fougères d'Œdipe et s'en fait un pareil, tout proche, de façon à pouvoir répondre au moindre appel. Il édifie pour elle à quelque distance un toit de feuillage qui l'abrite et la cache. Elle rêve confusément de lui pendant la nuit et n'est pas étonnée de le voir le matin en train de ranimer les braises du foyer.

Il a fait la toilette d'Œdipe et la sienne, il prépare avec quelques herbes une sorte de soupe dans laquelle ils égrènent ce qui leur reste de pain. Il dit à Antigone : « Nous devons partir, nous n'avons plus rien à manger, il faudra que tu mendies. – Tu m'aideras ? – Non, les gens prendront peur s'ils me voient. – J'irai avec toi, dit Œdipe. – S'ils te reconnaissent, dit Clios, ils vous lapideront. »

Ils partent, Antigone espère que Clios va prendre la tête. Il ne le fait pas. Elle veut aider son père, lui prend le bras, il se dégage violemment et dit : « Je dois aller seul. » Il repart de son pas hésitant et pressé qu'il vaut mieux ne pas suivre des yeux car il inspire le malaise. Elle le laisse aller de l'avant, elle pense que Clios va la rejoindre mais il reste derrière. Le chemin tourne, on entend au loin le bruit d'un chariot. Œdipe sort du chemin, se cache derrière des broussailles et Clios fait de même. Le chariot est tiré par deux hommes jeunes, une femme les suit à distance. Il y a quelques sacs de blé sur le chariot.

Antigone se tient très droite, elle demande : « Mon père est aveugle, donnez-nous un peu de grain. » Ils n'ont pas l'air décidés à lui donner quelque chose, ils attendent sans doute la décision de leur mère mais en riant ils se disent l'un à l'autre, comme si elle n'était pas là, ce qu'ils aimeraient faire avec elle. La femme arrive à leur hauteur, elle dit : « Les fils, il ne faut pas les écouter. Les champs n'ont presque rien donné cette année, comme tu vois. La sécheresse de nouveau. Ouvrez un sac vous autres, et donnez-lui trois bonnes poignées. On ne peut pas plus. Avec quoi vas-tu les moudre, ma fille ? – Avec des pierres. – Choisis-les bien plates et prends ton temps. Il nous a coûté de la peine celui-là, cette année. » Antigone prononce une des formules de bénédiction de Thèbes. Les deux fils se sont remis en route en riant, la femme les suit, toute noire et très maigre.

Le soir, Antigone trouve des pierres plates et moud patiemment les grains reçus. Clios élève deux huttes improvisées pendant qu'elle fait cuire une soupe fort claire dans laquelle elle ajoute quelques herbes.

Pendant la nuit, un orage éclate, Antigone entend en rêve la pluie tomber dans les cours et sur les toits du palais de Thèbes. Elle est encore petite. Anaïs, sa nourrice et celle d'Ismène, est assise à côté de leur lit et récite les prières rituelles pour que la foudre ne tombe pas sur la ville. Elle s'éveille, se retrouve dans sa hutte de branchages, elle est protégée, elle espère que son père et Clios le sont aussi. Elle voudrait aller voir, elle n'ose pas, le tonnerre, la pluie, l'obscurité lui font peur. Elle pense : « Je peux rester à l'abri, ils sont grands et moi je suis trop jeune. Quatorze ans, ce n'est pas si vieux. » Elle protège son visage de ses bras, se rendort.

Le matin, quand elle sort de la hutte, Clios s'affaire devant le feu, il est presque nu, Œdipe aussi. Le sol parsemé de flaques d'eau fume après l'orage, mais le soleil revient. Elle voit qu'ils ont mis leurs vêtements sur le toit de sa hutte.

Ils partent, ils n'ont plus rien à manger. Vers la fin du jour, ils parviennent à proximité d'un village. Antigone veut aller mendier seule, mais Œdipe décide de l'accompagner et elle a peur à cause de lui. Le village est pauvre, elle entend des voix qui disent : « Encore des mendiants ! » Elle se tient debout devant chaque porte, demandant secours pour elle et son père aveugle. Lui se tient derrière elle et se tait. Beaucoup de portes se ferment, d'autres ne s'ouvrent pas. Une femme lui donne un morceau de pain, deux autres quelques légumes. Un peu d'espoir lui revient. Elle s'arrête devant une autre porte, une femme dit : « Je viens », mais une voix d'homme la coupe : « Non, il y en a trop. C'est plus facile que de travailler. » La femme paraît dans l'ouverture du haut de la porte. Elle a l'air bon, elle lui glisse en cachette un peu de pain, mais elle dit pour que son mari l'entende : « Je ne peux pas, c'est aux riches qu'il faut demander. » Antigone demande : « Où sont les riches ? » L'homme apparaît, il a un visage lourd mais pas méchant, il lui répond : « Pas ici, la fille, peut-être à Thèbes derrière leurs fameux remparts où j'ai travaillé si longtemps. » Et à sa femme : « Donne-leur quelque chose, ça fait mal de voir cet aveugle à genoux. » Antigone se retourne, son père est à genoux et psalmodie une prière. Un homme survient, il a été soldat à Thèbes, il reconnaît Œdipe, il dit aux autres : « C'est l'ancien tyran, celui qui a tué son père et agrandi les remparts. » Et à Œdipe : « Va-t'en ! Tu vas attirer le malheur sur nous. » Il jette un peu de terre devant lui, on voit qu'il ne veut pas lui faire de mal. Œdipe est toujours à genoux, Antigone cherche à l'entraîner. D'autres hommes arrivent, ils lancent aussi de la terre pour se purifier, mais en évitant de l'atteindre. Ils crient et les femmes font de même : « Allez-vous-en, allez-vous-en ! »

Un garçon plus jeune lance du fumier, il atteint Œdipe au visage et rit.

Œdipe se redresse d'un bond. Avec sa haute taille, il est toujours le roi. Tous s'arrêtent, stupéfaits. Il crie : « Hommes sans pitié, maisons sans accueil pour l'aveugle et le suppliant, je vous maudis. Que les malheurs qui m'ont frappé retombent sur vous. » La peur les étreint, puis la colère, ils ramassent des pierres et commencent à les leur lancer. Antigone est atteinte, elle saigne, elle crie et saisit la main d'Œdipe. Elle fuit avec lui en direction d'une meule de foin derrière laquelle Clios se montre. Les assaillants les suivent, leur lancent des pierres et des ordures. Les plus proches sont arrêtés par une grêle de pierres qui les frappe avec une précision redoutable. Antigone en profite pour atteindre l'abri de la meule où Clios lui crie de continuer à fuir. Il les rejoint bientôt, saisit l'autre main d'Œdipe et leur course s'accélère. Ils ne sont plus que quelques-uns à les poursuivre. Clios leur fait face. Voyant qu'il est armé, ils s'arrêtent, se concertent, retournent vers le village. Il rejoint les deux autres : « Ils sont allés chercher des faux et des gourdins. Ils vont revenir, il faut partir tout de suite, le plus loin possible. » Il guide la marche, ils tiennent tous les deux Œdipe par la main et se hâtent malgré la fatigue. Clios se retourne souvent, mais ne voit pas de poursuivants. C'est en pleine nuit qu'ils arrivent, épuisés, au bord d'un ruisseau. Antigone sort de son sac ce qu'elle est parvenue à sauver, quelques morceaux de pain et des légumes qu'ils mangent crus pour ne pas déceler leur présence par un feu. En mangeant, Antigone demande à Œdipe :

« Celui qui t'a reconnu a dit que tu as haussé les murs de Thèbes, comme si tu avais mal fait. Jocaste disait que c'était ton plus grand titre de gloire. – Je le croyais. – Qui les a payés ? » demande Antigone. Il ne répond pas.

Clios rit : « Comme partout, ce sont les pauvres qui ont payé et bâti les murailles de Thèbes et ce sont les riches qu'elles protègent. »

Antigone est décontenancée : « Est-ce que c'est vrai ?

– C'est vrai. Je pensais à Thèbes. Pas aux paysans. » Le rire cruel de Clios résonne de nouveau : « Les remparts achevés, les riches t'ont chassé de Thèbes et ta fille doit mendier chez les paysans. »

Antigone l'arrête, elle voit qu'Œdipe souffre. Elle demande à son père de pouvoir mendier seule dorénavant. Il dit oui, il dit qu'il n'est pas seulement un aveugle mais un fou. « D'une folie magnifique, dit Clios, celle d'un vrai tyran de Thèbes, nous aurions pu y rester tous les trois. »

La nuit est brève. Œdipe et Clios sont restés de garde alternativement. Si on les a poursuivis, ils ont de l'avance. Pour la conserver ils partent tôt, après s'être partagé le peu de pain qui reste. Œdipe, en tête, va tout droit comme d'habitude. Clios pense que c'est peut-être la meilleure manière de déjouer les poursuivants mais que cela les conduit dans des terres de plus en plus arides. On ne voit que des troupeaux de chèvres ou de moutons et des bergers à l'air sauvage qui s'éloignent dès qu'ils approchent.

Ils ont faim tous les trois, ils sont épuisés par les événements de la veille et leur nuit trop brève. Œdipe va lentement, luttant contre le vertige et le désir sourd de la chute. Il a oublié la présence des deux autres et s'obstine à aller de l'avant sans s'arrêter. Vers midi, la chaleur devient extrême. Clios pense qu'il faut trouver à tout prix un lieu d'ombre et de repos car Antigone suit son père à grand-peine. Un brouillard confus s'étend autour d'elle, une sueur glacée lui coule sur le visage et dans le dos. Elle bute contre une pierre, sent ses jambes fléchir sous elle, se replie sur elle-même en gémissant et tombe inanimée.

Les deux hommes sont penchés sur elle : « Ta fille meurt de fatigue et de faim. Que vas-tu faire dans ce désert ? » Œdipe ne répond pas, il donne à Clios son bâton et soulève Antigone dans ses bras. Il se dirige vers un grand chêne situé sur une petite éminence, dont il est passé à quelque distance tout à l'heure. Il ne semble plus éprouver de vertige et va sans hésiter jusqu'à l'arbre. Il étend Antigone là où l'ombre est la plus épaisse. Clios lui donne l'outre, Œdipe verse très doucement un peu d'eau entre ses lèvres, il lui humecte le visage et les mains. Elle a de la fièvre. Il lui enlève ses sandales, masse ses pieds, ses jambes. Elle soupire plusieurs fois longuement, Clios lui redonne de l'eau, Œdipe dit : « Elle va revenir à elle, c'est la fatigue, la chaleur, l'émotion. Il faut qu'elle mange, nous n'avons plus rien ? – Plus rien. – Va jusqu'au premier troupeau. Demande au berger un agneau, du lait, du pain et donne-lui en échange ce collier que Jocaste m'a donné. – S'il refuse ? – Alors prends ce qu'il nous faut de force mais ne le tue pas. Bois avant de partir. » Clios est impressionné par cette voix brève, ce ton d'autorité et de certitude, mais sa colère n'a pas désarmé. « Si je dois agir de force, attends-toi, Œdipe, à voir arriver ici une bande de bergers et à être de nouveau poursuivi par l'amour de tes anciens sujets. » Œdipe ne répond pas, il laisse passer un moment et dit : « Ami, il faut qu'elle mange. Après, s'il le faut, nous combattrons ensemble. » Clios, en marchant, pense aux paroles d'Œdipe. Il n'est plus seul, seul contre tous. Il a un ami qui est aussi le père de cette fille sans peur qui lui fait confiance et qu'il faut sauver.

Antigone dort et respire plus calmement. Œdipe rassemble à tâtons du bois pour faire du feu. Il concentre sa pensée sur Antigone et sur Clios. Il les soutient de son impuissance, elle dans son sommeil et lui dans son action. Il s'est assis le dos contre le tronc de l'arbre et, en ouvrant les yeux après un rêve d'angoisse, Antigone le voit à côté d'elle. Il sourit, elle ne saura jamais à qui ni pourquoi mais cela n'a pas d'importance puisque ce sourire lui permet de se rendormir rassurée.

Œdipe n'a pas entendu revenir Clios, mais il sent soudain qu'il est là. Il rapporte un agneau dépecé, des galettes de blé et une outre de lait de brebis. Le berger a refusé l'échange proposé. Il a dû assommer le chien, maîtriser l'homme et prendre les vivres de force. Le berger n'est pas blessé, il lui a laissé le collier, mais il faut s'attendre à une vive réaction de son clan. Il allume le feu, c'est l'odeur de la viande rôtie qui éveille Antigone. Elle est émerveillée de revoir du lait. Elle en boit, mange un peu et se rendort.

Le lendemain, Antigone prend la main d'Œdipe dans la sienne : « Hier, quand tu me portais à demi évanouie, j'ai pensé : À Thèbes, il n'y aurait personne pour me porter comme ça. J'étais heureuse et ce matin encore plus. » Elle n'a plus de fièvre, elle a faim mais est trop faible encore pour se lever. Elle mange, elle ressent de l'appréhension en voyant que Clios n'est pas là. Est-ce qu'il nous a quittés ? Il est seulement allé à la rivière chercher de l'eau, c'est une longue route. Il revient, elle est contente, si contente de le revoir qu'elle veut le lui dire mais heureusement n'ose pas. Elle lui sourit, avec une petite grimace comme elle en faisait à ses frères. Il lui répond comme eux.

Au milieu de la journée, dix bergers surviennent avec de grands chiens noirs. Ils entourent l'arbre sous lequel est couchée Antigone. Œdipe et Clios les attendent debout. Ils ont placé ostensiblement, devant l'arbre, le glaive et la lance de Clios mais ils ne les tiennent pas en main.

Œdipe dit : « Si vous voulez nous parler, asseyons-nous. » Ils s'assoient tous à la place où ils se trouvent, avec beaucoup de dignité. Les grands chiens s'étendent à côté d'eux. Leur silence n'est pas hostile, c'est celui d'hommes peu habitués à la parole et qui n'en usent qu'avec la réserve, la sobriété qui est de règle dans leur vie.

L'un d'eux prend la parole : « Je suis Sélénos, le chef de ce clan de bergers qui est lié de chaque côté des frontières à tous les clans de bergers qui vont jusqu'à la mer. Nous savons que ta fille est malade et que vous manquez de tout. Ton compagnon a attaqué hier un des nôtres, la faim expliquait son acte. Le berger a reçu en compensation un collier qui vaut plus de mille fois ce qu'il nous a pris. Nous n'acceptons pas ce rapport inégal et nous vous rapportons le collier. Maintenant écoute et juge. Quand un troupeau est attaqué continuellement par un loup, il faut, pensons-nous, que le troupeau ou que le loup périsse. Notre clan et tous les bergers et paysans de ce pays sont attaqués sans cesse par un homme plus dangereux qu'un loup. Ce Ménès nous dépouille des fruits de notre travail et nous pensons que Clios, ton compagnon, pourrait nous en délivrer. – Qu'a fait contre vous cet homme ? – D'entente avec les soldats de Thèbes qu'il soudoie, il nous fait interdire de vendre sur d'autres marchés que celui de Goria, le bourg où il règne. À ce marché, personne n'ose enchérir sur lui car son frère commande la garnison de la ville et son oncle préside le tribunal. Il est le seul acheteur, il décide des prix, au détriment de tous, car ce qu'il nous achète à un prix dérisoire il le revend très cher, surtout à Thèbes. – Tu voudrais que Clios le tue ? » Sélénos répond que oui et tous les autres l'approuvent de la tête. « Un autre prendra sa place, reprend Œdipe. – Ce ne sera pas facile et en tout cas nous serons vengés ! » Il dit cela sur un ton de haine abrupte, si saisissant qu'un long silence suit. Antigone, qui est restée couchée près d'Œdipe, lui souffle très bas : « Père je n'aimerais pas que Clios tue quelqu'un parce que je suis malade. » Clios, impassible sous l'œil des bergers, l'entend et il pense à la saveur des premières gouttes de pluie après de longues semaines de sécheresse.

« Avant de vous répondre, dit Œdipe, je dois consulter Clios. Pour arrêter les vols de Ménès, il y a peut-être un meilleur moyen que le meurtre. Je vous propose de revenir demain pour en parler. » Sélénos se lève et les bergers l'imitent : « Nous ne refusons pas un autre moyen, nous doutons que tu le trouves. Maintenant, toi, ta fille et le redoutable bandit qui est ton compagnon vous connaissez notre volonté d'en finir avec Ménès. Ce n'est pas un secret que nous pouvons laisser se répandre. Nous ne reviendrons pas demain mais ce soir. Ne bougez pas d'ici, nous sommes nombreux et vous êtes cernés. Si vous ne nous délivrez pas de Ménès, nous serons obligés de vous tuer tous les trois. »

Œdipe est debout, très grand en face de lui : « Il me semble que tu nous proposes un contrat : la mort de Ménès ou la nôtre. Et si nous te débarrassons de lui que feras-tu pour nous ? – De Thèbes à la mer orientale, tous les clans de bergers vous considéreront comme des frères. Nous sommes pauvres, mais nombreux. »

« Est-ce que Ménès, demande Œdipe, donne, à ceux à qui il achète ou vend, une tablette avec son sceau ? – Pas à nous, bien sûr, dit un vieux berger, mais quand je mène à Thèbes les bêtes qu'il nous a achetées, il donne aux grands marchands de la ville une tablette avec son sceau et je la lui rapporte avec le sceau de l'acheteur. »

Les bergers s'en vont. Œdipe demande à Antigone : « Serais-tu capable, si on te les dictait, de noter dans l'écriture des Phéniciens les crimes de Ménès, pour qu'il les confirme de son sceau ? – Oui. C'est ça le moyen ? »

« C'est cela, dit Clios. Il ne s'agit plus que d'amener Ménès ici et de faire accepter ce projet par les bergers. Ce ne sera pas facile. »

À la tombée du soleil les bergers reviennent, ils ne sont plus dix mais trente, chacun suivi d'un de ces terribles chiens noirs des Hautes Collines qui n'aboient pas et fondent silencieusement sur les ennemis de leurs maîtres. Œdipe leur explique que, si Ménès est tué, les soldats s'abattront sur le pays et que leur vengeance sera très lourde. On peut éviter cela en forçant Ménès à reconnaître par écrit ses crimes. Les tablettes authentifiées par son sceau seront cachées en un lieu choisi par Sélénos. Elles constitueront pour Ménès, et pour ses complices, une menace perpétuelle qui abolira leur pouvoir.

« Comment l'amènerez-vous ici ? – En lui proposant d'acheter à bas prix le collier que j'ai reçu de Jocaste. Il sait bien que Créon ou mes fils ne lésineront pas pour le lui acheter. – Qui le conduira ici ? – Moi, dit Antigone, il n'aura pas peur de moi. »

Les bergers se concertent et décident d'accepter.

« Quand irez-vous ? demande Sélénos. – Dans trois jours, quand Antigone sera remise. – Bien, nous vous apporterons des provisions et de l'eau. Œdipe, tu as été un tyran souvent trompé, mais qui tentait d'être juste. Nous te faisons confiance pour nous délivrer de Ménès. – Procurez-vous des tablettes et un stylet. Constituez entre vous un tribunal, il faut qu'il soit jugé. »

Trois jours plus tard, Antigone, suivie d'un jeune berger, aborde Ménès sur la place de Goria. Il n'a pas l'air d'un rapace, plutôt d'un de ces dignitaires un peu alourdis et empâtés par la bonne chère comme elle en a beaucoup vu au palais. Il ne traite pas les entreprises douteuses lui-même, il a des sous-ordres pour cela. Mais quand elle se nomme, lui apprend qu'elle est la fille d'Œdipe, la nièce de Créon, il comprend tout de suite qu'il s'agit d'une affaire importante et qui peut avoir des prolongements politiques. Cette grande fille maigre, malgré sa robe salie et reprisée, a bien l'air et le langage de la cour. Le morceau de collier qu'elle lui montre est en or et diamants d'une grande valeur. La jeune fille lui a laissé entendre qu'il pourrait débattre du prix avec son père, ce qui veut dire que celui-ci est en difficulté. Il n'a rencontré qu'une fois Œdipe lorsqu'il était roi, on lui faisait gloire de ses victoires, mais avant lui déjà l'armée de Thèbes était la meilleure et il n'a pas tiré de ses succès tout ce qu'il aurait pu en obtenir. Un homme qui regardait les choses de loin et de haut, ce qui l'empêchait de voir celles qui étaient proches. Tout cela pour finir par se crever les yeux et se laisser détrôner tandis que le beau-frère, sans bouger le petit doigt, se retrouve au pouvoir.

Sa mule suit celle de la jeune fille et, quand le chemin s'élargit, il se met à côté d'elle et tente de la faire parler, mais elle ne répond que par monosyllabes. Impossible de démêler avec cette fille de la cour si c'est parce qu'elle est timide ou parce qu'elle est habile. Quand il lui a demandé pourquoi son père voulait que la vente soit actée et signée de son sceau, elle a dit que c'était pour éviter à l'acheteur toute contestation avec Étéocle et Polynice.

Le pays devient de plus en plus sauvage, on ne voit plus d'habitations. Il demande où son père demeure. Elle répond qu'il n'a pas de maison, il campe sous un chêne. « Pourquoi n'est-il pas venu à Goria, il aurait eu une maison ? – Mon père est proscrit, des malédictions pèsent sur lui. Vous devrez vous purifier après l'avoir vu. » Ménès pense que dans ces conditions il peut lui faire baisser sérieusement son prix. « Souhaite-t-il retourner à Thèbes ? – Peut-être si on le rappelle. » Ménès pense qu'il y a là l'amorce d'une négociation et que c'est pour cela, autant que pour le collier, qu'Œdipe le fait venir.

Ils arrivent au pied d'une faible colline au sommet de laquelle on voit un grand chêne. La jeune fille met pied à terre, il fait de même et dit à son garde de veiller sur les bêtes. Après le soleil intense sur la route, sa vue est troublée par l'ombre considérable de l'arbre. Un jeune homme l'accueille en souriant. Œdipe l'attend au pied du chêne. Ménès ne se souvenait pas qu'il était si grand. Il a maigri, des rides se sont formées sur son visage. Il a toujours sa puissante crinière fauve, mais sous le front un bandeau noir recouvre maintenant la place où étaient ses yeux. Ménès se souvient du regard très clair du roi et il est troublé par cette profondeur noire et inattendue qui semble le regarder. Malgré sa pauvreté actuelle qui est évidente, Œdipe a toujours la prestance et l'urbanité d'un roi.

Ils se saluent et, après quelques préliminaires, Ménès dit que le prix du collier est élevé. Non, répond Œdipe. Ménès est décontenancé par cette réponse si brève et par le silence qui suit. Il a le sentiment que cet Œdipe sans regard est plus redoutable et voit mieux que celui d'autrefois. Il offre le quart du prix demandé, c'est à ses yeux le début de l'inévitable marchandage. Une sorte de sourire apparaît sur le visage d'Œdipe qui dit : « Tu veux donc me voler comme tu voles ceux-ci ? » Ménès se retourne, il y a autour de l'arbre une quinzaine de bergers suivis de leurs chiens. Il veut appeler son garde, l'homme jeune qui l'a accueilli lui montre, avec un rire inquiétant, la mule qui l'emporte au galop, ligoté.

Les choses vont très vite. Trois bergers se constituent en tribunal, ils appellent successivement les autres comme témoins. Chacun à son tour l'accuse d'un crime ou d'un vol commis contre lui-même ou contre l'État. Ménès se tait, il ne comprend pas quel jeu joue Œdipe. Se prend-il encore pour un roi ? Le tribunal prononce sa sentence : c'est la mort. Que signifie cette pitoyable comédie ? Ils savent bien – c'est la seule chose qu'il ait répondue à leurs questions – que son frère qui commande les troupes et son oncle, le juge, connaissent la raison de son voyage et que s'il n'est pas revenu ce soir chez lui, ils enverront des soldats. Si les bergers le tuent ou lui causent quelque mal, les soldats se livreront à un grand massacre et s'empareront de leurs troupeaux. La fille d'Œdipe qui est venue le chercher sera considérée comme complice de leurs crimes.

La voix de Sélénos s'élève : « Peu nous importent tes menaces, nous sommes prêts à tout subir pour nous délivrer de toi. Tu n'as qu'un moyen, un seul, d'échapper à la mort, c'est de reconnaître tes vols et tes crimes. Ils seront consignés sur des tablettes, tu y apposeras ton sceau pour confirmation. »

Ménès refuse. « Alors à nous Clios », dit Sélénos. Le jeune homme au beau visage apporte avec un berger un cuveau plein d'eau. Il y plonge sans ménagement la tête de Ménès. Quand il sent que l'homme étouffe, il relâche sa pression. Ménès relève la tête, mais c'est pour sentir la pointe affilée du couteau de Sélénos lui entrer dans la nuque. Plus il relève la tête, plus le couteau s'enfonce. S'il l'abaisse, il étouffe. Sélénos le laisse respirer un peu une fois, deux fois. Après la troisième, Clios maintient sa pression jusqu'au moment où Ménès s'évanouit.

Quand il revient à lui, il est vaincu et prêt à avouer. Antigone arrive avec ses tablettes et son stylet. Sélénos force Ménès à lui dicter ses principaux vols et les crimes qu'il a fait commettre par ses tueurs à gages. Antigone peine à le suivre, il a toujours le couteau de Sélénos dans la nuque et s'il s'arrête ou hésite la pointe de l'arme s'enfonce dans sa chair.

Quand Œdipe et Sélénos estiment qu'il en a dit assez, Antigone relit le résumé qu'elle a fait de ses aveux. Sous la dictée de son père, elle ajoute : « Moi, Ménès, je reconnais tous les actes mentionnés ici. En foi de quoi j'appose mon sceau et l'empreinte de mon pouce droit. » Au moment de s'exécuter Ménès hésite mais, comme un cri de haine, l'ordre : « Fais-le ! » jaillit de la bouche des bergers et la lame du couteau s'enfonce à nouveau dans sa chair. Terrorisé, il ne résiste plus et appose sur la tablette son sceau et son empreinte.

Il regarde avec stupeur les deux tablettes qui pour le moment ne serviront à rien à Goria où il tient encore tout en main, mais qui peuvent le faire mettre immédiatement en accusation à Thèbes. Trois bergers se préparent à les emporter dans un lieu inconnu où elles seront une menace perpétuelle sur sa tête. Son pouvoir sur les bergers et les paysans, son monopole d'achat au marché et tous les systèmes d'usure qu'ils engendrent sont abattus. Il faut s'en faire une raison, mais ce n'est après tout qu'une partie de ses ressources. Quand Clios et Sélénos le tenaient entre la menace de l'étouffement et celle de la pointe du couteau, il a cru sa mort prochaine. Il ressent maintenant une sorte de bonheur. Est-ce qu'ils n'ont pas un peu de vin ? Un berger lui tend une outre, le vin est bien médiocre mais il en avale la moitié. Il reprend contenance, il est un peu ivre. Il est vivant, il est riche des deux côtés de la frontière, beaucoup plus riche que ces pauvres gens ne peuvent l'imaginer. Il boit encore, il vide l'outre, toute son assurance lui revient et avec elle un curieux besoin de raconter d'autres méfaits, que ceux qui sont là ignorent et ne lui ont pas fait avouer. Toutes ses canailleries – les plus anciennes, les pires, celles de ses années de jeunesse quand il fallait, coûte que coûte, échapper à la pauvreté – sortent de lui en tonitruant au milieu d'énormes éclats de rire qu'il ne peut contenir. Sa rapacité, ses ruses à l'égard des faibles s'étalent dans ce récit, mais aussi la vanité, l'incapacité des gens en place qui l'ont laissé faire et sont bien souvent devenus à leur tour ses victimes.

Antigone, qui assiste à cette scène avec stupéfaction et d'abord sans comprendre, saisit tout à coup que le jeu qui se dévoile là est, de façon plus cynique, plus éhontée, le même que celui qu'elle a vu se dérouler à Thèbes sans pouvoir, sous ses dehors honorables, en démêler le sens. Elle perçoit tout à coup la drôlerie terrible de ce sinistre jeu des puissants et comme il soulage et devient gai lorsque ce sont, comme aujourd'hui, les autres, les bergers qui l'emportent. Un rire argentin fuse, son rire de triomphe, car avec quelques signes sur une tablette elle a abattu un de ces monstres et il a beau s'amuser en racontant ses crimes, il n'est après tout qu'un vaincu qui rit de sa défaite. Elle rit si joyeusement qu'Œdipe rit aussi et les bergers à leur tour se mettent à rire de la surprenante canaillerie de ce serpent qui les écrasait et auquel, avec l'aide de cet aveugle et de cette fille maigre, ils viennent d'enlever son venin. Ménès de plus en plus ivre pourrait croire à une sorte de réconciliation générale par le rire, mais il y a quelqu'un qui ne rit pas.

Clios, soudain, le saisit au collet, lui fait descendre à coups de pied la pente de la colline et, d'une main de fer, le plante sur sa mule qu'il lance au galop à travers tout. Il revient s'asseoir près des autres, les regarde avec son sourire noir et dit : « Son sang manque à notre plaisir. »

Les bergers se lèvent, on voit que beaucoup l'approuvent, ils déposent de petits dons aux pieds d'Antigone et s'en vont en silence.

Le lendemain quand Antigone s'éveille, Clios revient avec les outres qu'il a remplies à la rivière. Elle court vers lui en dansant, en criant : « Nous allons manger, nous allons partir. » Il est surpris, il demande : « C'est Œdipe qui veut déjà partir ? – Non, c'est moi, j'en ai assez d'être ici, d'être malade, d'écouter les histoires dégoûtantes de ce vieux Ménès et de savoir que tu penses à son horrible sang. » Il rit : « Eh bien, partons, mais d'abord il faut manger. »

Après le repas, composé des bonnes choses qu'ont laissées les bergers, Clios s'approche d'Œdipe : « Laisse-nous te guider. En allant comme tu fais, à travers tout, tu te fatigues, mais surtout tu fatigues Antigone qui n'a pas ta résistance. Elle a été très malade, il faut la ménager. » Œdipe est troublé, on voit l'angoisse s'imprimer sur son visage, il dit : « Je dois découvrir où je vais, et le découvrir presque à chaque pas. Pour survivre, il a fallu que je perde la vue. Depuis, il faut que je suive mon vertige qui me mène n'importe où. Si Antigone se fatigue, préviens-moi, je m'arrêterai. » Il se détourne, il est déjà reparti, tout seul.

Ils le suivent, Antigone se demande pourquoi elle est tellement heureuse, elle s'aperçoit que c'est parce que Clios soigne si bien Œdipe. Il ne le soigne pas comme un domestique ni comme un fils ou un ami. Il ne lui rend pas service, il accomplit un rituel. Et Œdipe qui se rebiffait pendant l'affreuse année d'attente dans la petite salle du palais, quand ses fils ou ses filles voulaient le soigner ou s'occuper de ses vêtements, le laisse faire. Il n'y a pas de dévouement à l'œuvre chez Clios, pas de reconnaissance due par Œdipe. Comment a-t-il compris que c'était la seule attitude que son père pouvait supporter ? Elle est si heureuse qu'elle doit le lui dire. Elle saisit sa main, l'embrasse en disant d'une voix de petite fille : « Je suis contente parce que tu le soignes si bien. » Il est étonné, il est touché. Elle devient très rouge, elle a honte d'avoir embrassé sa main.

Ils marchent, en suivant Œdipe, mais cette fois il s'arrête souvent et invite Antigone à s'asseoir ou à s'étendre. Dans l'après-midi, il entend le bruit d'un village. Il dit à Antigone : « Vas-y seule, Clios restera à proximité et je demeurerai ici. S'ils te repoussent, reviens tout de suite. Ne prends pas de risque. »

Antigone a peur, peur d'être toute seule, peur des

visages menaçants et des cris plus encore que des pierres. Elle a envie de s'enfuir, mais elle entend en elle la voix de Polynice disant, comme il le faisait les premières fois qu'ils se sont entraînés avec des armes réelles : « Tu craques, fillette, mais tu tiendras. » Elle pense que Clios la voit et cela l'aide à redresser sa taille et à marcher d'un pas ferme. Il la regarde en effet, caché derrière un arbre et quand Œdipe le rejoint et demande : « Est-ce qu'elle a peur ? » il répond : « Qui n'aurait pas peur à sa place, pourtant elle y va ! »

Antigone est dans le village, elle a décidé de ne plus parler de son père aveugle mais de s'arrêter devant les portes, comme les mendiants de la campagne, en récitant une prière apprise dans son enfance :

Habitant de cette demeure, si tu veux être en paix avec Zeus
Maître souriant et terrible de la terre et des cieux
Protège et nourris le mendiant éprouvé par la route
Car nul ne sait sous son habit de malheur
Si ce n'est pas le dieu ou la déesse rayonnante
Que tu vois suppliant, sans feu ni lieu, devant ta porte.

Elle chante à mi-voix sa prière devant la première maison et très vite un enfant lui apporte du pain. Elle continue à avancer et, dans le demi-battant supérieur des portes, elle voit apparaître des femmes, portant souvent un bébé dans leurs bras. Son sac est bientôt plein de légumes et de pain. Une femme sort à sa rencontre, et lui donne un vase plein d'une soupe qui sent bon. « Porte-la à ton père. Je t'attendais. – Comment me connais-tu ? – Mon mari et son frère sont bergers. » Elle sourit : « Reviens loger chez nous. »

Des enfants l'accompagnent et une petite fille prend sa main jusqu'à la sortie du village, puis ils repartent en courant et on dirait qu'ils s'envolent. Elle s'étonne de n'avoir vu aucun homme, les bergers ont dû parler d'elle et ils ont évité de lui faire peur. Quand elle rejoint les deux autres, Clios a été puiser de l'eau et allume un feu. Elle voit qu'ils ont été inquiets et sont contents de la revoir. « Les bergers nous aident comme ils l'ont promis, dit Œdipe. Va loger chez elle. »

La femme, qui se nomme Kléa, l'attend à l'entrée du village avec ses jeunes enfants. Beaucoup de têtes curieuses apparaissent aux portes et cette fois les hommes se montrent. La maison n'est pas grande, avec un foyer central et tout autour une bergerie. « Les bêtes chauffent la maison en hiver », dit Kléa. De partout viennent de fortes et franches odeurs, la maison toute blanche à l'intérieur n'a que le nécessaire, mais il ne manque pas.

C'est la première fois qu'Antigone retrouve un lit depuis son départ de Thèbes. Il est dur avec son matelas de paille posé sur une planche, et les draps de lit sont inconnus dans cette demeure. Mais quand Kléa vient la border et l'embrasser, elle se sent très heureuse. Elle s'éveille au milieu de la nuit, deux souris trottinent sur le sol de terre battue autour de la huche. Elle se rendort bercée par le souffle régulier des autres dormeurs.

Antigone se lève et mange avec eux. Elle voudrait leur donner quelque chose mais elle n'a rien, elle ne peut plus que recevoir. Elle le leur dit, ils ont l'air si contents de l'avoir reçue qu'elle s'en va, elle aussi, toute joyeuse. Kléa l'accompagne jusqu'aux limites du village, elle lui demande où elle va. Antigone fait signe qu'elle ne sait pas. Kléa joint ses mains sur son ventre et se met à pleurer.

C'est une rude tâche de suivre, jour après jour, Œdipe dans sa marche inexorable. Il ne tient pas compte des chemins ni des obstacles. Il traverse les fourrés, les bois, les labours. Il gravit inutilement les collines et les rochers, il plonge à grand péril dans les ravins, remonte par leurs pentes abruptes, traverse les ruisseaux, les torrents, les rivières en s'accrochant n'importe où. Il est déchiré par les ronces et les branches, il est couvert des cicatrices de ses chutes.

Il continue à travers tout en suivant une route, invisible sur le sol, qui se révèle à la fin du jour être la ligne droite. Le soir, il parvient toujours à proximité d'une maison ou d'un village où sa fille peut mendier et trouver asile pour la nuit. Antigone se fortifie et s'endurcit à l'épreuve, mais la route est si dure qu'elle s'épuise. Clios le voit et sa colère grandit contre Œdipe qui ne semble pas s'apercevoir de la fatigue de celle qui assume seule la charge de les nourrir et l'humiliation de mendier.

Un soir, après une étape très dure, Œdipe s'arrête à la lisière d'un bois d'oliviers. Il demande à Antigone s'il y a un chemin le long du bois, puis un autre qui tourne à droite. Étonnée, elle dit que oui. « Alors nous sommes arrivés. Suis ces chemins et tu trouveras une maison dans laquelle tu pourras te reposer quelques jours ou demeurer longtemps si tu le veux. Va avec elle, Clios. Une femme vous attendra, demande-lui la permission de bâtir une hutte et de faire un feu près de ce bois. – Qui est cette femme ? demande Clios. – Je l'ignore. Je sais seulement qu'elle est, comme nous, dans l'alliance de Sélénos et des bergers. J'ai confiance en elle. »

Antigone et Clios longent le bois, au bout du chemin il y a une longue maison blanche entourée d'arbres et de fleurs. Devant la porte se trouve une femme aux cheveux gris qui les regarde s'approcher sans bouger, en souriant. Quand Antigone est devant elle, elle dit : « Je t'attendais. Je suis Diotime. » Clios est resté un peu en arrière, Antigone éprouve du respect pour cette femme marquée par le temps et toujours belle. Sale et décoiffée comme elle est, avec sa robe poussiéreuse, elle fait sans trembler la grande révérence de Thèbes. Diotime lui prend les mains :

« Tu es bien celle que j'ai vue dans le rêve où Sélénos m'annonçait ta venue et celle de ton père. Qui est celui qui t'accompagne ? » Clios s'avance : « Je suis Clios qu'on appelait le bandit. J'ai eu de grands torts envers Antigone et son père. Ils les ont oubliés et je m'efforce depuis de les défendre. Accorde à Œdipe et à moi le droit de bâtir une hutte près du bois d'oliviers. Donne-nous un peu de nourriture et je travaillerai pendant que nous serons là. – Au nom de mon fils Narsès, dit Diotime, et de notre allié Sélénos, vous êtes les bienvenus. Vous aurez ce que vous demandez. »

Elle les fait entrer dans une salle toute blanche où une jeune fille, occupée à préparer le repas, emplit le sac de Clios qui la remercie et s'en va.

La jeune fille apporte le repas et Diotime fait asseoir Antigone à côté d'elle. Celle-ci ne peut guère manger, elle est trop fatiguée, trop émue de se retrouver dans une maison qui, pour la première fois depuis son départ, fait penser à Thèbes. Qui lui rappelle le temps où elle était une petite fille, une jeune fille, qui avait une mère et un père, un peu différents de ceux des autres filles, un peu reine, un peu roi, mais en somme des parents comme les autres et qui l'aimaient.

Diotime et la jeune fille ont l'air de comprendre ce qui se passe en elle. Elles voient qu'elle ne pourrait parler sans se mettre à pleurer et elles se taisent d'une façon très douce. Elles l'emmènent dans une chambre où on lui a dressé un lit tout blanc. La jeune fille qui se nomme Larissa lui apporte un grand bassin avec de l'eau chaude. Elle l'aide à se laver et lui donne pour la nuit une robe de toile qui sent bon.

Le lendemain, Diotime demande à Antigone ce qu'elle sait faire. Elle a appris tous les travaux ménagers, la danse comme on la pratique à Thèbes, un peu la musique. Elle sait tisser, mais pas très bien, c'est Ismène qui excelle dans ce travail. Son père a voulu que, comme lui, elle apprenne à modeler la terre et à sculpter. « Que sais-tu faire encore ? » Antigone rit : « Manier les armes avec mes frères. C'est ce que je faisais le mieux : la pique, la lance, le bouclier, je m'en sers très bien, le glaive suffisamment. À l'arc je suis médiocre. » Diotime s'étonne : « Qui t'a fait apprendre ça ? – Mes frères, surtout Polynice, ça les amusait. Œdipe aimait nous voir quand je m'entraînais avec eux. »

« Dans mon rêve, je t'ai vue avec une lance comme Athéna, et une tablette couverte de caractères. – J'ai appris l'écriture comme ma mère le voulait. – Aujourd'hui, tu vas filer avec Larissa et continuer à te reposer. Demain tu l'aideras à écrire. Que Clios vienne me voir, je verrai ce qu'il sait faire. Ici, pour que chacun mange, il faut que chacun travaille. »

Le lendemain matin, Clios travaille dans le jardin, il fait ensuite des réparations dans la maison. Antigone copie sur des tablettes l'inventaire de la cargaison d'un navire que Narsès va envoyer en Asie. Larissa dicte, elle sait lire mais ne sait pas encore écrire et regarde Antigone avec admiration. À Thèbes, sauf ses parents et quelques prêtres, personne ne s'intéressait aux griffonnages d'Antigone et ses frères ne cessaient pas de se moquer d'elle. Ici, au contraire, tout le monde y accorde beaucoup d'importance. Au repas du soir, Diotime lui dit que son écriture est bonne et lisible mais qu'elle fait trop de fautes. Les inventaires de Narsès font preuve en cas de conflit avec l'acheteur ou d'avaries durant le voyage. Ils ne peuvent contenir aucune erreur. Antigone ne saisit pas très bien ce que Diotime veut dire, mais elle comprend que l'écriture doit être précise et que sans cela elle est sans valeur.

Diotime dit de Clios : « C'est une main d'or, il sait tout faire. Si vous revenez ici pour l'hiver, Narsès vous trouvera du travail. Ainsi tu gagneras ta vie et celle de ton père et tu ne devras plus mendier. Arsès, mon mari et le chef de notre clan, est mort en mer. Narsès est, comme lui, armateur et marin. Il navigue durant la belle saison et dirige notre atelier de poterie l'hiver. Il apprendra le métier à Clios qui pourra ainsi relever sa maison et reconstituer son troupeau. »

Antigone dit qu'elle ignore ce que son père veut faire, elle pense qu'il voudra repartir dès qu'elle se sera reposée. « Où veut-il aller ? – Il ne sait pas, il dit parfois n'importe où, parfois nulle part, mais il marche, il marche tout le jour. Toujours tout droit. – S'il ne veut aller nulle part et que pourtant il marche, c'est bien. »

Antigone est sur le point de fondre en larmes, mais elle se retient car Diotime, sans s'expliquer davantage, lui sourit avec cette douceur, cette fermeté qu'elle aime tant.

Le lendemain, c'est Antigone qui va porter le repas de midi à Œdipe. Elle est heureuse de le voir manger de bon appétit, dans sa hutte bien rangée, avec ses vêtements lavés et réparés par Clios. Veut-il, comme le propose Diotime, revenir ici pour l'hiver ? Il faut d'abord qu'il reparte. « Vers la mer ? – Oui vers la mer. C'est pour cela qu'il vaut mieux que tu restes ici. L'automne approche, la route deviendra plus dure. Laisse-nous aller, nous reviendrons. – Qui mendiera pour vous ? » Un très beau sourire éclaire son visage : « Le ciel y a pourvu jusqu'ici. » Une bouffée de joie monte en elle : « Tu veux dire que le ciel c'était moi ? – Un peu ça, Antigone. » Elle a le sentiment d'être payée de ses peines, de ses terreurs. « Si je suis un peu le ciel pour vous, tu penses bien que je ne vais pas y renoncer. Laisse-moi encore deux jours de repos et je partirai avec vous. » Il y a un silence, puis il dit : « Annonce à Diotime que nous reviendrons pour l'hiver. »

Diotime ne fait pas de commentaire quand elle lui rapporte l'entretien, elle n'approuve ni ne désapprouve. Elle dit seulement : « Quand vous reviendrez, il y aura du travail pour Clios et pour toi. Œdipe aussi se trouvera un travail. »

Le dernier soir, avec la nuit qui tombe, Antigone se sent étreinte par l'angoisse. Elle ne s'y attendait pas après ces jours de bonheur. Elle ne peut plus aider Larissa qui s'attriste elle aussi et la fait asseoir près du feu. Elle voudrait pleurer, mais ce soir elle n'a pas accès aux larmes. Elle s'aperçoit qu'elle est terrorisée par la perspective de retourner à la mendicité, aux lourdes journées de soleil, de vent ou de pluie. Vers la pitié des femmes, la curiosité des enfants et les plaisanteries des hommes. De repartir avec Œdipe qui se tait. Avec Clios, son désir, sa haine de presque tout et l'intimidante amertume de son visage. Elle voudrait rester ici, dans le travail apaisant, la gaieté de Larissa, le calme de Diotime et pourtant elle sait qu'elle doit partir.

C'est le repas du soir, elle croit qu'elle ne pourra rien prendre, mais Diotime, avec quelques gestes, quelques paroles, lui rend courage. Antigone a faim, très faim même et commence à se sentir mieux. Diotime sort à la fin du repas et revient avec un manteau d'un bleu superbe : « Tu es partie de Thèbes sans rien, tu vas avoir besoin d'un manteau. Celui-ci a été tissé ici, je l'ai teint moi-même avec Larissa. Essaie-le, s'il te va, je te le donne. » Antigone le met, il est chaud, souple, magnifique. Tout ce qu'elle peut dire c'est : « La couleur n'est pas salissante ! » Elles éclatent de rire : « On dirait qu'il a été coupé pour toi, quels beaux plis il fait sur toi qui es si grande ! » s'exclame Larissa.

Elles s'assoient autour du feu et elles chantent. Diotime lui dit qu'elle a une voix juste : « Est-ce que ton père chante aussi ? – Quand nous étions petits, il chantait avec nous. Depuis je ne l'ai plus entendu chanter. – Il devrait le faire, il appartient par son père à une lignée de Clairchantants. Ceux qui ont reçu le don ne peuvent le garder pour eux. » Antigone est surprise, elle ignore tout de la lignée d'Œdipe.

Elle est très fatiguée. Larissa l'emmène se coucher, elle lui dit qu'avec le manteau bleu elle ressemble à une reine. C'est qu'elle n'a jamais vu une vraie reine, comme Jocaste, qui rayonne sans rien faire et qui meurt sans plier. Tandis qu'elle, la petite Antigone, elle plie, elle plie sous l'orage comme son père, mais elle ne meurt pas. Pas encore. Elle est heureuse d'avoir chanté, heureuse d'être belle dans le manteau bleu. Larissa l'aide à se coucher et la borde. Elle aurait préféré que ce fût Diotime. Diotime n'est pas venue, elle ne viendra qu'en rêve avec ses cheveux d'un gris très doux et sa présence silencieuse.

Les adieux sont brefs. Diotime montre à Antigone comment enrouler son manteau autour d'elle si elle veut qu'il lui procure le maximum de chaleur. Comment le ceindre s'il y a de la boue ou si elle doit traverser à gué un cours d'eau. Elle lui apprend cela tout à fait comme

Jocaste, mais avec elle ce sont des conseils, des incitations, avec Jocaste c'étaient des ordres. Elle l'embrasse d'un mouvement tendre et rapide, elle lui donne un sac plein de provisions, dit : « À cet hiver » et n'est plus là.

Larissa l'accompagne jusqu'au bout du chemin des vignes, au coin du bois d'oliviers où Clios les attend. Elle l'embrasse précipitamment et se sauve, sans doute pour que Clios ne voie pas qu'elle pleure et parce qu'elle a peur de voir Œdipe. Antigone se demande à cause de qui Larissa pleure. À cause d'elle ou – ah ! cela ne lui est pas agréable – parce que Larissa est amoureuse de Clios. Celui-ci est dans un mauvais jour, elle s'en aperçoit trop tard. Elle ne peut s'empêcher de lui demander pourquoi Larissa était si triste : « Parce qu'elle est amoureuse de moi. – Mais Narsès aime Larissa, elle parle beaucoup de lui, elle va l'épouser. – Ça ne l'empêche pas d'être amoureuse de moi, comme vous toutes. » Antigone est blessée : « Alors tu penses que, moi aussi, je suis amoureuse de toi ? – Ça se voit, non ? – Ça se voit ! » Antigone est honteuse, atterrée : « Tandis que toi, naturellement... » Il s'arrête en face d'elle, avec le sourire noir qu'elle aime tant, et la coupe : « Moi je désire, je n'aime plus. » Œdipe, qui est un peu devant eux, s'arrête, il dit : « Vraiment ? »

Ce petit mot provoque la colère soudaine de Clios. Il s'élance vers Œdipe, Antigone croit qu'il va frapper son père, elle court vers eux, pensant : « Ça, je ne le permettrai pas ! » tandis qu'une saveur amère lui révèle que, si c'était elle qu'il voulait frapper, elle le permettrait sans doute, elle le désirerait peut-être. Clios ne frappe pas Œdipe, son poing retombe et il se contente de trépigner comme un petit garçon qui se croyait très en colère et qui découvre qu'il ne l'est plus. Il crie : « Je n'ai aimé qu'un garçon et par erreur, oui, par erreur, je l'ai tué. – Qui aimait le plus, qui aimait le mieux, demande Œdipe, lui ou toi ? » Clios ne s'attendait pas à cette question. Antigone voit le cher et insupportable visage se contracter. Le sourire amer et insultant disparaît, il n'y a plus là qu'un homme très jeune, un enfant accablé par le chagrin et qu'elle a envie de prendre dans ses bras. Il tente encore de crier : « C'est lui qui aimait le plus. Beaucoup plus et beaucoup mieux. » Et Œdipe : « Alors ne sois pas triste, le plus heureux est toujours celui qui aime le mieux. Allons, Clios, il faut repartir, nous avons encore du chemin, beaucoup de chemin à faire. »

Ils s'en vont, mais Clios, au lieu de fermer la marche comme d'habitude, se tient à côté d'Œdipe. Il lui signale les obstacles et cette fois Œdipe ne refuse pas. Clios dit : « Ici il y a une flaque de boue, contourne-la. Là de grands rochers gris, passons au milieu. » Il lui décrit la couleur d'un chaume qu'ils traversent et où il parvient encore à glaner quelques épis : « C'est un champ couleur de lion. Sur les bords, il y a quelques coquelicots que l'on n'a pas fauchés. »

Ils s'arrêtent à midi près d'un ruisseau. Antigone montre à Œdipe la souplesse de l'étoffe de son manteau, la perfection de son tissage. Il admire, il demande : « Dans cette couleur, tu te sens belle ? » Sous le regard de Clios, elle n'ose pas répondre et c'est lui qui dit : « Elle est belle. C'est un bleu grave, profond, qu'on dirait fait pour elle. » Elle s'étonne de cette façon qu'il a de voir la couleur d'un manteau, mais elle est contente, réconciliée avec lui. Elle dit : « Diotime chante souvent, hier nous avons chanté avec elle et la tristesse a disparu. Elle dit, Œdipe, que tu descends par Laïos d'une lignée de Clairchantants et que tu devrais chanter. »

Le visage d'Œdipe s'assombrit : « Voilà comment j'ai connu mon père. Il est apparu à un carrefour sur son char que tiraient des chevaux couverts d'écume. Il m'a intimé l'ordre de lui céder la place. Je menais aussi des chevaux, mais ils n'étaient pas attelés. Il me fallait d'abord les rassembler, les faire reculer. Par respect pour son âge, j'allais le faire, mais tout de suite ce furent des injures, puis des coups de fouet en plein visage. Dans la surprise et la colère du combat, je l'ai tué sans savoir qui il était. Je ne sais rien de plus sur lui, j'ignore s'il était Clairchantant et si j'ai hérité de lui ce don.

à Corinthe, j'aimais chanter. À Thèbes, je chantais parfois pour vous quand vous étiez petits. Ta mère n'aimait pas cela. À cause de Laïos, peut-être, ou de l'idée qu'elle se faisait de la dignité royale. J'aimerais chanter, quelque chose m'arrête. »

Au cours des journées qui suivent, Clios, si Œdipe le laisse faire, se place à ses côtés et tente de lui faciliter la marche en lui disant ce qu'il a devant lui. On ne sait pas si Œdipe, qui avance toujours en tâtant le sol devant lui avec son bâton, l'écoute ou non. Parfois il évite adroitement les obstacles mais souvent va buter contre eux, comme s'il n'avait rien entendu. Clios ne se décourage pas, il varie, il perfectionne ses avertissements, il décrit les reliefs, les couleurs, les nuances de la lumière. Il évoque des souvenirs : « À droite, il y a une source, elle est claire, tu l'entends chantonner, elle est moins abondante que celle qui était au fond de notre verger et où j'allais puiser de l'eau avec ma mère. » Il décrit en passant un jardin, entouré d'un muret, avec un carré d'oignons, des légumes, quelques arbres fruitiers, et Antigone entend qu'il a grandi dans une maison tenue par une mère attentive qui avait un potager, un verger et une belle olivaie. Il décrit un jour, et on sent qu'il y prend grand plaisir, une prairie au loin sur la courbe arrondie d'une montagne que surplombe une mince aiguille rocheuse : « C'est sur une montagne comme celle-là que mon père me faisait monter l'été avec notre bélier, les brebis, les moutons et les agneaux lorsqu'ils étaient assez forts. Je restais là six soleils, puis mon père me remplaçait deux jours et je remontais. Cela durait ainsi jusqu'aux approches de l'hiver si la neige ne venait pas plus tôt. Que les journées étaient longues, douces et l'automne interminable. » On voit qu'il a du chagrin. Il montre encore la montagne à Antigone : « En automne, parfois survenaient les loups. La première fois que j'en ai vu un, j'étais encore très jeune, je ne savais pas ce que c'était. J'ai vu une bête, avec une longue queue, qui attaquait une de nos brebis. Je l'ai frappée avec mon bâton et, comme elle ne lâchait pas prise, je l'ai saisie par la queue et j'ai tiré de toutes mes forces. Elle s'est retournée et m'a mordu à la jambe. Je l'ai frappée encore et, comme nos chiens l'attaquaient de côté, elle s'est enfuie. Je suis parvenu à redescendre chez nous avec le troupeau. Quand mon père a vu la blessure, il a dit : «C'est la morsure d'un loup !» et il l'a embrassée. – Mon père n'a jamais fait ça, » dit Œdipe.

Une brume légère s'élève du sol, un grand soleil rouge décline rapidement à l'horizon. Œdipe s'arrête, il y a là une maison solitaire, entourée de champs bien entretenus et de quelques arbres. Antigone se dirige vers elle, un paysan et sa femme, avertis peut-être par les bergers, sortent à sa rencontre et l'emmènent chez eux. Bientôt la cheminée fume, ils ont ravivé le foyer, elle est en sûreté. Clios prépare le feu et le bivouac. Pendant qu'ils mangent, il y a entre eux un long silence. À la lumière inégale du feu, on peut voir le visage aigu de Clios, penché sur les flammes. Il regarde anxieusement Œdipe dont les traits creusés par la fatigue semblent frappés d'immobilité par l'absence du regard. Clios souhaite, ce soir, lui parler de ce qu'il ne voulait dire à personne. Le silence d'Œdipe aggrave la difficulté qu'il éprouve et c'est avec une sorte de frayeur qu'il s'entend dire soudain : « Je voudrais te raconter ma jeunesse et te parler de mon ami. » Il y a quelques instants de silence dans lesquels il pénètre comme dans un jour de froid intense, puis la voix d'Œdipe qui dit : « Commence. »

3

ALCYON

Sur la montagne qui faisait face à la nôtre, montait chaque été un autre berger, son troupeau était plus nombreux que le mien. Ce garçon était un peu plus âgé que moi et en le regardant, à travers l'étroite vallée qui nous séparait, je le trouvais beau, avec sur son visage un air doux et gai. J'aimais surtout sa démarche, ses gestes, son sourire, ils avaient quelque chose d'aérien que je n'ai plus retrouvé chez personne. Parfois quand nous montions chacun sur notre montagne, ou l'après-midi quand nous suivions nos troupeaux à l'ombre, nous étions très proches mais nous ne nous parlions pas, ne nous faisions aucun signe et, pour nous regarder, nous nous cachions dans les buissons. Entre nos deux clans, il y avait une dette de sang immémoriale dont plus personne ne savait l'origine mais qui était grossie à chaque génération par de nouveaux conflits, des combats, des blessures et des meurtres. Il était le second fils de notre ennemi, Atos, le chef du clan adverse. Il se nommait Alcyon et son clan qui descendait d'Orphée était celui de la musique.

Notre clan à nous était le clan de la danse. Nous dansions dans notre maison le soir, dans notre jardin ou dans la montagne l'été et mon père, qui était le meilleur danseur du clan, dansait parfois en travaillant. Ma mère l'accompagnait presque toujours et, tout petit, j'ai appris à me joindre à eux chaque fois que je le pouvais.

Tout l'été, j'entendais Alcyon jouer de la flûte et parfois chanter sur sa montagne et je me cachais pour l'écouter. Chaque année, sa musique devenait plus belle, un jour je n'ai plus pu résister à mon bonheur, je suis sorti des hautes herbes où je m'étais tapi pour l'entendre, je suis monté sur une roche plate dominant le ravin où coule le torrent qui sépare nos montagnes et j'ai commencé à danser. D'abord des danses du clan que je connaissais, puis des danses inconnues que m'inspirait sa flûte, et enfin j'ai plongé dans la danse profonde et suis tombé à la renverse.

Quand je suis revenu à moi, il était monté sur un arbre et, couché sur une branche, il me regardait avec inquiétude. Je me suis relevé étourdi, son regard m'avait peut-être empêché de rester trop longtemps au soleil sur la pierre brûlante. Il m'a fait de la main un signe presque invisible me disant d'aller à l'ombre et de boire. J'ai répondu de même. Nous ne pouvions rien de plus, il y avait entre nos deux clans un fleuve de sang toujours en tumulte.

Le lendemain, je suis redescendu à la maison, j'ai demandé à mon père s'il voulait me prêter sa flûte. Il me l'a donnée, avec un cordon pour la garder autour du cou. Il m'a montré les notes et m'a dit : « Prends garde, nous sommes le clan de la danse, pas celui de la musique. Nos deux clans vivent côte à côte, ils ne feront jamais la paix. » Je vis qu'il le regrettait et qu'il m'avertissait d'un danger. Quand il me remplaçait sur la montagne, il entendait la flûte d'Alcyon et avait ressenti son merveilleux pouvoir. Il se doutait bien que c'était à cause de lui et pour lui que je voulais apprendre la musique. Pourtant il me donnait sa flûte car il comprenait que s'ouvrait à moi un bonheur que je ne pouvais refuser. Quand je suis revenu sur notre montagne, Alcyon a tiré de sa flûte des sons d'allégresse et de douleur comme je n'en avais jamais entendu. Il me faisait découvrir en même temps la beauté de son amitié pour moi, mais aussi la fragilité, l'impossibilité peut-être de cette intimité sans paroles. Pour lui répondre et lui montrer que je le comprenais, je me suis mis à danser ce que m'inspirait sa musique. Quand il me vit glisser vers la danse profonde, il diminua le rythme et la force de son jeu et finit par s'arrêter doucement. Il savait que la danse profonde ne doit avoir lieu que la nuit lorsque l'ennemi ne peut savoir, si vous tombez, que vous êtes à sa merci.

Le torrent qui coule entre nos montagnes s'élargit au fond de la gorge et son courant se ralentit avant la chute qui, un peu plus loin, se précipite vers la vallée. C'est le seul endroit où l'on peut sans risque mener boire les troupeaux. En été, il y a là un gué que nous aurions pu traverser aisément si un formidable interdit ne nous l'avait pas défendu.

Des deux côtés, des chemins en lacet descendent vers l'eau. Mon père m'avait appris qu'en vertu d'un accord séculaire, qui datait d'avant la guerre entre nos deux clans, j'avais le droit de faire, le premier, s'abreuver nos bêtes à la fin du jour. C'est seulement lorsqu'il nous entendait remonter qu'Alcyon descendait avec son troupeau par un chemin qui aboutissait en aval du nôtre.

Près de la cabane où je m'abritais la nuit, il y avait des massifs d'aubépines. J'étais transporté d'enthousiasme par la musique que je venais d'entendre et par la révélation de l'amitié d'Alcyon. J'ai pensé aux aubépines et, le bonheur me poussant, j'en ai fait un bouquet mémorable. Je l'ai pris avec moi en menant s'abreuver le troupeau. Pendant que les bêtes buvaient, j'ai confectionné, avec deux bûches et des roseaux tressés, un petit radeau. De l'endroit où j'étais, un léger courant se dirigeait vers le sentier d'Alcyon. J'ai fait remonter mes bêtes. À mi-chemin, j'ai ordonné à mes chiens de continuer à les pousser en avant et je suis redescendu vers l'eau sans me laisser voir. Caché dans les roseaux du bord, j'ai attendu longtemps et j'ai lâché mon radeau quand Alcyon a fait sortir de l'eau ses bêtes. Il ne pouvait manquer de voir arriver vers lui mon esquif où le bouquet blanc ressemblait à la robe d'une de ces déesses qui viennent danser sous la lune, dont me parlait souvent ma mère. Il l'a aperçu, et a couru le prendre dans l'eau. Il l'a serré dans ses bras puis, en l'élevant au-dessus de sa tête, l'a consacré au soleil. Il ne m'a pas appelé heureusement, il n'a pas cherché à me faire signe. Il savait que je n'étais pas loin, mais il craignait comme moi que nous ne fussions observés et terriblement châtiés si nous étions surpris. En remontant le sentier derrière son troupeau, il enfonçait parfois son visage dans le bouquet, puis le mettait sur son épaule et chantait. En me rappelant ce que j'éprouvais au même moment, moi qui n'étais alors qu'un enfant mal dégrossi, je pense qu'il chantait de gloire. J'étais tellement enfiévré par les sentiments nouveaux qui me traversaient que, pour me calmer, j'ai plongé très longtemps ma tête dans l'eau. Quand, hors d'haleine, je me suis relevé, ruisselant, je ne me suis pas reconnu. J'ai cru découvrir quelqu'un de plus beau, de plus libre, avec dans les yeux une profondeur de joie, une détresse que je n'avais jamais vues.

Cette nuit-là a été la plus heureuse de ma vie. J'ai rêvé d'étoiles et quand la plus brillante est tombée dans une grande traînée de lumière, je n'ai pas pensé en m'éveillant que cela pouvait présager autre chose qu'un bonheur.

Durant la matinée, nous nous sommes chacun occupés de notre troupeau, suivant nos moutons et nos chèvres là où l'herbe était la plus fraîche et la plus savoureuse. Quand les bêtes se sont rassemblées à l'ombre, je n'ai pas attendu qu'il se mette à jouer et j'ai moi-même sorti ma flûte et lancé quelques notes maladroites. Caché dans le feuillage, il a refait mes notes une à une en soulignant légèrement mes erreurs. Je les ai reprises après lui jusqu'au moment où je suis parvenu à les jouer presque correctement. Il s'est arrêté sur le bord du ravin, en face de la roche où j'avais dansé et, avec timidité, il a esquissé quelques pas de danse. Lui, si limpide et aérien dans sa musique et dans ses chants, me montrait là son côté lourd, gauche, obscur, comme je lui avais montré le mien en jouant. J'ai regardé attentivement les pentes de nos montagnes et quand j'ai été sûr que seuls les aigles qui planaient très haut pouvaient nous voir, je suis monté sur la grande roche. Là, en les décomposant, j'ai corrigé ses mouvements comme il avait fait pour mes notes et je lui ai fait voir quels exercices il devait faire pour se perfectionner. C'est là que commença, pour lui et pour moi, une période de bonheur immense. Dès que nous le pouvions, il entamait une mélodie très simple que je m'efforçais de jouer à mon tour, ou je dansais pour lui et il tentait avec une adresse croissante de répéter mes mouvements et de suivre mon rythme. En nous corrigeant, nous progressions chacun dans l'art et dans la connaissance de l'autre. De jour en jour, je jouais mieux de la flûte, je comprenais plus profondément la musique tout en entendant que je ne serais jamais un musicien inspiré.

L'amitié que j'avais pour Alcyon me semblait toujours, au cours de ces journées de révélation mutuelle, bien pauvre à côté de la sienne. La danse l'a forcé à soulever sa pesanteur en même temps que sa part de lumière et c'est moi qui, sans le savoir, l'ai mené vers les sommets de la musique.

Le soin de nos troupeaux nous entraînait souvent loin l'un de l'autre. Lorsqu'il savait que je ne pouvais plus entendre sa flûte, il m'envoyait de sa voix puissante des messages sans paroles où je découvrais, non sans honte pour mes oublis, quelle présence, quel miracle j'étais dans sa vie. Je devais par prudence laisser passer un certain temps avant de répondre à ces dons que le ciel m'envoyait à travers les montagnes. Je lançais alors le cri des bergers de notre clan qui me semblait bien misérable à côté du sien.

Alcyon comprenait mieux que moi notre situation et combien elle était menacée. Nous pouvions nous aimer, tenter par la musique et par la danse de nous connaître mieux, mais nous ne pouvions le faire que dans la privation et le secret le plus rigoureux. Jamais nous ne pourrions franchir la frontière du torrent qui nous séparait, jamais nos mains ne pourraient se toucher ni nos bouches se parler. Il était résolu à trouver suffisant ce qu'un destin inespéré nous avait apporté, à se contenter de me voir, de m'entendre et d'échanger avec moi les paroles intérieures que nous nous disions l'un à l'autre. Peut-être ai-je même entendu dans sa musique que cet amour de vision et d'écoute était à ses yeux le plus parfait. Ce n'est pas ce que j'espérais. J'étais certain qu'une rencontre réelle, une mise en présence des corps, des regards, des paroles feraient jaillir une étincelle plus intense, produiraient cette illumination dont notre amitié n'était jusqu'ici que l'annonce. Il mesurait mieux que moi le poids de la réalité, il connaissait les changements qui étaient en train de s'opérer dans notre clan et savait que si je transgressais ses lois je devrais le payer de ma vie. C'est un risque que j'étais prêt à prendre, lui pas.

Jusqu'à ce que je te rencontre, Œdipe, j'ai pensé qu'il avait eu tort et qu'il eût mieux valu pour moi mourir à ce moment, dans cette gloire ou ce songe de gloire que je vivais intensément.

Le retour de mon oncle, le chef de notre clan, a tout changé dans nos montagnes. Il avait, pendant de nombreuses années, servi un grand roi étranger comme soldat, puis chef de centurie. Il était un combattant aguerri, d'une force prodigieuse et très habile aux armes. Ses exploits avaient été largement récompensés par le roi. Une partie des dons reçus avait été confiée à mon père qui avait acheté pour mon oncle des terres et une part de notre troupeau.

Des membres du clan ennemi s'étaient emparés du reste de ses biens à la mort de sa femme. En apprenant ce pillage, à son retour en Grèce, la colère de mon oncle fut terrible. Il jura la destruction définitive de nos ennemis et commença à y préparer les hommes de notre clan.

Averti par une série d'actions punitives auxquelles mon oncle s'était livré, le clan adverse se mit en position de défense. C'est à ce moment qu'Alcyon m'a envoyé son premier message sans paroles. J'en ai ressenti le choc, sans pouvoir le comprendre. Je me suis mis, comme chaque jour, à ma place habituelle pour notre dialogue de flûtes, mais il ne m'a pas répondu. Le soir, j'ai vu un grand feu devant sa cabane et j'ai entendu le bruit d'un repas. Des membres de son clan étaient venus le rejoindre, ils se mirent à chanter ensemble, puis à jouer de la flûte. Je pouvais reconnaître le son plus pur de la sienne. Les autres se sont arrêtés pour l'écouter et j'ai senti que c'était pour moi qu'il jouait. À travers le ciel nocturne que je fixais intensément, il m'adressait un avertissement solennel. Nous étions en face de périls grandissants mais rien, sauf nous-mêmes, nos impatiences, nos erreurs, ne pouvait empêcher notre amitié de continuer et de croître.

Cette nuit-là, je l'ai vu en rêve. J'étais dans un état de paix bienheureuse, il me parlait, me disait des choses très belles dont en m'éveillant je n'ai retrouvé que les derniers mots. Ces mots disaient : « L'invention amoureuse l'un de l'autre. » Il disparaissait alors et je me retrouvais seul, répétant cette phrase qui semblait nous ouvrir des perspectives illimitées et qui pourtant ressemblait à un adieu.

Le lendemain, il était là avec sa flûte. À la fin de sa leçon ou de notre entretien, j'ai entendu la voix de mon père qui m'appelait de loin. Alcyon est descendu en hâte du grand arbre où, debout sur une branche et caché par le feuillage, il pouvait veiller à la façon dont je maniais mon instrument, et je me suis précipité dans la descente. Ma mère, qui avait rarement le loisir de monter dans la montagne, accompagnait mon père. J'ai compris que s'ils montaient tous les deux c'est qu'ils avaient des choses graves à m'apprendre. Mais d'abord j'ai été tout au plaisir de les revoir après une longue séparation et j'ai dévalé les pentes en criant de joie. Ma mère m'a regardé comme si un nouvel aspect de moi-même lui apparaissait. Pendant qu'elle se reposait dans ma cabane, mon père a examiné une à une chacune de nos bêtes. Il s'est déclaré satisfait de l'état du troupeau et des pâturages.

Je devenais un berger accompli, ce qui était bien nécessaire car il ne pourrait cette année, requis par le clan, me relayer comme il le faisait d'habitude sur la montagne. Il ne pouvait rien m'annoncer de plus heureux, mais je me suis gardé de le lui dire. Les autres nouvelles faisaient prévoir de grands changements dans notre vie et semblaient porteuses de présages sinistres. Pour acheter des armes, mon oncle avait décidé de vendre la part de notre troupeau qui lui appartenait. Sa maison ayant été brûlée, lors du pillage qui avait suivi la mort de sa femme, il allait venir habiter chez nous et allait lui-même m'initier aux armes lorsque je reviendrais de transhumance. La guerre active entre les deux clans allait reprendre et mon oncle voulait la mener jusqu'à la victoire totale. Le combat aurait lieu bientôt, ce serait un combat d'adultes auquel ni moi ni les plus jeunes fils du chef de clan adverse ne pourrions prendre part.

Pendant que nous terminions le repas, ma mère, comme pour détourner mon attention de ces nouvelles, me demanda en souriant si j'avais fait des progrès à la flûte. « Un peu, ai-je répondu, je m'exerce chaque jour, mais je ne serai jamais un grand musicien. – Comme le berger voisin ? » Je n'ai pas répondu et elle m'a demandé de jouer. J'ai entamé un des airs qu'Alcyon m'avait appris et je ne l'ai pas joué trop mal. Ma mère a trouvé que j'avais fait d'étonnants progrès. Elle a souri de nouveau et a demandé : « Est-ce que le berger d'en face a fait autant de progrès dans la danse ? » Sa question m'a fait rougir, mais j'ai eu la force de lui demander : « Pourquoi me demandes-tu cela ? » Elle m'a serré dans ses bras avec cette tendresse qui a éclairé toute mon enfance et m'a dit : « Le garçon qui, au printemps, est parti pour la montagne était encore presque un enfant. Celui que je retrouve aujourd'hui est presque un homme. Ton père et moi voyons de grands dangers planer sur le clan. Des rêves, des prophéties intérieures sont venus me les confirmer. Ne les aggrave pas par des imprudences. La force dont tu débordes doit être soutenue par la mesure. Cette vertu ne t'est pas naturelle,

elle sera nécessaire, dans les jours qui vont venir, pour toi et pour celui qui est si dangereusement devenu ton ami. » Elle m'a embrassé, mais je me suis dégagé pour lui demander : « Il est menacé par qui ? – Par lui-même et par toi, dit mon père. Cet Alcyon a reçu le don de la musique, l'hiver passé il a joué aux réunions de son clan et dans quelques fêtes. Tous ceux qui l'ont entendu ont été transportés. Quand il jouait le soir dans la maison de ses parents, les gens, pour l'entendre, venaient s'asseoir en cercle autour d'elle, dans l'obscurité et le froid. De nombreux villages lui ont demandé de venir jouer et chanter à des fêtes. Deux rois l'ont invité pour qu'il vienne à leur cour. Depuis le printemps, il a tout refusé, il dit qu'il n'est qu'un berger et que l'inspiration ne lui vient que dans l'air de nos montagnes. Nous craignons que cette inspiration, qui s'est élargie et exaltée depuis un an, ne lui vienne de son amitié pour toi. N'y cède pas car ce serait votre condamnation. – Il ne m'a jamais approché, nous ne nous sommes jamais parlé. – Vous avez agi sagement, dit mon père. – Tu l'aimes ? » a demandé ma mère. J'ai été sur le point de répondre : Oui. Mais à ce moment, j'ai vu, derrière ce oui, une avalanche de souffrances et de détresses qui se ruait vers nous. Ma mère ne la voyait pas. J'ai senti un froid terrible m'envahir et je me suis mis à trembler. Je ne pouvais mentir à mes parents. Je ne pouvais pas non plus leur dire avec des mots les merveilleuses certitudes qui ne m'avaient été communiquées que par la musique et la danse. J'étais au bord des larmes et je ne sais ce qui serait arrivé si Alcyon, comme s'il nous avait entendus, ne s'était pas mis à jouer à sa place habituelle, dans le grand arbre, de l'autre côté du torrent.

La musique de sa flûte semblait monter de la terre elle-même, avec sa charge d'herbes, de fleurs et de montagnes et s'élever dans l'air pour y faire, dans l'espace, une rencontre indicible. Il fallait donc aimer sans réserve l'existence qui nous était donnée, dans sa hauteur, sa profondeur et les aléas de son immensité. J'ai vu, à ce moment, mon père se lever et prendre quelques-unes des torches que je préparais pour les mois sombres durant mes heures de loisir. Il en a placé sept sur l'aire aménagée devant ma cabane et, en les allumant, il a délimité autour de nous un cercle de lumière. La flûte d'Alcyon s'est arrêtée, il chantait et ce chant n'était pas formé de paroles. C'était, partant du *a* et parcourant lentement toute l'étendue des voyelles, l'envol souverain d'un oiseau. Sans le prononcer jamais, ce chant disait mon nom et le liait au sien dans un vaste élan parallèle. Nos deux noms se faisaient face, se regardaient passionnément, sans jamais se rejoindre, prolongeant l'amour par un renoncement indéfini, qu'éperdu d'admiration je ne pouvais cependant m'empêcher de haïr.

Sur le beau et tendre visage de ma mère, des larmes coulaient. Elle ne pleurait pas sur elle-même, mais sur Alcyon, sur moi et notre impossible amitié. Alcyon a repris sa flûte et mon père, s'élançant dans le cercle de lumière, s'est mis à danser. Mon père était le plus beau des danseurs et, ce jour-là, ému au fond de l'âme par la musique, il s'est surpassé. Jamais je n'ai vu la pesanteur s'égaler avec autant d'allégresse à la légèreté de l'air, ni la joie d'exister se manifester en des mouvements aussi parfaits.

Alcyon s'est arrêté et mon père s'est posé entre ma mère et moi, nous enserrant chacun d'un bras. Je sentais sa force, son intrépidité pénétrer en moi et m'emplir, comme dans ma petite enfance, de la certitude qu'il était l'homme le plus fort du monde, capable de nous protéger dans toutes les circonstances. J'étais heureux de penser que, du haut de son arbre, Alcyon avait pu l'admirer aussi magnifique dans la danse que lui dans la musique. Quand mon père a recommencé à danser, ma mère n'a pu résister à l'invite de ses gestes et de son regard et l'a rejoint sur l'aire. C'est la dernière fois que devaient se faire face, s'animer et s'inspirer l'un l'autre ces deux superbes danseurs. C'est par la danse que mes parents s'étaient rencontrés, c'est d'elle qu'était né l'ardent amour qu'ils se portaient, c'est en elle et en moi qu'il se fortifiait.

J'étais perdu dans la contemplation de ces beaux corps et de ces accents parfaits, quand ma mère m'a fait un signe d'appel. J'ai bondi à mon tour sur l'aire et me suis joint à leur danse. J'ai senti que quelque chose dans leur attitude et dans l'espace que j'occupais avait changé. Jusqu'alors je dansais autour d'eux, j'étais la promesse qu'ils protégeaient de leur tendresse. Je sinuais, je me déployais à la périphérie du bel ovale qu'ils formaient en s'éloignant et se rapprochant amoureusement l'un de l'autre. Cette fois, ce n'était plus seulement dans leur tendresse qu'ils m'accueillaient mais au centre de leur amour, dans le tronc même et le fondement de l'arbre infini de la danse. Dans le cercle de lumière tracé par mon père, ils me faisaient une place égale à la leur et mes gestes, mes élans, mes retombées n'étaient pas inférieurs aux leurs. Je les admirais, je me sentais passionnément d'accord avec eux, ils l'éprouvaient aussi et nous faisions ensemble l'invention d'une égalité que nous ne connaissions pas encore.

La musique d'Alcyon nous entraînait, nous soulevait au-dessus de nous-mêmes et nous, avec nos corps, nous la ramenions vers la terre d'où, comme un oiseau, elle voulait à nouveau s'élancer vers le ciel. Il y avait entre Alcyon et nous, mêlée à la joie et à l'enthousiasme du mouvement, une sorte de lutte. Nous, les trois danseurs, dont ma mère était le centre et l'image primordiale, nous cherchions, nous aussi, une voie d'amour, mais ce n'était pas celle où voulait nous engager la musique d'Alcyon. La danse, à travers nous, l'incitait à ne pas oublier la loi des corps, l'admirable fidélité de leur géométrie ni les exigences inaltérables de leur pesanteur. Elle lui demandait de ne pas pousser à l'extrême, et jusqu'au regard de la folie, l'espérance ascensionnelle du mouvement. Ma mère a encore tracé, autour de nous, deux cercles d'une gaieté immortelle et s'est arrêtée, comme une biche après le bond. Mon père a fait de même en me faisant signe de continuer seul. Alcyon a abandonné la flûte et a repris l'hymne sans paroles où le *a*, comme le son initial de l'être, semblait éveiller et guider le parcours lumineux et terrible des voyelles. Sa voix planait, mais je savais que les mouvements que je traçais sur le sol et dans l'air ne lui étaient pas inférieurs. Ma danse pourtant, malgré ce qui nous unissait, s'opposait à sa musique. Je sentais dans sa voix qu'il souffrait, et pleurait la séparation qui nous était imposée. J'acceptais la souffrance, mais je n'acceptais pas de renoncer. Je voulais continuer à m'avancer tel que j'étais dans la voie de découverte et d'émerveillement mutuel où notre rencontre nous avait engagés.

Ma mère s'est levée, j'ai cru qu'elle allait prophétiser comme elle le faisait parfois et, épuisé par la danse, je me suis laissé tomber sur le sol. Elle n'a pas parlé, elle a joint sa voix qui était pure et un peu voilée à la voix haute et ardente d'Alcyon. C'est elle alors qui a guidé la sienne, la ramenant des étendues sans fin de la détresse divine vers les espaces plus mesurés des espoirs et des chagrins terrestres.

Quand ce chant a pris fin, mon père s'est levé et nous avons fait pour ma mère et pour Alcyon le salut solennel que, dans notre clan, l'on adresse au disque solaire lorsqu'il parvient, dans le cours de l'année, au sommet de sa force ou de son exil. Les torches achevaient de s'éteindre, la pleine lune allait bientôt disparaître derrière la montagne, et je ne voyais plus clairement sa lumière tant elle me semblait se confondre avec celle que répandait ma mère. Mon père à ses côtés évoquait le soleil levant et j'imaginais leur union, en ce moment où la nuit commençait à pencher vers le jour, comme la rencontre de deux astres. Je les ai quittés très vite, pour leur laisser la cabane et aller dormir au milieu du troupeau. J'ai été long à trouver le sommeil car ma pensée, après cette extraordinaire soirée, se débattait avec l'image trop aérienne d'Alcyon. Avant de m'endormir, je lui ai envoyé mon premier message de l'esprit. Il ne comportait qu'un mot, ce mot était : Bonheur. Au moment de l'éveil, comme je sommeillais encore à demi, j'ai trouvé sur mes lèvres deux mots qui disaient : Malgré tout. Je n'ai pas eu de doute, c'était, pleine de vaillance et d'espoir, sa réponse. Je me suis levé, j'ai rassemblé, en refusant de m'attrister, la moitié du troupeau que mon oncle voulait vendre. J'ai fait descendre les bêtes aux environs de la cabane, j'ai ranimé les braises du foyer et préparé le repas. Quand mon père est sorti, il s'est aperçu que tout était prêt et j'ai vu qu'il était content. Nous avons d'abord mangé tous les trois en silence, mes parents regardaient avec regret les animaux que nous aimions et que nous allions céder à des mains étrangères.

J'ai posé à mes parents la question qui me tourmentait : « Devons-nous nous engager dans une guerre sans issue avec nos voisins ? Pourquoi devons-nous obéir à mon oncle qui n'est plus un homme de la terre mais un guerrier ? Quand nous lui aurons rendu les bêtes et les champs que nous avons fait fructifier pour lui, ne pouvons-nous sortir du clan pour échapper à sa folie ? » Ma mère, en m'écoutant, s'est redressée comme si je l'avais blessée, et le visage de mon père s'est rembruni. « Quand on est né dans le clan, a-t-elle dit, on n'en sort pas sans se déshonorer. Sans lui nous serions, comme tant d'autres, devenus la proie des rois, des villes, de leurs soldats, de leurs juges et de leurs prêtres. C'est grâce à lui que nous sommes libres et nous devons lui rester fidèles. Toi aussi, Clios. » Elle ne m'avait jamais parlé ainsi et, déconcerté par son ton autant que par ce qu'elle venait de dire, j'ai vu que mon père l'approuvait.

L'ombre qui s'était élevée entre ma mère et moi n'a pas duré. Elle a vu que je les avais compris, nous nous sommes embrassés avec la certitude heureuse de nous revoir bientôt. Malgré les menaces qui planaient sur nous, nous étions encore tous les trois éclairés par ce que nous avions vécu la veille. Mon père a poussé gaiement le troupeau en avant, il était plein de vie, de bonheur et de force, il avait en moi la forme d'un grand arbre. C'est la dernière fois que je l'ai vu vivant.

Pendant le temps qui a suivi, Alcyon a emmené son troupeau au loin et j'ai fait de même. Parfois, à de longs intervalles, nous lancions d'un rocher ou du haut d'une aiguille un cri qui signifiait à l'autre notre existence et notre pensée. Durant ces jours et ces nuits de solitude et souvent d'angoisse, ne recevant aucune nouvelle de la vallée, j'espérais que le combat n'aurait peut-être pas lieu. Le septième soir, comme je me préparais à me coucher après avoir longtemps soigné une brebis malade, mon corps et mon esprit ont été alertés par un message abrupt : Descends ! Je n'ai pas eu un instant de doute, le message venait d'Alcyon qui avait dû apprendre avant moi un événement grave. J'ai dévalé les pentes de la montagne plus vite que je ne l'avais jamais fait. À quelque distance de chez nous, j'ai vu mon oncle en armes qui, à genoux derrière un arbre, surveillait l'obscurité. Quand je suis arrivé près de lui, il s'est redressé, énorme dans sa cuirasse de cuir. Il était blessé et son visage désespéré et sauvage était celui d'un fou. Il m'a crié : « Nous le vengerons ! » J'ai eu la certitude d'un affreux malheur, j'ai contourné mon oncle comme un obstacle, et j'ai couru vers la maison. En entrant, j'ai vu deux formes pâles étendues sur le sol, le corps de mon père était là, sillonné de terribles blessures. Ma mère se tenait derrière lui. En me voyant elle m'a serré dans ses bras, sans une larme, sans une parole et j'ai eu le sentiment de ne plus étreindre qu'une ombre.

Elle s'est reprise quand le soleil s'est levé. Refusant toute aide, elle est allée seule parmi nos ennemis afin de régler avec eux une suspension d'armes permettant aux deux clans d'honorer leurs morts. Sans en référer à mon oncle, elle s'est adressée au chef du clan adverse. Nul ne sait ce qu'ils se sont dit, mais une trêve sacrée de vingt-huit jours fut conclue entre eux. Aussi affligés l'un que l'autre – car Atos, notre adversaire, avait dans le combat perdu son fils aîné – les deux négociateurs espéraient, je crois, voir naître de cet accord une paix plus longue et peut-être définitive, mais la folie de mon oncle ne l'a pas permis. C'est le dernier acte où s'est manifestée encore dans sa plénitude la personnalité de ma mère. Le malheur s'est ensuite abattu sur elle avec tant d'âpreté qu'elle n'a plus fait que survivre.

    Le cours désastreux du combat était dû à mon oncle. Nos hommes n'étaient que quatre. Ceux de l'autre clan sont venus à sept. Il était temps encore de battre en retraite, mais mon oncle ne l'a pas voulu. Il fut surpris par la tactique de nos adversaires. Pendant que trois d'entre eux attaquaient chacun un de nos combattants, les quatre autres ont assailli mon oncle. Il était blessé et acculé quand mon père, qui avait abattu son adversaire, est accouru à son secours. Dans la terrible mêlée qui a suivi, mon oncle – d'un suprême effort – a tué un des assaillants mais les trois autres, réunissant leurs forces contre lui, blessèrent mortellement mon père. Mon oncle, hurlant de fureur et de chagrin, l'a pris sur ses épaules et a chargé les ennemis avec tant de force qu'ils n'ont pu s'opposer à lui. Il avait cru sauver mon père mais, quand il est arrivé à la maison, il était mort. Le dernier survivant des nôtres est parvenu à se dégager lui aussi. Il y avait deux morts de chaque côté.

    Le soir de ce jour funeste, je suis remonté dans la montagne pour prendre soin du troupeau. Quand la lune s'est levée, j'ai entendu le son de la flûte d'Alcyon, de l'autre côté du torrent. Grâce à lui j'ai pu, pendant quelques minutes ou pour quelques heures, sortir du temps, sortir de mon chagrin et de ma colère contre mon oncle. J'ai vu monter au-dessus de nous, à la fois sombre et lumineux, l'édifice de la musique où Alcyon a pu, rien qu'avec l'air de ses poumons et le mouvement de ses doigts, élever à mon père un monument digne de lui.

    Le lendemain, je suis redescendu chez nous, nous avons dressé le bûcher funéraire de mon père et celui de son compagnon de clan. Ma mère n'a pas eu la force de chanter comme elle voulait le faire, mais elle a exécuté autour des corps une danse rituelle d'une beauté sévère et grandiose. J'ai pensé : C'est la dernière danse de sa vie. Je ne me trompais pas.

Après cela, je ne suis plus monté qu'irrégulièrement dans la montagne car mon oncle exigeait que je consacre la plus grande partie de mon temps à m'entraîner aux armes avec lui. Il n'avait nullement conscience d'avoir été la cause de la mort de mon père, elle avait seulement exaspéré jusqu'à la folie sa volonté de guerre et de vengeance. Quand je montais sur la montagne, Alcyon s'arrangeait pour être loin. Parfois, par de brusques actions sur mes rêves ou sur mon esprit, il me rappelait sa présence, son espoir et la nécessité d'être sur mes gardes. Il avait raison car un jour j'ai aperçu en haut d'un arbre mon oncle qui m'épiait. J'ai fait semblant de ne pas le voir et il a disparu soudain comme il savait le faire.

Mon oncle s'était établi chez nous avec celui de nos parents qui avait survécu au combat. Ils avaient proposé à ma mère de lui acheter une esclave. Elle avait refusé et ils la traitaient comme leur servante. Occupés à s'entraîner ou à faire des incursions sur le territoire ennemi, ils ne travaillaient ni l'un ni l'autre. J'essayais d'aider ma mère, mais j'étais de plus en plus requis par mon oncle qui me disait qu'il ferait de moi un guerrier accompli et, osait-il ajouter, digne de mon père. C'était un combattant extraordinaire et, en dépit de son humeur brutale, un instructeur habile et patient. Malgré ma résistance intérieure, il ne m'a pas initié seulement aux armes, mais aux plaisirs sauvages du combat, du sang et des métaux.

Un jour, comme je redescendais avec le troupeau, ma mère m'a dit que mon oncle, étant veuf, avait revendiqué le pouvoir, que lui donnait la loi du clan, d'épouser la veuve de son frère. Elle lui avait répondu qu'une telle perspective, et si près de la mort de mon père, lui faisait horreur. Il avait pourtant exigé d'elle ce qu'il appelait son droit. Il avait fixé une date prochaine.

Je mesurais bien le rapport des forces et j'ai dit à ma mère qu'il ne nous restait qu'une seule solution, nous enfuir. Tout occupé à sa guerre du sang, mon oncle ne pourrait pas nous poursuivre. Elle a refusé, elle était une femme du clan et quoi qu'il arrive elle continuerait d'en appliquer les lois.

J'ai été droit à mon oncle, je l'ai frappé au visage, je lui ai crié qu'il était l'assassin de mon père et qu'il ne pouvait forcer ma mère à l'épouser. Sa surprise et sa colère ont été terribles car il avait aimé son frère. Nous nous sommes battus, il lui suffisait de me contenir et, quand il l'a voulu, il m'a foudroyé d'un seul coup. Il avait besoin de moi pour sa guerre et ne voulait pas me tuer. La vie que j'avais vécue avec mes parents était souvent rude mais éclairée par l'amour. Mon oncle ne m'a pas pardonné et je ne voulais pas qu'il me pardonne. Il a appliqué la loi du clan, épousé ma mère et j'ai vécu dès lors sous le signe de la haine.

Mon oncle travaillait ma mère chaque nuit pour lui faire un fils. Je ne le supportais pas, je me suis bâti une cabane et n'ai plus vécu avec eux. Elle a été enceinte, je détestais cela, je n'osais plus la regarder et nous avions honte l'un devant l'autre.

Lors d'une des expéditions de pillage de mon oncle, un nouveau combat a eu lieu. Mon oncle a tué un de nos adversaires et en a blessé un autre, mais notre compagnon de clan a été tué. Nos ennemis étaient quatre et, de notre côté, mon oncle restait seul avec moi. Je lui étais de plus en plus nécessaire. Je lui ai demandé pourquoi il ne comptait pas Alcyon parmi nos ennemis. Il a répondu que le clan adverse le considérait comme prêtre d'Orphée et ne voulait pas qu'il participe aux combats. Il a ajouté : « Quand nous aurons tué tous les autres, nous le garderons comme esclave. Il jouera et chantera pour nous. »

Mon oncle était de plus en plus impatient de me voir devenir un homme. L'hiver était venu, je ne montais plus dans la montagne. Je passais mon temps à m'entraîner avec lui à l'épée, à la pique et à l'arc. J'apprenais tous les exercices du guerrier et, comme il était aussi un chasseur expérimenté, à ramper et à me déplacer sans bruit dans tous les terrains. C'est grâce à cela qu'ensuite j'ai survécu. Il voyait bien, quand je croisais le fer avec lui, que je désirais le tuer. Tout en étant constamment sur ses gardes, il était content de la haine qu'il lisait dans mes yeux. Il disait : « Tu dois devenir encore plus méchant, féroce comme une meute de loups. » Je n'avais plus le temps ni le goût de travailler. Nous mangions nos moutons plus vite que ne venaient les agneaux. La plus grande partie de nos champs était en friche. Seul le jardin dont ma mère s'occupait était encore entretenu comme du temps de mon père. Nous devenions de plus en plus pauvres, mon oncle ne s'en inquiétait pas, il disait : « Peu importe, quand nous aurons tué nos ennemis, nous prendrons leurs biens, leurs femmes et leurs enfants. » Je pensais qu'à la fin de cette guerre ils seraient aussi pauvres que nous, mais je n'osais pas le lui dire.

Un jour, en m'entraînant avec lui, je suis parvenu à le blesser, il a rugi, il a dit : « Tu es devenu aussi habile que moi, bientôt nous vengerons ton père et nous débarrasserons la terre de nos ennemis. »

Quand le printemps est venu, j'ai obtenu de remonter sur la montagne quelques jours avec les malheureux restes de notre troupeau. Comme je l'espérais, Alcyon m'attendait de l'autre côté du torrent, il était caché sur son arbre, je ne pouvais pas le voir mais, à la nuit tombée, il s'est mis à jouer de la flûte. Il l'a fait d'une façon si belle et si triste que je n'ai pas eu le cœur de danser. Je suis resté toute la nuit et toute la journée suivante sur cette impression de beauté profonde et de douleur. Au cours des mois passés en présence de mon oncle et sous sa domination, j'avais dû, pour supporter cette vie, m'endurcir et me fermer comme lui. Du soleil de l'ancienne vie, seule ma mère me restait, mais ma mère n'était plus qu'une femme désespérée et une source infinie de larmes. Dans cette muraille intérieure où j'étais enfermé, la musique d'Alcyon m'avait fait retrouver une vérité perdue. Quand le soir est venu il n'était pas sur son arbre. Je l'ai appelé en jouant quelques notes, il m'a répondu de loin, de très haut dans la montagne par quelques mesures de son chant sans paroles puis, plus rien. Le matin, je me suis éveillé sur ces mots : Prends garde ! Ils semblaient émaner de sa voix, mais je ne voulais plus prendre garde. Je voyais ses bêtes sur la pente de l'autre côté du ravin et j'espérais qu'il allait jouer, ou me faire un signe. Comme rien ne venait, à midi je suis monté sur la grande roche et j'ai dansé comme je ne l'avais jamais fait jusqu'alors. J'ai dansé mon désir et le sien, mais aussi mon désespoir dans le monde de fer et de violence qui était devenu le mien. J'étais décidé, s'il ne me répondait pas, à franchir le torrent, à violer les lois de nos deux clans et à monter sur sa montagne. Peu m'importait d'être emprisonné ou tué par les hommes de son clan. Il me voyait, j'en étais sûr, mais demeurait caché. Il m'a répondu par deux notes : l'une, très basse, que j'ai entendue comme une parole d'amour ; l'autre très haute, sifflante, qui était une note d'alerte. J'ai été obligé de me retourner et j'ai vu mon oncle qui s'avançait, énorme, menaçant, me barrant la route de la vallée. Pendant que je dansais, il avait pris et caché mes armes et venait à moi, armé seulement d'une trique. À ce moment, j'aurais pu fuir encore en direction des sommets, mais je n'y ai pas pensé un instant. Je me sentais plein de force, ouvert à nouveau à l'amour et capable d'affronter mon oncle. Il m'avait dit que j'étais maintenant aussi fort que lui, mais c'était pour m'abuser. Il n'avait, dans nos exercices, montré qu'une partie de sa force et de sa vitesse. Je l'ai attaqué avec mon bâton de berger, en quelques coups inattendus il m'a montré que je n'avais rien à espérer. Comme tu l'as fait, Œdipe, il m'a arraché l'arme des mains. Il m'a fait crier de colère, de douleur, puis de peur sous ses coups. Quand j'ai été à bout de force, il m'a saisi par les cheveux et jeté plusieurs fois sur le sol, comme font ceux qui matent les taureaux en les saisissant par les cornes et en les renversant dans le pré.

Ma défaite, mon humiliation, ma honte se passaient sous les yeux d'Alcyon, mais de tout ce qui me restait d'esprit et de cœur j'espérais qu'il ne tenterait pas de venir à mon secours. Il n'était pas un homme de sang et mon oncle l'aurait tué. Lorsque je me suis trouvé incapable de toute défense, mon oncle m'a encore frappé longtemps avec une science inexorable. Je hurlais, je pleurais comme un enfant, mais je n'ai pas demandé grâce. Je me suis évanoui et il a abandonné ce qu'il appelait son travail. Il ne voulait pas me tuer, mais me lier à jamais par l'obéissance de la terreur et de la haine. J'ai senti confusément le soleil disparaître, la fraîcheur de la nuit descendre. Il y a eu près de moi une présence bienfaisante, était-ce lui, la musique de sa flûte ou seulement sa pensée ? Je ne le saurai jamais.

Mon oncle était sûr que ma mère lui donnerait un garçon. Elle a accouché d'une fille. L'absurde colère de mon oncle a éclaté, il n'avait que faire d'une fille. Il s'est saisi d'elle pour l'exposer au soleil. Ma mère l'a défendue de toutes les forces qui lui restaient, elle est même parvenue à le blesser avec un couteau, mais il l'a jetée sur le sol où il l'a frappée à coups de pied. J'ai entendu leurs cris, j'avais mes armes, mais il avait eu le temps de saisir les siennes. J'ai combattu, oui j'ai combattu pour ma mère, mais je n'étais pas encore remis des blessures et de la formidable défaite qu'il m'avait infligées. Je me suis battu sans espoir et, en quelques coups, il m'a étendu à côté de ma mère. Il a exposé l'enfant qui n'a survécu que quelques heures, le lendemain ma mère est morte.

J'étais enchaîné à mon oncle par la peur, par la haine mais aussi par le désir, qu'il ranimait sans cesse, de venger sur nos ennemis la mort de mon père. Je ne parvenais plus à penser à Alcyon ni à croire encore à l'existence de la musique. La danse elle-même était devenue terrible, nous ne dansions plus que les nuits sans lune. Nous buvions beaucoup avant de commencer une danse barbare qui nous engageait très vite en direction de la danse profonde et de la nuit la plus nocturne, pour nous mener vers la chute écumante dans une sorte d'abîme horriblement délectable.

Je ne montais plus dans la montagne, je ne travaillais plus nos champs et nous mangions une à une les bêtes qui restaient de notre troupeau décimé. Je ne respectais que le jardin de ma mère, j'y avais répandu ses cendres et celles de ma sœur. J'y ai, jusqu'au bout, fait pousser les légumes et les fleurs qu'elle aimait. Je passais mon temps à m'entraîner avec mon oncle, à chasser, à surveiller nos ennemis et à les piller si nous le pouvions. Ils étaient quatre. Nous, deux. Nous ne pouvions agir que par surprise. En feignant d'être blessé et de fuir, je suis parvenu à faire sortir de son abri un des leurs. Mon oncle l'a blessé et je l'ai achevé. Pour montrer que la guerre était devenue totale, mon oncle n'a pas respecté son cadavre, il lui a tranché la tête et l'a emportée en trophée. Il voulait la clouer sur notre porte, mais j'ai refusé d'entrer dans la maison. Il m'a laissé aller la déposer auprès d'une source où nos ennemis sont venus la prendre pour l'ensevelir selon les rites.

Mon oncle, qui avait ses espions, m'a dit qu'ils avaient fait revenir Alcyon près d'eux pour le protéger. Nos deux montagnes étaient maintenant désertes. Bien que prêtre d'Orphée Alcyon montait la garde pour soulager ses compagnons et n'avait plus le temps ni le cœur de jouer ni de composer. J'étais résolu, s'il se trouvait en face de nous, à le défendre. Et chaque fois que nous entreprenions une expédition, je lui envoyais de toutes les forces qui me restaient un signal de mise en garde.

La guerre entre les deux clans est devenue très vite une lutte constante. Marches de nuit, surprises, pillages, incendies se succédaient sans arrêt. L'habileté de mon oncle nous a d'abord valu l'avantage. Nous avons mis le feu à une de leurs bergeries et volé une partie de leurs moutons. Un soir que mon oncle pensait les avoir attirés dans une fausse direction, nous sommes partis pour incendier une de leurs fermes écartées. Ils avaient pénétré nos plans et nous attendaient, cachés aux alentours. Au moment où nous allions entrer dans la grange où, aidés de leurs auxiliaires, ils comptaient nous faire brûler vifs, j'ai entendu une note étouffée et j'ai reçu dans tout mon corps un message de fuite. J'ai prévenu mon oncle et j'ai couru de toutes mes forces, lâchant mon arc et mon glaive et ne gardant que ma pique, comme mon père m'avait recommandé de le faire. Mon oncle, qui courait devant moi, a été frappé au ventre par un ennemi posté pour arrêter sa fuite. J'ai culbuté l'homme et j'ai continué à fuir. Mon oncle est parvenu à leur échapper mais, dans ses efforts pour courir, il a aggravé sa blessure. Les ennemis, sachant leur principal adversaire gravement atteint, ont préféré attendre le lendemain pour l'achever plutôt que d'engager avec lui un combat à mort.

Quand mon oncle est arrivé dans notre repaire, il avait perdu beaucoup de sang et se traînait avec peine. Il avait dû abandonner ses armes et respirait en râlant. L'idée m'est venue d'assouvir enfin ma haine et de le tuer. Il a dû voir cela dans mes yeux. Il a eu une espèce de sourire et il a dit : « Demain, c'est toi qui seras le chef du clan. » Cela m'a paru absurde, mais quand j'ai voulu retrouver ma haine, pour en finir avec lui, elle avait disparu. J'ai tenté de soigner sa plaie, un flot de sang l'a étouffé et il est mort violemment comme il avait vécu. J'ai pris la nourriture qui restait dans son sac, j'ai placé un peu de bois au-dessous de son énorme corps et, après avoir allumé le bûcher, je me suis enfui dans la montagne.

Le lendemain, après avoir trouvé les cendres de mon oncle, ils ont brûlé notre maison. Du haut de la grande roche, j'ai vu l'incendie et j'ai compris qu'ils me faisaient savoir qu'ils étaient décidés à m'exterminer et à effacer définitivement la dette du sang.

Ils m'ont traqué ensuite comme une bête sauvage. Je vivais de la chasse et de tristes rapines nocturnes. Je changeais de repaire chaque soir, je ne parlais plus à personne, je ne pensais plus peut-être, mais j'étais acharné à survivre pour venger mon père et le clan. Ils m'ont assailli deux fois sur notre montagne, je leur ai échappé en faisant rouler sur eux les pierres et les troncs d'arbres que j'avais préparés. Alcyon participait sans doute à leurs tentatives d'encerclement, mais il se tenait trop loin pour que je puisse le voir. J'avais beau épier sans cesse ce que faisaient mes ennemis, je ne l'ai plus jamais entendu jouer ni chanter.

J'étais devenu d'une vigueur et d'une résistance incroyables. La force de mon oncle, ses ruses et sa méchanceté s'étaient réincarnées en moi. Pourtant la nuit, je m'éveillais souvent en larmes, après avoir rêvé de mes parents, d'Alcyon ou de notre maison brûlée. Le matin, dès que je reprenais conscience, je retrouvais le règne de la haine et je ne pensais plus qu'à manger, à me cacher et à trouver une occasion de piller ou de blesser nos adversaires. Ils comptaient s'emparer de moi au moment où la neige me forcerait à descendre de la montagne. Profitant d'une nuit sombre, je leur ai échappé et je suis parti au loin.

Dans une cité, je me suis présenté à un roi afin de devenir soldat. J'étais hirsute, mes vêtements étaient en loques, il m'a toisé d'un air de doute, mais devinant ma force sous mon air sauvage, il m'a dit : « Lave-toi et viens demain à la palestre. » Le lendemain, j'y suis allé avec ses gardes. Il m'a dit : « Cours. » J'ai précédé ses hommes sans effort. Il m'a dit : « Lance le javelot. » Je l'ai lancé plus loin qu'aucun d'entre eux. Il a dit encore : « Combats contre cet homme. » Je l'ai rapidement vaincu grâce aux coups que m'avait enseignés mon oncle. Le roi m'a engagé dans sa garde et je l'ai aidé à gagner une guerre et à prendre une ville. C'est là que j'ai appris comment on viole les femmes dans leurs maisons, on tue les vieillards et on réduit les survivants en esclavage. En récompense de ce qu'il appelait mon courage, le roi m'a donné une armure avec des ornements dorés. L'armure m'a plu, mais je n'aimais pas ce roi, il avait le même esprit que mon oncle sans avoir sa vaillance et ne combattait jamais au premier rang.

Au retour, je lui ai dit : « Je te quitte, roi, le printemps est là. – Reste, m'a-t-il dit, j'ai besoin de toi et je te donnerai une maison, un collier d'or, une belle esclave et tu commanderas cinquante hommes. » J'ai dit que j'avais une dette de sang. Il connaissait nos montagnes et savait qu'il me fallait d'abord la payer. « Reviens, m'a-t-il dit, quand le sang sera apaisé. Nous prendrons une autre ville et je t'en ferai gouverneur. » Je ne me suis pas agenouillé pour prendre congé de lui, comme on le faisait dans ce pays craintif. J'ai pris plaisir à le voir cacher sa colère. Je lui faisais peur et il désirait ardemment mon retour car il n'avait, sans moi, aucune chance de devenir le roitelet de trois misérables cités.

Ils marchent tous les trois chaque jour en direction de la mer, chaque soir Antigone les quitte pour mendier et chercher un abri pour la nuit. Quand elle est partie, Clios allume le feu, soigne Œdipe et, après le repas, reprend son récit où il l'a laissé la veille. Œdipe l'écoute sans l'interrompre, sans rien dire, avec une attention extrême. C'est grâce à cette attention que Clios trouve le courage de retourner vers ces lieux, les plus sombres, les plus lumineux, les plus engloutis de sa vie car, s'il y revenait seul, il n'y découvrirait plus que des ruines. Quand il s'arrête, il retrouve Œdipe, dont il a envahi l'esprit, en qui il a imprimé son malheur et des images de son existence qu'il ne pourra plus jamais oublier. Il s'enfonce, il progresse dans l'attention d'Œdipe comme dans une grotte ou une forêt profonde, au fond de laquelle on devine la lumière incertaine de l'air libre.

Il y a un jour, il y a deux jours, il y en a plusieurs que le récit dure car chaque soir Œdipe dit : « Continue. »

Antigone souffre, elle sent qu'il se passe entre les deux hommes un échange, une découverte dont elle est exclue. La marche, ce jour-là, est plus longue qu'à l'ordinaire. Vers le soir, elle entend un tumulte sourd qui, à travers d'innombrables rumeurs, compose un événement qu'elle a déjà rencontré en rêve. La nuit est tombée quand ils parviennent sur une falaise rocheuse, il y a des nuages et c'est dans la lumière entrecoupée de la lune qu'elle aperçoit la mer et les vagues qui se brisent en écumant sur les récifs qui prolongent le cap.

Clios découvre dans un rocher une grotte peu profonde, abritée du vent. Elle décide de s'y installer pour la nuit, il est trop tard pour chercher un abri ailleurs. Les hommes acquiescent, elle prépare le repas pendant que Clios lui installe une couche de branchages dans la grotte. À la fin du repas, quand le feu les unit dans son cercle de chaleur, Œdipe se tourne vers Clios et dit comme chaque soir : « Continue. »

Il hésite à cause de la présence d'Antigone qui n'a pas entendu le début du récit. Œdipe le résume pour elle et Clios, comme il le lui a demandé, continue.

J'avais pensé surprendre le clan ennemi en revenant dans nos montagnes, c'est moi qui ai été surpris. Ils m'attendaient depuis longtemps déjà et avaient tout préparé pour en finir. Je suis arrivé, me croyant à l'abri grâce à la cuirasse du roi. J'ai été blessé d'une flèche alors que je traversais un bois sans assez de précautions. L'agresseur a pris la fuite et, avec ma cuirasse, il n'était pas question de le poursuivre. J'ai donc abandonné la cuirasse et repris mon existence de bête fauve aux aguets. Malgré la belle saison, j'avais grand-peine à me nourrir. Chez nous tout était brûlé et rasé. Sur leurs terres, leurs familles et leurs troupeaux avaient été rassemblés en quelques points bien défendus. À l'aide de rabatteurs, ils m'ont lentement cerné sur notre montagne. Je croyais que c'était pour me réduire par la famine, c'était pis. En gravissant les pentes que j'aimais tant, j'ai vu qu'ils avaient accumulé, à des hauteurs différentes et jusqu'à proximité du sommet, des tas de bois. Je n'ai pas compris le piège et d'ailleurs, traqué de toutes parts, je ne pouvais plus l'éviter. Je me suis trouvé seul, n'ayant plus que mes armes, mais pouvant encore étancher ma soif à une petite source qui sortait entre les pierres à quelque distance du sommet.

Quand je n'ai plus rien eu à manger, j'ai décidé de descendre le lendemain pour leur livrer, tant que j'en avais encore la force, un dernier combat. Si Alcyon participait à la lutte, je ne répondrais pas à ses coups. J'ai tenté de le lui dire avec ma flûte, il ne m'a pas répondu. Au milieu de la nuit, je me suis éveillé. L'eau de la source s'écoulait à côté de ma tête, le vent avait changé, le ciel s'était chargé. Je regardais ma vie si lamentablement commencée. Je retrouvais, profondément enfouis dans le temps d'avant le malheur, l'image d'Alcyon et cet amour, cet espoir peut-être, qu'il m'avait révélés et qui étaient perdus.

Le matin, j'ai été éveillé par une odeur de fumée, ils avaient allumé le bois amassé sur les pentes, et le vent – ce vent dont ils attendaient le changement de cap depuis plusieurs jours – chassait déjà les flammes vers le haut où d'autres amoncellements de bûches et de branches renforceraient l'incendie. J'ai cru qu'il n'y avait plus aucun espoir, le sol était couvert de maquis ou d'herbe déjà desséchée par la chaleur. Des animaux affolés tentaient de s'évader vers le haut, seuls les oiseaux avaient une chance d'échapper aux flammes très hautes qui s'avançaient vers moi avec un bruit terrifiant. Il y avait au nord un versant de pierre très abrupt où le feu ne pouvait prendre, mais je voyais les armes des ennemis briller de ce côté qu'il n'était possible de descendre que lentement et en faisant face au rocher. J'avais tout prévu, les blessures, la mort et même l'esclavage si j'étais vaincu, mais je n'avais pas pensé au feu. La peur, l'horreur du feu me submergeaient et je reculais devant lui en criant de colère et en tremblant. Je suis monté tout au sommet de la montagne et j'ai vu qu'en un certain point et pour peu de temps sans doute le feu semblait moins large. Peut-être parviendrais-je à le traverser, c'était en tout cas ma seule chance. Je suis redescendu à la source dont les flammes approchaient. J'ai mouillé mes vêtements, mes cheveux. J'ai couvert mon visage d'une étoffe humide et j'ai dévalé la pente à toute allure en tenant ma pique à deux mains. Arrivé près du feu, j'ai crié. Oui, j'en suis sûr, j'ai lancé un cri d'avertissement. J'ai fait un bond énorme. Entouré, aveuglé par les flammes, je suis parvenu à rebondir encore et me suis précipité sur Alcyon que je n'avais pas vu. Il se trouvait sans armes en face de moi. Entraîné par ma vitesse, je n'ai pu l'éviter. Je l'ai transpercé de ma pique et nous avons roulé ensemble sur le sol. Affolé par le feu, j'ai poursuivi ma course, mais lui ne s'est pas relevé. Je l'avais tué sur le coup. Ce n'est que plus tard, dans la nuit, misérablement tapi sous une roche, que j'ai compris ce qui s'était passé. Il m'a semblé qu'il avait murmuré mon nom pendant que je le renversais. Je ne saurai jamais si je l'ai vraiment entendu ou seulement imaginé.

Le lendemain, je suis sorti de ma cachette et je suis allé vers les deux ennemis encore vivants, pour une bataille décisive. J'étais affaibli par la faim et par mes brûlures, je ne pouvais me pardonner d'avoir tué Alcyon, je désirais mourir et c'est ce qui m'a sauvé. Le combat a été long, incertain, désespéré, mais eux cherchaient à la fois à m'atteindre et à se protéger. Je ne me souciais pas de me défendre, je ne désirais plus la victoire, je n'espérais plus que la fin et l'extinction définitive de ma sauvage aventure. J'ai été touché plusieurs fois, mais, d'un coup porté avec tout ce qui me restait de force, j'ai blessé à mort leur meilleur combattant. L'autre, que j'avais blessé à la cuisse, se voyant seul en face de moi, a jeté ses armes et tenté de s'enfuir. J'aurais pu le tuer très vite, mais je ne voulais pas le frapper dans le dos. Brusquement il s'est retourné et m'a crié en se jetant à genoux : « Épargne-moi, car mon fils Alcyon t'aimait. Je suis le chef et le dernier de mon clan, toi aussi. Arrête le malheur. »

J'ai jeté mes armes, j'ai pris Atos dans mes bras et nous avons pleuré tous les deux sur la misère et la folie de nos existences. J'ai pansé ses blessures, il a soigné mes plaies et mes brûlures. Il m'a donné à manger, ce soir-là nous avons dormi dans la même cabane. Nous avons procédé selon les rites aux funérailles des deux morts. Il a mis la flûte d'Alcyon dans sa main droite et j'ai mis la mienne dans sa main gauche. En face de leurs bûchers, nous nous sommes engagés par les serments les plus solennels à l'extinction définitive entre nos deux clans de la dette du sang. Mort, Alcyon était aussi beau, aussi aérien que jadis sur la montagne. Malheureusement mon âme était endormie, pourrie, infectée comme elle l'est encore et je n'ai pu tirer aucun espoir de renaissance, aucune possibilité de vie de ce que j'ai vu, ce jour-là, sur son visage.

Le lendemain, Atos m'a fait cette étrange proposition : « Nous élevons depuis plusieurs années une fiancée pour Alcyon. Ses parents sont morts, nous l'avons adoptée. Elle s'appelle Io et n'a que cinq ans. Rebâtis ta maison, travaille tes champs, je t'aiderai pour cela. Dans quelques années, je te la donnerai pour femme. Vous serez nos enfants, vos enfants seront ceux d'un seul clan que nous formerons ensemble. »

J'ai été touché et troublé par cette offre, mais mon cœur et mon esprit étaient tout à la mélancolie. Je lui ai dit qu'il me fallait d'abord oublier tant de malheurs en voyant le monde. Il a répondu : « Mon offre tiendra jusqu'aux quatorze ans de notre fille. » Il est parti et j'ai compris très vite que je n'avais plus le courage de rebâtir notre maison, de travailler mes champs et de reconstituer mon troupeau. L'esprit de mon oncle me dominait toujours, j'étais devenu un homme de sang, de guerre et de rapines. J'ai pensé à redevenir soldat, mais je n'étais plus capable d'obéir. J'avais comparé ma force à celle des hommes et découvert mon pouvoir sur les femmes. Je suis parti à travers la Grèce, abandonnant les ruines de ma maison, notre montagne et les tombes des miens. Jusqu'au moment où je vous ai rencontrés, j'ai vécu de séductions, de vols et de pillages, nourrissant ma haine et ma honte de crimes toujours plus inutiles.

Il y a un silence, la mer déferle sur les récifs et vient battre la falaise. Du côté de la campagne, on entend le cri d'une chouette. Antigone pleure, la tête contre l'épaule d'Œdipe. Clios est touché par son émotion, il demande : « Pourquoi pleures-tu ? » Elle répond d'une voix entrecoupée :

« À cause de ta petite fiancée. – Mais je n'ai pas de fiancée. – Si, tu en as une, une vraie, et c'est Alcyon qui te l'a donnée. Quel âge a-t-elle ? – Sept ans, je pense. – Tu as encore le temps d'apprendre à être heureux avec elle, d'avoir des enfants. – Ne pleure pas, Antigone, ne sois pas triste. – Je ne pleure plus, j'ai le droit d'être triste, j'ai le droit d'être heureuse à cause d'Io, ta petite fiancée. »

Œdipe se lève : « La journée a été longue, viens, laissons-la dormir. » Ils sortent de la grotte, ils se couchent à côté du feu, chacun, dans le silence de l'autre, pensant à Alcyon, pensant à Jocaste, à la musique sur la montagne, aux énigmes, aux oracles et à la vie qui dit : Commence. Et qui s'obstine.

4

LE REFUS D'ANTIGONE

Après quelques jours, ils quittent le cap et repartent. L'automne se déploie, se dépouille de ses couleurs et la neige descend chaque jour un peu plus bas sur les pentes des montagnes. C'est un long voyage, en suivant Œdipe qui les ramène par des chemins inattendus à la maison entourée de vignes où Diotime accueille Antigone comme si elle l'avait quittée la veille. « Tu passeras l'hiver avec nous, dit-elle. Clios bâtira, pour ton père et pour lui, une cabane sur la colline du grand chêne. Personne ne viendra les troubler. »

Près du chêne, Clios trouve des pierres, du bois et des outils. Il allume un feu, une pluie fine se met à tomber et sa musique légère ranime en lui un vague et pénétrant regret. Œdipe rompt le silence : « Clios, il te faut une flûte, il faut aussi que tu te remettes à danser. » Surpris, Clios ne répond pas. L'obscurité est venue, la nuit sera froide. Ils se couchent près du feu, étroitement serrés l'un près de l'autre.

Quand la cabane est terminée, Clios part pour la ville la plus proche afin d'y acheter une flûte. Resté seul, Œdipe va s'asseoir en face du grand chêne et tente de le voir en lui-même avec son fardeau de branches mortes et la couronne souterraine de ses racines. Parfois l'arbre est là et Œdipe découvre le chêne intérieur qui survit malgré tout. Plus souvent il n'y a que le vent, la pluie, le temps interminable de l'aveugle. Le désastre qu'il a voulu peut-être ou, pensée inexorable, qui n'a été voulu par personne.

Clios revient, il a chassé dans la forêt et échangé ses proies contre les deux flûtes qu'il rapporte. La plus belle est pour Œdipe. Celui-ci s'en effraie, il se demande s'il peut encore jouer, il s'y décide et la musique fait irruption dans la cabane où Clios, qui croyait avoir renoncé à la danse, se laisse à nouveau emporter par elle.

Le lendemain, Œdipe s'en va dès l'aube. Clios, inquiet, le suit. Après une longue marche, ils entendent au loin un bruit sourd, c'est vers lui qu'Œdipe se dirige. Ils parviennent au bord d'un fleuve que des orages ont fait déborder. Son cours précipité charrie des débris, des troncs, des bêtes mortes. Œdipe est ému par le tumulte et la violence des eaux, il enlève ses vêtements et se précipite dans le fleuve. Il est entraîné par les courants, submergé par les vagues, frôlé par les troncs qui filent à toute allure. Il surnage, mais Clios, qui court en l'appelant le long du rivage, a l'impression qu'il a perdu conscience. Œdipe est emporté par le flot vers l'éperon d'un îlot rocheux. Au moment de s'y fracasser, il parvient à se hisser sur le roc. Debout, chancelant sur la pierre glissante, il est saisi de joie, transporté par l'enthousiasme et la fureur des éléments. Les vagues s'élèvent, se brisent sur ses genoux, tout est mouvement, rafales, sauvagerie souveraine. Un tourbillon noir et attirant se forme autour de lui. C'est son destin de s'y laisser glisser en abîme. Clios voit sa chute, il court vers l'aval et se jette à l'eau pour intercepter le corps d'Œdipe. Le courant porte le corps vers Clios qui le saisit, le soutient et tente de nager vers le bord. Œdipe semble inanimé, la rive est proche, Clios ne regarde qu'elle. À ce moment un tronc le frappe violemment à la tête. Il lâche Œdipe et coule.

Clios revient à lui, il est sur la rive, un homme pèse sur ses poumons avec une force incroyable et l'oblige à vomir toute l'eau qu'il a avalée. Œdipe, c'est lui, le frictionne, le réchauffe, l'oblige à se relever et à repartir sous la pluie vers la cabane. Comment, aveugle, l'a-t-il sorti de l'eau et ramené sur le bord ? Clios l'interroge et Œdipe semble étonné de ses questions. Il répond seulement, à sa manière : « Nous sommes là. » Quand ils ont regagné à grand-peine la cabane où Antigone les attend et panse leurs blessures, Clios comprend qu'il n'en saura jamais plus.

L'hiver se passe, Antigone travaille avec Larissa, et Narsès apprend à Clios le métier de potier dans lequel il se révèle très habile. Le soir, Clios apporte sa flûte à Œdipe qui en fait naître une musique barbare, à l'opposé de celle d'Alcyon. Elle plaît pourtant à Clios, il danse dans l'espace étroit de la cabane, à peine éclairée par les braises du feu. C'est une danse aiguë, presque sur place, à laquelle il ne s'abandonne pas, mais tranche ou creuse dans une matière encore cachée. En revenant de l'atelier, Clios rapporte parfois de la terre. Il la pétrit, il lui donne la forme d'objets ou d'animaux. Œdipe l'aide, il ne croyait plus pouvoir sculpter et s'aperçoit qu'il en est toujours capable. Clios trouve dans un torrent une pierre noire. Œdipe y fait naître une bouche et le prélude d'un sourire. Antigone l'offre à Diotime qui la nomme : le premier sourire de la pierre.

Quelques jours plus tard, Diotime donne à Antigone une branche d'olivier. Elle souhaite qu'Œdipe la sculpte. Il hésite avant d'accepter, il l'éprouve des mains et de tout son corps afin de découvrir ce qui se cache en elle. Quand elle est terminée, Clios se sent heureux comme si l'été était déjà là avec la fraîcheur de l'eau et les plaisirs de l'ombre. Antigone demande le nom de la sculpture. Œdipe dit seulement : Il y a une source. Antigone entend un son d'eau vive. Il vient du mouvement souple et de la déclivité du bois. Elle ne voit pas la source et Œdipe n'explique pas. Clios emporte la sculpture dans le jardin de Diotime. Elle est charmée et montre à Antigone que la source est en amont de la sculpture. On pressent un soupir qui est la source et on découvre le bruit de l'eau qui sinue sous les herbes et s'échappe en sautant quelques pierres. Antigone reconnaît ce ruisseau et la source qui soulève, avec une sorte de roucoulement, un peu de sable, avant de laisser l'eau s'en aller. Elle y a joué autrefois avec Ismène, à l'orée d'un bois près de Thèbes. Tout alors semblait prévisible et clairement dessiné pour elle. Contre toute attente, voici qu'elle est une mendiante qui va repartir bientôt pour suivre cet aveugle vertigineux qui vient de faire pour elle cette chose si belle que l'on peut contempler des yeux, toucher de ses mains et entendre sans lassitude avec son cœur.

C'est la nuit de la lune noire, Clios le sent à la violente certitude, à la nécessité de danser qui l'habitent. Quand il croit Œdipe endormi, il sort de la cabane et descend dans un vallon solitaire. Il attend le moment qui va survenir, qui se produisait chaque année quand le clan existait encore.

Il s'aperçoit qu'Œdipe l'a suivi, mais il est trop tard pour s'occuper de lui. Les nuages ferment le ciel, l'obscurité est totale et déjà la danse s'est emparée de lui. Il n'y a plus de pas, plus de gestes maîtrisés, plus d'autre issue que de s'enfoncer dans la Femme divine et de se perdre en elle comme elle se perd en vous. Vous êtes obligé de tournoyer et de vous perdre dans le mouvement du monde qui, lorsque vous penchez la tête en arrière, se renverse sauvagement sur vous. Au milieu de la course effrénée des nuages, à la fugitive apparition d'un astre, un étrange plaisir vous prend. Sur le fil tranchant d'un couteau, vous progressez dans la direction la plus dangereuse, celle peut-être de la pensée, si ce que vous appeliez ainsi avec des mots n'avait pas perdu contact avec la mère. Or elle est là, tout en parfums, en chair ardente et en violences de squelette. Est-ce que vous pourrez survivre à cela ? Est-ce qu'Œdipe le vit comme vous ? Peut-être, puisque vous le voyez, énorme, tourbillonnant comme une montagne et renversant vers le ciel, vers ses millions d'étoiles aveugles, son visage de voyant. Vous tournez sur le bord tremblant du plaisir et vous découvrez tous les deux le bonheur de n'être plus ni le sens ni le centre de vous-mêmes. Vous parvenez au terme du temps. Vous êtes fauchés et jetés par lui sur le sol, n'importe où, n'importe comment.

Le soleil est haut dans le ciel quand Œdipe revient à lui. Il ne sait pas où il se trouve et il a perdu son bâton. Antigone s'approche, elle apporte de l'eau fraîche. Elle dit : « Dans quel état tu t'es mis ! » C'étaient les mots de Mérope dans son enfance et il se souvient de son sourire qu'il aimait. Antigone lui donne à boire, essuie la boue dont il est recouvert et retrouve son bâton. Elle s'occupe aussi de Clios qui s'éveille. Elle remonte la pente du vallon, ils la suivent comme deux enfants. Elle n'a plus peur qu'ils deviennent fous. Elle en a parlé à Diotime qui lui a dit : « Il ne faut pas qu'ils enferment leur malheur en eux-mêmes, il vaut mieux qu'ils le vivent. Ton père a retrouvé un métier, les gens aiment beaucoup ses petites statues. »

Ils repartent au printemps et finissent par aboutir sur le cap où ils ont été l'automne précédent. Dans le petit port qui est proche, Clios peut travailler avec un potier. Antigone ne mendie plus car une femme, qui connaît Diotime, lui offre de tisser avec elle les étoffes qu'elle vend aux marchands athéniens. Clios aménage pour Œdipe et pour lui la petite grotte en haut du cap. Antigone loge au village et vient chaque jour voir son père. Œdipe est seul presque toute la journée et s'installe pour sculpter à la pointe du cap, sur une roche qui surplombe la mer.

Une nuit, il éprouve en rêve un grand bonheur dont la mémoire se dissipe au réveil. À l'heure brûlante, il descend au bord de la mer, entre dans l'eau et, perdant à demi conscience, retrouve des traces de son rêve. Il y avait une porte à laquelle il n'osait pas frapper. La femme de l'âge antérieur l'ouvrait. Elle était belle avec ses cheveux blancs et le regardait avec admiration comme s'il était en train d'accomplir une action remarquable. Sur les murs du couloir, qui ressemblait à l'entrée d'une caverne, il découvrait des signes verts. Ceux qu'il pourrait déchiffrer s'il connaissait cette langue.

Oracles et pythonisses se sont ri de lui. Ils lui ont fait perdre le royaume de Thèbes et celui de la vue, mais cette sibylle-ci, il en est sûr, ne veut pas l'égarer. Elle lui ouvre, au contraire, la porte de sa propre demeure.

Pendant les jours qui suivent, Œdipe vit comme auparavant. Il s'installe chaque matin pour sculpter sur la pointe du cap. Il entend les vagues battre contre la falaise et les cris des oiseaux de mer. Tout est pareil et pourtant tout est changé. C'est en vain que Clios lui apporte des pierres ou des morceaux de bois échoués, il les taille de plus en plus rarement. Ses mains deviennent inactives car son esprit, par la porte du songe, se détourne d'elles pour s'absorber dans la mer. Dans l'étendue, la monotonie et le sel aigu de la mer. Peut-être ne l'a-t-il pas connue quand il avait des yeux. Aujourd'hui quelque chose commence à s'ouvrir en lui, et parfois elle est là dans sa plénitude, désirant qu'il se perde ou se consume en elle.

Souvent il ne peut pas l'atteindre et retombe dans ses ténèbres. Celles de l'aveuglement coupé de la multitude éclatante, celles de la surdité qui n'entend plus la voix trop haute. Il connaît des jours d'absence, de refus, de déréliction, mais ceux où il bondit vigoureusement hors de lui-même pour devenir l'époux nombreux de la mer ou son épouse bien-aimée reviennent plus souvent. Les moments où il s'échappe pour grandir admirablement ou s'effacer dans l'espace se prolongent. Il suffit d'attendre, bientôt ils ne s'arrêteront plus. Seul compte encore le temps de l'espérance extrême, seul importe celui où il peut se plonger dans la contemplation. Il n'oubliera jamais le jour où, après s'être avancé loin, toujours plus loin dans cette image sans limites, elle s'est dissipée soudain avec la sensation déchirante d'un incompréhensible rejet.

La porte s'était ouverte, la lumière l'avait saisi, l'avait

comblé. Il se retrouve, couché à cette place qu'il croyait avoir quittée pour toujours. Il fait nuit, un feu brûle à côté de lui avec une clarté dérisoire. Antigone, la chère, la lointaine, hélas l'intraitable Antigone est penchée sur lui. Qu'a-t-il à faire encore de sa pauvre, de sa tendre anxiété, lui qui sait que tous les soucis sont vains ? La voix d'Antigone résonne inexorablement, ne sait-elle pas qu'il ne peut plus l'entendre ? qu'il ne peut plus écouter personne, mais seulement voir et revoir sans fin les grands espaces lumineux qui se sont ouverts à lui ? Antigone et Clios ne le laisseront-ils pas repartir vers le lieu de bonheur et d'apaisement d'où il vient ? Pourquoi pleure-t-elle, pourquoi ne peut-il s'empêcher de l'entendre qui supplie : « Ne nous abandonne pas. Voilà deux jours et deux nuits que tu t'absentes, que tu ne manges pas, que tu ne nous reconnais plus. C'est pis que ta folie, pis que ton vertige. Est-ce que je suis morte pour toi, et Clios est-ce qu'il n'existe plus ? Qu'est-ce que nous faisons ici, si tu n'es plus là ? Est-ce que vraiment je ne te sers à rien, est-ce que tu trouves que je suis de trop ? » Elle le secoue, elle crie : « Œdipe, tu ne peux pas mourir, tu le pouvais autrefois, tu le pouvais à Thèbes. Ici, tu n'en as plus le droit. » Elle se redresse, elle hurle comme une pythie : « Tu n'en as plus le droit. Je te le refuse, à cause... à cause de moi, Antigone ! »

Œdipe entend Clios la calmer, la faire s'agenouiller à nouveau à côté de lui. Il ne peut pas, il le sent, résister à son juste, à son terrible refus. Puisqu'elle le veut, il boit, il s'efforce de manger. Il laisse d'autres forces que celles de la lumière revenir en lui. Il entend confusément Antigone répéter tout bas de sa voix redoutable : « Qu'est-ce que nous sommes, qu'est-ce que nous faisons ici, si toi, tu t'en vas ? » Et Clios qui lui dit : « Laisse-le, tu vois bien qu'il souffre. Tu vois qu'il revient. » Il revient, il ressent la souffrance de revenir, comme ils le veulent, dans l'opaque instrument de son corps et dans ce monde soumis à la pesanteur. Il éprouve la tendresse des gestes d'Antigone qui a mis sa tête sur ses genoux et le fait manger très lentement et boire à petites gorgées. Clios réchauffe ses mains dans les siennes, puis module sur sa flûte un air d'Alcyon. Un air bien pauvre, après les musiques qu'il a peut-être entendues, mais qui touche son cœur en un point inattendu et si sensible qu'il sent monter en lui quelque chose qui ressemble à des larmes. « Ne pleure pas, dit Antigone, tu peux repartir si tu veux. Mais plus si loin, plus si longtemps. Pas dans ce bonheur effrayant, sans nous, sans personne. Est-ce que tu comprends ? »

Hélas, il comprend. Avec détresse, avec un obscur soulagement, il se retrouve pesant, aveugle, obscur. Là où il est, sur la route.

Œdipe demande à Clios le lendemain : « Pourquoi avez-vous eu si peur ? – Ça durait, ça durait chaque fois plus. Avec cet air de bonheur sur ton visage et l'immobilité de ton corps. Alors que nous étions habitués au mouvement sans trêve de tes marches, de tes mains et de tes pensées. Tout ce que tu appelles ton vertige et qui s'éteint lorsque tu pars ainsi dans l'inconnu. – Je ne partirai plus. »

Il voit que Clios, qui se prépare à descendre au village, ne le croit guère. Après son départ, il prend une pierre et recommence à sculpter. Il pense au rêve avec la sibylle, à la porte qu'elle ouvrait et qui ne donnait pas sur l'infini, mais sur sa propre demeure.

Clios, le soir, annonce qu'un envoyé d'Ismène est venu voir Antigone. Ismène est entrée en contact avec le roi d'Athènes, Thésée. Celui-ci est prêt à accueillir Œdipe à Athènes. Ismène a fait parvenir un peu d'or à Antigone. Elle a refusé l'or et renvoyé le messager porter des nouvelles à Ismène. Elle a appris aussi que le roi Thésée va passer bientôt le long de la côte avec la flotte athénienne qui, chaque année, part en Thrace.

Quelques jours plus tard, Antigone apprend que la flotte de Thésée approche. Ils vont tous les trois à la pointe du cap. Clios décrit à Œdipe ce qu'il voit : « La flotte comporte sept bateaux. Comme il y a peu de vent, ils doublent le cap à la rame. Les rameurs chantent, les flancs des bateaux, les rames et les voiles sont teints de pourpre. » Clios et Antigone sont enthousiasmés, ils voient se manifester dans le rythme des chants, dans la forme acérée des navires, la liberté aventureuse d'un peuple de la mer.

Le roi Thésée est au centre, sur le quatrième bateau et, comme il aime le faire, il tient lui-même les rames de gouvernail. Il regarde le cap. Il sait – car il sait tout ce qui se passe sur ces rivages – qu'Œdipe, l'ancien roi, est réfugié ici avec une de ses filles. L'autre est devenue une alliée et le tient au courant de ce qui se passe à Thèbes.

Thésée serre la côte. En doublant le cap, il peut voir Œdipe de près. Il est en haut de la falaise, très grand, le visage durement coupé par le bandeau noir qui cache ses yeux. Magnanime, Thésée le salue de son sceptre. Sans que ses compagnons aient pu le prévenir, Œdipe lui répond d'un geste.

Le cap est passé, le vent se lève et gonfle les voiles. Thésée donne des ordres, les marins s'activent, la flotte s'éloigne rapidement. Quand le roi se retourne, Œdipe est toujours à la même place. Celle, pense Thésée, du personnage sacré.

5

LA VAGUE

Le cap forme au nord un surplomb sous lequel on ne peut parvenir que par un sentier étroit où s'abritent parfois des chèvres à demi sauvages. Sous le surplomb, il y a une grande paroi sombre que les vagues viennent frapper pendant les tempêtes et qui plonge, d'un mouvement abrupt et menaçant, dans la mer. Œdipe a rêvé qu'il sculptait une falaise. Il vient explorer celle-ci avec Clios. Il tâte la pierre des mains, il se hisse dangereusement sur la paroi. Il se colle aux aspérités du rocher, il l'ausculte, l'étreint avec les mouvements lourds, ralentis d'un nageur à demi submergé. Clios lui dit : « La roche ressemble à une énorme vague qui s'élève et va tout engloutir en retombant. » Œdipe approuve. « Il y a la vague, il faut trouver un moyen pour qu'elle ne nous emporte pas. Ce n'est pas un homme seul qui peut le faire, il faut une barque et des rameurs. »

Œdipe cherche avec son corps, dans la confusion native de la falaise, la forme de la barque qui doit y être, ainsi que la place des rameurs. Soudain il trouve, il est la barque, il la dessine avec son corps dans la pierre. Il veut la sculpter. Clios demande pourquoi. Œdipe répond que c'est à cause de son rêve. À cause d'eux trois, emportés par la mer. Clios ne croit pas qu'on puisse échapper à cette vague. « Il faut travailler la falaise, dit Œdipe, pour entendre ce qu'elle veut nous dire. – C'est un travail immense ! – Il faut commencer tout de suite. Procure-toi des outils. Antigone nous aidera, elle sculpte bien les corps et les visages. »

Clios est saisi par ce projet et part au village pour en parler à Antigone et demander des outils aux pêcheurs. Œdipe, resté seul, parcourt à nouveau le rocher pour y reconnaître la vague. Il glisse parfois et se déchire les mains, il ne lui déplaît pas de marquer de son sang la falaise. La vague est là et elle est en lui. C'était ainsi lorsqu'il se perdait en contemplant la mer, mais la mer ne résistait pas. Il était heureux en face d'elle, englouti dans son immensité sans contours. Ici tout est dur, franc, chargé d'aspérités comme les pêcheurs de Corinthe qu'il a tant aimés autrefois.

Il se revoit au port, dans sa petite enfance. Les marins étaient des géants et les bateaux semblaient énormes. Mérope, la reine, le tient par la main quand elle va acheter ses poissons au port. Elle s'arrête près d'un bateau dont la tempête a arraché les mâts. Les pêcheurs l'ont ramené avec tout son chargement, les poissons brillent dans la cale. Mérope est épouvantée des blessures opérées par la mer, mais le maître de la barque en a vu d'autres et lui montre comment il guidait le navire au milieu des lames. En haut, en bas, toujours à guetter la suivante et surtout gardant la tête froide. Il rit avec assurance et Œdipe se sent encore conforté par ce rire et cette solidité joyeuse.

Le premier obstacle vient d'Antigone qui refuse de se joindre à eux. L'entreprise est démesurée, insensée. C'est sans doute ce qui attire Œdipe et Clios. Elle ne veut pas abandonner son travail au village et recommencer à mendier. Le lendemain, Clios descend au port et Œdipe commence seul à sculpter la vague.

Antigone voit en rêve un enfant, avec ses petits outils, au pied de l'immense falaise. C'est Œdipe qui appelle quelqu'un avec une merveilleuse confiance. Il y a du vent, un grand tumulte de vent, elle finit par entendre qu'il dit : Ma sœur, ma sœur ! Elle s'éveille en larmes au milieu de la nuit, elle ouvre la porte, la lune est claire, elle s'habille et part en courant vers le cap. Elle voudrait se jeter dans les bras d'Œdipe, mais ils dorment encore, elle ne veut pas les éveiller. Elle se couche près d'eux, elle pense qu'elle peut refuser à son père ce terrible travail, mais peut-elle faire de même pour son frère, ce frère frappé par le malheur, qu'elle a suivi, qu'elle a poursuivi quand il a quitté Thèbes ?

Quand les deux hommes s'éveillent, ils trouvent Antigone en train de préparer le repas. Il n'y a pas d'explication, Clios lui donne des outils, Œdipe au pied du rocher lui montre le travail à faire. Il apparaît vite que pour les tâches délicates, c'est elle la plus habile. Elle n'aura pas à mendier, Clios a parlé du projet d'Œdipe aux gens du village. Ils pensent que cela protégera leurs bateaux et ont promis de les nourrir pendant la durée du travail.

Dorénavant, dès le matin, ils sculptent la falaise, ils vont se baigner à midi, mangent et travaillent à nouveau jusqu'au soir. La roche est dure, mais leurs bras et leurs mains s'endurcissent et Œdipe rappelle qu'il ne faut pas forcer la pierre. La vague est là, déjà là. Il faut seulement l'aider à apparaître. Ils sentent sous leurs mains sa présence alors que Clios et Antigone ne la voient pas encore de leurs yeux. Lorsqu'ils ont des doutes, ses deux compagnons appellent Œdipe. Il palpe la pierre de ses mains, il l'écoute, il la goûte des lèvres et de la langue, il colle son corps contre elle. Il dit : « Il faut se laisser porter, emporter par elle. » Les deux autres sentent alors que la vague existe. Elle a traversé brutalement leurs vies, elle les a submergés, elle les submergera peut-être encore, cela ne les empêche pas d'être vivants.

Ils commencent à sentir la vague, mais la barque n'apparaît pas encore. Œdipe a trouvé sa place, il n'ose pas encore lui donner sa forme. La roche est noircie par l'érosion et les tempêtes. Quand on la creuse, elle est blanche et les contours écumeux de la vague apparaissent en clair sur le fond sombre de la falaise.

Œdipe, en travaillant, lance parfois deux ou trois notes sonores. On espère qu'il va chanter, mais il ne continue pas et Antigone en éprouve du chagrin. Elle s'arrête alors et entonne une chanson de toile, comme elle en chantait à Thèbes en un temps qui semble devenu si lointain qu'on ne peut plus y croire. Clios en l'écoutant danse rien que des pieds et des mains sur le sentier étroit. Il arrive qu'Œdipe sorte sa flûte et joue. Un chant devrait naître, mais Œdipe ne veut pas ou ne peut pas chanter et les cœurs deviennent lourds.

Œdipe, laissant les autres continuer la vague, commence à tracer dans la roche la forme de la barque. Son étrave effilée est pointée vers l'abîme, sur sa poupe la vague commence déjà à retomber. Trois rameurs rythment de leur effort le mouvement du bateau, derrière eux un homme debout tient les rames de gouvernail. La barque plonge dans la profondeur, mais sa proue déjà se redresse, elle se glisse sous la vague, en la voyant on retient son souffle puis on le reprend avec soulagement car on est sûr qu'elle va franchir l'obstacle. La vague semble irrésistible, mais l'esquif plus subtil se sert de l'énorme force de l'adversaire pour lui échapper.

Lorsque les contours sont terminés, Œdipe demande à Antigone de sculpter les rameurs et l'homme au gouvernail. Elle seule a les mains assez fines pour faire cela sans troubler le dessin de la pierre. Lui fera la barque, comme celles de Corinthe qui allaient en haute mer, ou comme certains des bateaux d'ici que Clios lui a décrits. Elle sera seulement plus aiguë, plus proche des formes originelles qui sont sorties un jour de la mer. Tout en sculptant, il pense à la Sphinx qui était, comme la vague, infiniment plus puissante que lui. C'est de sa force qu'il s'est servi pour l'emporter, en plongeant dans son obscurité le couteau des réponses. La Sphinx a disparu comme s'effacent les vagues. Il a cru en être la cause, il a accepté le triomphe, la reine, la royauté, sans voir qu'en face de lui une autre vague, bien plus haute, se soulevait déjà. Les hommes de la barque ne seront pas comme lui, ils sauront que cette vague n'est pas la seule, qu'il ne suffit pas de triompher d'elle et qu'il faut affronter la tempête tout entière avec sa succession de vagues pour retrouver le port.

Œdipe n'a fait que tracer les contours des rameurs et du pilote. Antigone les regarde longuement avant de se mettre au travail. Elle est troublée, Œdipe cette fois s'est trompé, il n'a pas suivi le mouvement secret de la pierre. Elle le lui montre, lui fait toucher la pierre, lui fait sentir la vraie position des rameurs. Ils ne sont pas au début de leur mouvement, penchés en avant, la tête courbée sous les embruns. Ils sont au sommet de leur effort, le corps et la tête en arrière, expirant l'air de leurs poumons, voyant en face d'eux l'énormité de la vague et le pilote qui les soutient de son courage, de son habileté et peut-être de sa voix.

Quand le soir arrive, Œdipe envoie ses compagnons se reposer, mais il travaille encore de longues heures et ne remonte se coucher qu'à la nuit. Blanche, mince, élancée, la barque de pierre sort triomphante de ses mains, projetée en avant par la vague comme une flèche.

Antigone sculpte les trois marins, ils rament avec vigueur en réservant leurs forces car ils ont encore une longue lutte à soutenir. Ces rameurs, pense-t-elle, c'est nous trois dans notre lutte pour faire naître la vague de la falaise, pour l'inventer avec elle comme dit Œdipe. Le premier c'est Clios, très beau, très aigu mais sans cet air de bête fauve, sans le rire cruel et traqué qui apparaît trop souvent sur son visage. C'est lui qui donne son rythme à cette danse dans la tempête. La bouche esquissant un sourire de défi, de ses superbes yeux il ne regarde pas la vague mais seulement le pilote. Derrière lui, c'est elle avec un corps androgyne. Sur la tête, la roche lui fait, par son mouvement naturel, une chevelure d'écume dont les longs cheveux flottent au vent. Elle ne peut sculpter le visage, elle ignore trop qui elle est et ce que veut la pierre. Qu'Œdipe le fasse s'il le peut. Œdipe qui, en rêve, a obtenu qu'elle vienne, contre son gré, sur la falaise en la nommant de cette façon déchirante : Ma sœur. Elle n'en peut plus, elle rassemble ses outils et s'enfuit en courant.

Œdipe, qui polissait l'avant de la barque, s'arrête et explore longuement de ses mains le visage du premier rameur. Il appelle Clios. Clios est bouleversé, il admire et aussi s'effraie. C'est donc ainsi qu'Antigone le voit, qu'elle veut le voir. Il dit avec colère : « Elle m'a fait comme elle voudrait que je sois. » Œdipe constate : « Elle t'a fait comme tu es. » Et il retourne à son travail. Clios fait de même, il rejette cette parole et pourtant elle le touche au cœur. Œdipe s'approche du second rameur. Il tâte la pierre, la sonde et, à très légers coups de burin, entreprend de sculpter le visage. Le soir tombe, Clios n'y voit plus assez pour continuer. Il appelle Œdipe, il s'approche de lui, lui parle, mais Œdipe ne l'entend pas. Il est aussi absorbé dans son travail que lorsque, sur le cap, il se perdait dans la mer.

Clios, épuisé, s'en va. Il allume le feu, prépare le repas. Comme Œdipe ne revient pas, il s'étend et s'endort. À l'aube, il s'éveille un instant et voit étinceler au-dessus de lui Apollon aveugle. Le dieu rayonne faiblement, brisé par son travail nocturne. Clios, en se rendormant, sent qu'il s'étend près de lui.

Antigone est restée se reposer deux jours au village. Elle est heureuse de revenir sur le cap, le soleil a dissipé la brume, les pêcheurs sont partis en mer, ils ont bon vent et on voit leurs voiles rouges se gonfler au large. Avant de partir, elle a été déposer des fleurs devant la statue du dieu protecteur du village. La statue a été marquée par le temps, par les pluies, polie par les mains innombrables qui l'ont touchée pour recevoir d'elle protection ou guérison. On devine une tête qui s'élève faiblement d'un socle qui doit représenter la mer entre deux vagues ou le sillon d'un champ. La tête n'a pas de visage et pourtant quelque chose sourit dans cette forme, aussi humble et ramassée que le village lui-même. Le petit dieu rustique, inusable, subsistera. Son lieu sera encore sacré quand la vague, par l'action du temps et des tempêtes, se sera effondrée dans la mer, comme Œdipe le prévoit. Comme il le désire, elle le sait.

L'approche de l'automne commence à teinter les feuillages, les pluies récentes ont fait reverdir les prés et les landes. On entend sur les falaises les cris des bergers, les abois des chiens. Le poids de la jarre pèse sur le cou et les épaules d'Antigone pendant qu'elle gravit la côte. Il pèse, mais il lui donne équilibre et solidité. Sous le fardeau, elle sait ce que son corps doit faire, elle le sent qui la guide et l'incite. Elle se dit : Je suis faite pour porter, porter peut-être un jour un enfant et elle sourit. Quand elle dépose sa cruche devant la grotte, elle voit Œdipe qui marche en direction du soleil levant, sans hésiter, sans tâtonner. Au moment où, presque au bord du vide, elle allait crier pour l'avertir, il s'arrête, offrant son corps et son visage aux rayons. Il est presque nu, encore jeune, toujours beau, portant invisibles mais présentes les traces du malheur et de la fatigue. Elle admire le corps puissant, élancé, mais ne retrouve plus qu'en partie l'image émerveillante de son enfance quand, sur le visage d'Œdipe, le regard, le rire et la parole ne cessaient de mêler leurs pouvoirs.

Il l'a entendue et se retourne à demi vers elle comme il faisait à Thèbes quand elle entrait dans sa chambre. Elle est une petite fille qui court vers lui, qui s'agenouille, pour avoir encore sa taille d'autrefois, qui lui enserre les genoux et la taille en l'embrassant. Qui le câline, qui doit le câliner, car c'est l'autre, Ismène, qui, sans rien faire, s'arrange toujours pour être câlinée. Elle doit se montrer, agir, demander. À Ismène, il suffit d'attendre. Il se peut qu'elle appelle et demande aussi mais comment le savoir, puisque son talent est de l'ignorer elle-même ? Ismène était peut-être la plus habile, mais c'est elle, Antigone, qu'il a appelée dans son cœur à Thèbes, elle qui l'a entendu. Elle blottit sa tête de petite fille dans le creux de la hanche d'Œdipe. Lui la prend à la taille et la soulève de ses bras tendus avec une force, une facilité délicieuses. Il l'élève au-dessus de lui, penchant son torse et son visage en arrière. À ce moment la petite fille laisse échapper de sa gorge ou de tout son corps plusieurs notes aiguës, ravies, amoureuses. Antigone est stupéfaite, heureuse, honteuse de les entendre, elle ne comprend pas comment elle a pu se livrer ainsi. Œdipe n'a pas l'air de l'avoir entendue, il la fait tourner dans ses bras, il l'offre et la consacre au soleil. Ne pouvant plus la regarder comme naguère, il la confie à cet autre regard vivant. Quand il la dépose, elle aspire à sentir comme autrefois sa toute petite main se glisser dans la vaste chaleur de la sienne. Mais sa main a grandi, ses lèvres aussi, elle est grande. C'est un instant de regret déchirant, elle embrasse la main pleine de cals et de cicatrices qui a diminué par rapport à la sienne et ne sera plus jamais la main géante qu'elle a aimée. Il lui caresse les cheveux, elle lève les yeux, reçoit de face l'impérieux regard du soleil comme si c'était le sien.

Elle descend dans l'ombre de la falaise et sa froide lumière. Elle voit la barque qui jaillit, très blanche, de l'énorme roche et comment, pendant ces deux jours, ces deux nuits, Œdipe a incarné sa fille Antigone dans la pierre. Autour du front et des longs cheveux que le vent déroule, le mouvement de la pierre a formé une couronne d'écume. C'est donc ainsi qu'Œdipe la pense, qu'il la fait voir, animée d'une beauté qui n'est pas celle de Jocaste ni celle d'Ismène. Une beauté active, résolue, acharnée dans la confiance. Ce visage connaît la menace de la vague, son écrasante pesanteur, mais il ne s'abandonne pas à l'effroi. La pierre l'a voulu éclairé et solide, comme le corps, qu'elle a sculpté elle-même et retrouve avec étonnement. Ce corps, dont Œdipe a accentué la ligne audacieuse qui est à la fois celle d'un garçon vigoureux et d'une jeune fille élancée, plus intrépide que les jeunes filles de Thèbes. Soudé par l'effort aux corps des deux autres rameurs, il soutient avec eux l'entreprise de survivre. Œdipe l'a achevé par le surprenant visage où tout est donné à l'effort, à la respiration juste et dont aucun des traits ne sourit. C'est la tête entière, c'est le corps tout entier qui, comme le petit dieu usé du village, sont animés d'un sourire dont la lumière transparente émane directement de la pierre. Dans ce profil né d'une vision d'Œdipe, ce qui la frappe, ce qui l'émeut surtout c'est la limpidité. C'est donc ainsi, alors qu'elle se sent souvent si troublée, si incertaine, que son esprit et ses mains l'ont aimée. Elle entoure de ses bras le sourire invisible et présent qu'il lui a donné dans la pierre, elle se réconcilie un peu avec elle-même, elle sent qu'elle pourra peut-être, comme le lui a dit Diotime, devenir un jour Antigone.

Œdipe descend le sentier avec Clios, il a l'air fatigué, amaigri. Après l'immense travail qu'il vient de faire, il faudrait qu'il se repose mais il ne veut pas. Il s'arrête devant le deuxième rameur, parcourt de la main son profil jusqu'à la courbe du front. Sourit un peu, dit : « C'est bon. » Il a l'air étonné de quelqu'un qui s'éveille, cherchant à démêler ce qui lui vient du jour de ce qui appartient encore au monde souterrain du sommeil. Antigone se penche vers ses mains, les embrasse en disant : Merci. Une expression tendre et railleuse apparaît sur le visage d'Œdipe : « Tu l'as enfin ton sourire du petit dieu sans forme. » Elle est interdite, comment sait-il ? Il se contente d'un rire bref, c'est comme s'il disait : Je sais, je sais qui tu es, bien mieux que tu ne peux le savoir.

Le travail reprend. Œdipe achève la barque qui bondit, propulsée par les rameurs, mais surtout par le creux mugissant de la vague. Clios travaille au sommet, là où la vague doit se retourner pour déferler dans la profondeur. Il a fabriqué une échelle, mais elle n'est plus assez haute. Il ramène du port un cordage de bateau, l'attache à une saillie du rocher et se laisse descendre à portée de son travail. Quand elle le voit se balancer au-dessus de l'abîme, Antigone a peur. Parfois, en levant la tête vers lui, elle le voit qui la regarde et, sur ses lèvres, apparaît l'étrange sourire un peu tendre, un peu ironique de celui qui sait comment sont les femmes. Comment elles sont vraiment quand un homme les prend par amour ou désir, comme il l'a fait souvent, comme il le fait toujours – on le lui a dit au village. Il sait tout ce qu'elle ne sait pas. Ce que Jocaste savait si bien, ce qui se marquait dans tous ses mouvements, ce qui leur donnait leur douceur, leur poids et cette étrange souveraineté. Elle n'est pas comme cela, elle ne sera jamais comme cela. Elle n'est que la longue, la maigre Antigone, que cet homme, là-haut sur sa roche, avec son beau visage inquiétant et son corps taillé pour la danse, respecte et désire de ce désir si lourd. Elle commence à sculpter le troisième rameur et sent le poids du regard de Clios qui, sous ses vêtements usés et salis par la poussière, suit les mouvements de son corps. Puis elle ne sent plus rien, lève les yeux et le voit absorbé dans son travail et ne songeant plus à elle. Elle éprouve un soulagement et, comme cela se prolonge, un deuil sourd et pénétrant. Elle s'absorbe, elle aussi, dans les formes qui naissent sous son burin. Le troisième rameur doit être Œdipe, mais pas celui qu'elle a connu à Thèbes : image de Zeus sur la terre pour les habitants de la cité, pour les yeux et le corps de Jocaste. Elle veut sculpter celui qu'il a été auparavant, le garçon brutal, habitué à conquérir et à vaincre. Celui qui a vaincu la Sphinx grâce à son esprit vif mais court, et qui n'a su chevaucher la grande vague que pour sombrer à la suivante. Celui qui, grâce à l'effort commun, doit maintenant éviter le naufrage. Elle ne sent plus couler les heures, elle a le sentiment confus que le soir approche, quand elle entend un cri. C'est Clios qui s'est détaché, se laisse glisser le long de la corde et, parvenu au bout, très haut encore au-dessus d'elle, se laisse tomber avec une hardiesse incroyable et parvient à se retrouver en équilibre – on dirait sans effort – à côté d'elle, sur le sentier étroit. Il regarde ce qu'elle a commencé, il éclate de rire : « Toujours la petite fille amoureuse du bel Œdipe qui n'est plus ! »

Elle est offensée : « Est-ce qu'il n'est plus beau ? – Il l'est encore à sa manière mais pas comme tu l'imagines. Et toi, tu n'es plus comme il t'a sculptée. » Il tire sur une déchirure de sa robe, l'aggrave, comme faisait

Ismène lorsqu'elle la surprenait à la cuisine en train d'aider les servantes. « Tu es sale, couverte de poussière et en loques. Tu as certainement des poux, c'en est plein au village. – Toi aussi, dit-elle, tu es sale à la fin du travail. – Moi, j'obéis au maître, surtout s'il ne dit rien comme d'habitude, mais toi sa fille, sa sœur cadette ! » Puis soudain : « Tu es belle à ta façon, Antigone, tu es unique et, heureusement, tu l'ignores. Je t'aime peut-être, parfois je crois vraiment que je t'aime, mais l'amour n'est pas notre affaire. Viens, il faut manger, il faut dormir, laisse le vieux fou se tuer au travail puisqu'il le veut. Il est capable de revenir tout seul. » Elle le suit, si troublée qu'elle oublie ses outils. Elle vient les reprendre et voit celui qu'il a appelé le vieux fou, penché sur son œuvre, entièrement perdu en elle.

Elle court, elle rattrape Clios. C'est un soir comme les autres, il allume le feu, elle prépare le repas, elle se lave un peu, mais il n'y a presque plus d'eau. Elle enlève ses vêtements de travail, met sa robe ravaudée qui est à peu près propre. Il est tard, elle n'a plus le courage de descendre au village, il arrange la grotte pour elle. Œdipe revient, la lune se lève, elle éclaire d'une lumière diffuse sa haute silhouette, ses vêtements et ses cheveux couverts de la poussière du rocher. Il est fatigué, perdu dans ses pensées. Jamais il ne lui a paru aussi grand, aussi majestueux qu'aujourd'hui dans sa pauvreté et son épuisement. Comment Clios ose-t-il l'appeler le vieux fou ?

Elle essaie de manger, elle est prise d'un brusque mouvement de dégoût et de refus. Il faut qu'elle se lève précipitamment devant les deux hommes pour aller vomir derrière un rocher, avec des gémissements qui la remplissent de honte.

Elle revient près du feu. Que les hommes sont beaux, intacts, comme des rocs, alors qu'elle se sent fragile, blessée, ouverte à toutes les émotions. Elle voudrait que Jocaste soit encore là avec ses belles épaules contre sa joue. Elle voudrait être près d'Ismène, revoir Diotime et se réfugier près d'elle. Mais d'abord il faut finir la vague, ce qui est dur, trop dur quand on est, comme elle, tendre et labourable comme la terre. Elle pleure de fatigue, des larmes amères, des larmes qui deviennent douces quand ils l'entourent de leurs bras, et la font se coucher dans la grotte.

Quand elle s'éveille, le feu est allumé, le repas se prépare, Clios survient avec son air des bons jours : « Viens, nous t'avons préparé une surprise. » Elle se précipite vers eux avec son cœur d'enfant. Œdipe mêle des fleurs et des plantes dans deux jarres d'eau fraîche que Clios est allé remplir à la source. L'eau a une odeur exquise, elle se rappelle ce parfum. C'est ce que Jocaste appelait l'eau merveilleuse. Elle en usait rarement, car les plantes nécessaires étaient nombreuses et il fallait une main experte pour les cueillir, mais elle y trouvait chaque fois un regain de force et de beauté. C'était un grand privilège pour les petites filles d'en recevoir, dans le creux de leurs mains, quelques gouttes pour s'en parfumer le visage et le cou. C'était donc Œdipe qui préparait l'eau merveilleuse et, cette fois, il l'a fait pour elle. Les hommes la laissent seule, elle verse, très lentement ainsi qu'elle l'a vu faire à Jocaste, le contenu des jarres sur sa tête, elle se frictionne, elle s'imbibe de l'eau qui ruisselle sur tout son corps et la fait réagir, sauter sur place en criant de plaisir, comme quand elle était petite. Puis, frissonnante, elle s'étend au soleil et connaît un repos total, face au ciel, perdue en lui, avec ce parfum qui la pénètre.

Elle se lève, elle s'habille, elle se sent légère comme elle ne l'a plus été depuis longtemps. Elle rejoint les autres, le repas est prêt, il est bon, elle mange de grand appétit. Œdipe et Clios ont dû partir avant l'aube pour cueillir tant de plantes. Ils ont accompli ce travail difficile, l'un guidant l'autre, après une journée si dure, une nuit brève, pour apaiser ce moment d'incompréhensible malheur qu'elle a connu hier soir. Clios la regarde, il fait un petit geste des mains qui lui demande pardon, qui lui dit qu'il est comme ça, qu'elle le sait bien. Ils parlent du travail des prochains jours. Œdipe lui demande de se consacrer maintenant au maître de la barque. Tu traceras les contours et je creuserai après toi. Quand tu auras fait le pilote, le troisième rameur se fera de lui-même. Abandonner le troisième rameur lui paraît dur. Elle voit qu'ils en ont parlé entre eux dans leur univers d'hommes. Pourquoi ? Pourquoi pas ? Elle se décide, elle accepte de faire le maître de la barque. Elle sent qu'ils sont contents. Décidément ils ont dû beaucoup en parler tous les deux.

Ils reprennent le travail, elle cherche de nouveaux repères pour le pilote. Clios, suspendu à la corde, s'énerve en sculptant le haut de la vague. Il lâche une prise, perd pied. La corde le balance vertigineusement le long de la falaise et il rit de façon effrayante. Antigone lui crie de remonter, de se reposer. Il descend près d'elle et s'assied, épuisé. Œdipe s'approche, prend sa flûte et joue un vieux petit air qu'on entendait les jours de fête dans les quartiers pauvres de Thèbes. L'eau merveilleuse fait son effet, Antigone se sent légère et parfumée, elle a confiance en elle, elle chante et Clios joint parfois sa voix à la sienne. Il s'en va brusquement, sans doute pour aller dormir dans la grotte et ce moment heureux prend fin.

Antigone scrute la pierre où va naître le pilote. Elle ne s'est pas trompée, le contour tracé par Œdipe est trop petit et n'est plus en rapport avec les rameurs tels qu'elle les a faits. La pierre exige d'autres proportions, il n'a pas senti ce mouvement majestueux qui l'entraîne vers le haut, il n'a pu voir cette ombre qui la redresse ni le regard des rameurs dont l'espérance l'agrandit. L'agrandit jusqu'où ? Elle est effrayée, en se confrontant à la pierre, de s'apercevoir que ses propres repères sont, eux aussi, trop restreints. Le maître de la barque doit être grand, beaucoup plus grand. Il y a là une outrance qu'elle redoute. Elle court vers Œdipe : « La pierre fait du pilote un géant ! – Alors, c'est la pierre qui a raison. » Elle est sur le point de pleurer : « Je n'ai jamais vu de géant. – Mais si, tu en as vu. Quand tu étais toute petite tu vivais au milieu d'eux. Tu les connais très bien. »

Elle esquisse la forme et la stature du corps. L'eau merveilleuse agit, elle se sent à nouveau légère et assurée. Le contour commence à surgir. De profil, le pilote sera grand, pas trop grand, comme étaient Œdipe et Jocaste dans le royaume sacré de Thèbes. Elle est heureuse mais il est temps de retourner au village. Devant la grotte, le foyer est éteint, Clios l'attend : « Je descends avec toi. » Il a l'air troublé.

Le soleil, à demi caché par un nuage, éclaire le rivage d'une lumière hésitante. Plusieurs barques reviennent au port, elles ont hissé leurs voiles et les rameurs se reposent. Clios l'arrête, il dit : « Il faut que je te parle. » Il y a en elle un instant d'attente, d'espérance insensée. Il continue : « Je ne peux pas faire le haut de la vague, je n'y arriverai jamais. » La déception d'Antigone est amère, elle ne peut la cacher. Il ne comprend pas, heureusement. Il se fâche, lui saisit le bras, lui fait mal, lui fait peur : « La vague, c'est la folie d'Œdipe, c'est la mienne. J'ai pu la faire monter, il faut qu'elle se retourne, qu'elle retombe dans la mer. Je n'y arriverai pas, je ne pourrai pas la retenir, tu comprends ? Elle va déferler sur le cap et nous submergera tous. – Mais la vague est en pierre, Clios. – Ne crois pas cela, Antigone, la vague est en délire. Rien qu'en délire. »

Avec terreur, elle voit qu'il a raison et qu'il faut une solution immédiate. Elle détache son bras du sien, demande : « Tu veux que j'essaie à ta place ? » Il a un cri : « Toi, pendue à la corde. Jamais, jamais ! » Elle est heureuse, elle dit presque à voix basse : « Pourquoi ? » Il répond : « À cause de moi. » Elle se sent rougir, elle a voulu être plus heureuse et elle l'est. Elle voit soudain la conséquence des paroles de Clios : « Alors c'est Œdipe qui doit achever la vague ? » Il n'hésite pas : « C'est lui. – Mon père, aveugle, suspendu à cette corde ! – Il le faut, sinon la vague engloutira tout. Dis-le-lui ! » Cette dernière exigence la révolte, elle proteste : « Pourquoi moi ? » Il a un sourire fier, suppliant, dit encore :

« À cause de moi. » Déjà il s'est retourné, il est parti en bondissant sur la pente, à sa manière de danseur ou de chevreuil. Il remonte allumer le foyer, nourrir et soigner Œdipe, comme chaque soir. Danser peut-être si les astres sont favorables.

Quand elle arrive au port, tout le village y est, les pêcheurs sortent leurs prises, rangent les filets, les femmes rameutent les enfants pour le repas du soir. Ils l'ont vue descendre du cap et la saluent, beaucoup l'ont déjà hébergée. Cette fois, c'est Chloé, la femme d'un vieux pêcheur, qui la reçoit. Elle a perdu un fils en mer et deux nouveau-nés. Son visage est digne, serein, on voit qu'elle a été une fille et une femme rieuse et qu'elle l'est encore quand l'état de la mer le permet. Antigone demande au vieux marin : « Comment c'est une tempête ? » Cela le fait rire, il se gratte la tête : « On ne peut pas dire, on n'est pas dehors, on est dedans. »

Chloé a ménagé une place dans son lit pour Antigone qui dort dans la chaleur, dans la présence forte et rassurante de son corps. Le lendemain, après le départ des hommes, Chloé lui donne un panier avec des fleurs, des fruits et trois poissons entourés de feuilles. Elle dit : « Rapporte-moi le panier. » Antigone la remercie et lui fait, en pliant les genoux, un petit salut de princesse comme à Thèbes. Chloé sourit et tout un réseau de rides fort tendres se met à scintiller sur son visage. Elle rentre chez elle et regarde Antigone gravir la colline, son panier sur la tête, agile, pieds nus, ses sandales à la main.

Quand Antigone arrive à la grotte, Œdipe est assis à la pointe du cap, face au soleil et à la mer. Elle pense que c'est là qu'il a été si heureux, de cet insupportable bonheur qu'elle a brisé.

Lorsqu'elle est près de lui, il dit sans se retourner : « Antigone. » Rien qu'Antigone et cela suffit car, dans les syllabes de son nom, elle entend qu'elle est comprise et aimée comme elle est. Remontant du pauvre village avec, dans ses vêtements, le parfum des fleurs de Chloé et l'odeur forte des poissons frits.

Elle s'assied à côté de lui et dit : « Clios ne peut achever la vague, il dit qu'il n'arrivera pas à la faire déferler et retomber dans la mer. » Il répond : « Je sais. » Elle comprend avec soulagement qu'elle ne doit rien ajouter. Il est en train de mettre le large bandeau blanc dont il protège ses yeux quand il sculpte. Quand il a terminé, il dit : « Que Clios prépare la corde. »

Clios est là, il aide Œdipe à revêtir ses habits de travail. Antigone fait réchauffer les poissons, les hommes mangent, elle croit qu'elle ne pourra rien avaler. Sur un ordre de son père, elle se force et se sent mieux. Clios entoure la taille d'Œdipe avec une peau de mouton pour rendre le contact de la corde moins pénible, il entoure le nœud d'étoffe, il ne prenait pas toutes ces précautions pour lui-même. Antigone vérifie les nœuds, elle voudrait l'aider, mais Œdipe lui demande d'aller travailler comme chaque jour.

Quand elle est partie, il se met à trembler, à claquer des dents. Clios s'inquiète : « Est-ce que tu pourras descendre ? – Oui, c'est la frousse, le vide, le vertige quoi ! Tu connais. » Il connaît. Il aide Œdipe à descendre lentement.

Œdipe cherche des prises dans la falaise. Antigone l'entend qui entame le roc, en face de l'endroit où la vague doit commencer à déferler. Elle écoute le rythme régulier, habituel du marteau d'Œdipe et sent revenir en elle un certain apaisement. Là-haut, Clios guide Œdipe de la voix. Elle entend trois notes de flûte qui veulent dire : Remonte-moi. Œdipe grimpe le long de la paroi. Un grand cri soudain, une prise a lâché, il a dévissé et Clios n'a pas eu le temps de raidir la corde. Il se balance tout le long de la paroi dont son corps heurte brutalement les saillants. Il n'a pas perdu ses outils, mais c'est en vain qu'il cherche à s'accrocher à une arête, le surplomb chaque fois l'en empêche. Il crie, il hurle de colère. C'est ainsi qu'il a dû crier quand il a tué le roi Laïos et ses gardes. Clios ne pourra jamais le remonter seul, il faut qu'elle aille l'aider. Elle passe sous Œdipe, il ne crie plus, il gémit, le ballant de la corde est pourtant moins fort. Elle se retourne et s'arrête, horrifiée. Il se tord au bout de la corde et vomit, en criant entre chaque crise. Il ne se débat plus, ne cherche plus à reprendre pied, il pend misérablement au bout de la corde comme un objet souillé. Ses vomissements coulent le long de la roche, tombent sur le sentier. Elle s'enfuit, elle n'ose plus se retourner. Tout en courant sur la pente, elle entend à nouveau ses gémissements qui deviennent des cris de colère. Il tente de s'accrocher, mais il n'y arrive pas et Clios ne parvient pas à l'aider à se hisser. À bout de souffle, elle est obligée de s'arrêter, les cris d'Œdipe la chavirent et pourtant elle perçoit qu'ils ont changé de nature. Ils ressemblent à ceux qu'il poussait dans la cour du palais lorsqu'il s'entraînait avec ses gardes. Jocaste alors, qui le regardait du balcon, les chassait, Ismène et elle, si elles cherchaient à le voir, hors de lui, en train de combattre.

Antigone est sur le cap, Œdipe ne crie plus. Le ciel est bas et tout noir, ce n'est pourtant pas encore la nuit. Elle se précipite vers Clios, il est couché sur le sol, la corde assurée autour d'un rocher. Penché sur le vide, absorbé par ce qu'il regarde, il ne la voit pas venir. Il n'a pas l'air effrayé ni même inquiet, elle ne l'a jamais vu ainsi, il a l'air d'un homme ivre. Elle lui touche l'épaule, il se retourne et crie : « Il a passé ! » Elle ne comprend pas ce qu'il veut dire, elle voudrait l'aider mais il n'a pas besoin d'aide. Elle se penche à son tour et voit Œdipe qui a franchi le surplomb, les pieds fixés sur de larges prises. Il s'appuie du dos à la corde tendue et creuse la pierre avec une force et une rapidité incroyables. « Tout va bien, dit Clios, va t'abriter, il y a un orage qui arrive. » Mais elle ne veut pas s'abriter, elle veut voir comme lui, elle veut savoir : « Comment est-ce qu'il est remonté ? – Il s'est rué à l'attaque en hurlant et il a passé. – Il a été malade, je l'ai vu. – Tout d'un coup, dit Clios, quelque chose est venu. Rien ne peut plus lui résister. Écoute-le, c'est la vague elle-même qui est en train de sculpter. »

Ce ne sont plus en effet les coups réguliers, le rythme patient, retenu qui est celui d'Œdipe. Ce sont des coups qui brisent et font voler la pierre par pans entiers et qui ne s'arrêtent pas. On croit entendre la mer elle-même qui n'a pas à ménager ses forces, ou l'orage qui se rue follement vers eux. On entend les grondements encore lointains du tonnerre et les premières gouttes commencent à tomber. L'ouragan se déchaîne, les vagues en bas se creusent, s'élèvent très haut et retombent en mugissant. Des rafales de pluie s'abattent sur eux en trombe, Antigone, effrayée, crie à Œdipe : « Remonte, remonte vite ! » Un grand rire triomphant s'élève auquel répond, à côté d'elle, celui de Clios qui exulte et crie entre deux coups de tonnerre : « La vague monte, elle monte. Il va la forcer, la plier ! » Œdipe se hisse sur une pointe de rocher où il se tient à cheval. Il travaille des deux mains avec des outils énormes. La pluie et les éclairs aveuglent Antigone, mais elle entend le bruit forcené du burin, de la masse et de la pierre fracassée. On dirait qu'un géant creuse et frappe la falaise. Clios rit et, en hurlant des messages, modifie sans cesse la tension de la corde. Le rire et les cris victorieux d'Œdipe lui répondent. Antigone est écrasée par la pluie torrentielle, le vent et le tumulte du tonnerre. Un éclair jaillit, elle pense que la foudre va frapper Œdipe, mais non, l'orage n'est pas encore à son paroxysme et elle tombe près du rivage sur un grand arbre qui prend feu.

Clios lui crie dans l'oreille : « Il a réussi, la vague retombe ! » Elle est effrayée, elle ne comprend plus ce qui se passe, elle a froid dans ses vêtements trempés. Clios a rejeté presque tous les siens et, tout en manœuvrant la corde, il hurle de joie. Antigone se dit que l'orage et la mer ont déjà dû laver les vomissements d'Œdipe. Plus rien ne reste, plus rien ne restera de ce moment affreux qu'elle sera seule à connaître.

Un soleil mouillé projette quelques rayons à travers les nuages en fuite et déjà un autre grain se prépare. Le tonnerre gronde à nouveau, mais la pluie n'obscurcit plus son regard. Elle se penche, elle veut prévenir Œdipe. Sa tête aux yeux voilés et ses formidables épaules sont entourées d'étincelles. Il frappe la base du surplomb à coups redoublés, il en arrache de force la vague, il la courbe sous lui et la renvoie, furieuse, écumante, déferler dans la mer. Clios voit-il les mêmes choses qu'elle ? Il n'en est pas effrayé, au contraire. Il est triomphant, jubilant et, lorsque Œdipe hurle de sa voix d'airain, il lui fait écho de toute la force de la sienne. Il se tourne vers elle, il la contraint à regarder, à comprendre, à soutenir, elle aussi, de sa violence l'acte qui a lieu là. Elle ne peut résister à son regard et elle répond par ses clameurs à celles qu'Œdipe ou Zeus profèrent avec la mer. Sibylle ou pythie, elle n'est plus qu'une voix qui arrache de son corps son cri le plus extrême tandis que lui ébranle la falaise, de ses outils divins et de l'inconcevable épaule.

La pluie redouble, les éclairs sillonnent le ciel, la foudre tombe plusieurs fois. Des arbres brûlent sur les falaises et elle pense : « Pourvu que les pêcheurs soient rentrés. » Elle est emportée dans le tourbillon des éléments et n'a plus conscience du temps qui s'écoule. Clios tout à coup tend la corde à côté d'elle et crie : « N'aie pas peur, il vient ! »

Deux mains immenses atteignent le bord de la falaise, y prennent appui et soudain le géant est là, encore entouré d'étincelles. Il brise en riant la corde qui lui enserrait la taille, élevant d'un mouvement superbe son corps très haut au-dessus d'elle. Qu'il est beau, aveugle, rayonnant et bondissant peut-être. Comme il verdoie, quand d'un geste vaste et négligent il rejette ses énormes outils dans la mer.

Il est en face d'elle, les bras ouverts. Sa bouche, son front, ses yeux couverts du bandeau blanc sont empreints d'une bonté, d'une gaieté souveraines. Elle court vers lui, enserre sa jambe de ses bras. Son front repose enfin sur le genou puissant qui est à hauteur de sa bouche. Qu'il est bon d'être ainsi riante ou en larmes et de se laisser glisser sur les genoux pour saisir et embrasser les chevilles, les pieds nus et blessés. Est-ce qu'il va grandir encore, s'élancer dans la mer, être enlevé dans le ciel par le char ardent tiré par des chevaux de feu ?

La pluie tombe toujours, elle sent le froid, elle se dit : Il faut faire du feu, ils doivent être aussi glacés que moi. Le corps, qu'elle n'ose plus regarder, se perd peut-être très haut dans les nuages. Elle se retourne et, sous les rafales de pluie, détale comme un animal poursuivi. Elle arrive à la grotte et tente de ranimer le foyer. Ce n'est pas facile, il fait une énorme fumée qui lui brûle les yeux. Enfin une flamme s'élève, elle y jette furieusement tout le bois sec que Clios a accumulé dans la grotte. Le feu jaillit malgré les trombes d'eau qui s'abattent sur lui en crépitant. Le vent rabat les flammes vers le fond de la grotte qui n'est pas profonde. Elle a beau se plaquer contre la paroi, elle sent qu'elle va brûler. Elle veut crier, mais elle a si peur qu'aucun son ne sort de sa bouche. Ce n'est plus nécessaire, déjà Clios est là. Il traverse les flammes d'un bond, il repousse le feu et fait rouler les bûches vers l'extérieur. Elle croit qu'il va la prendre dans ses bras, la porter dehors, mais il se contente de lui ménager un passage et de la faire sortir en l'aidant à franchir les braises d'un saut. Il veut la faire asseoir sur une souche, mais elle ne veut pas. Après ce qu'elle vient de vivre, il lui faut du feu, plus de feu et toute l'incroyable lumière. Elle ramasse les bûches que Clios a renversées pour la sauver et les précipite dans les flammes. D'abord stupéfait, Clios en la voyant faire est saisi du même désir, de la même allègre fureur. Ils projettent sur le bûcher tout le bois qu'ils ont précieusement accumulé depuis qu'ils sont là. D'énormes flammes, une énorme chaleur s'élèvent du brasier, elles raniment leur joie et les protègent du brouillard qui surgit de la mer et envahit le cap.

Sans l'action d'Œdipe, pense Antigone, la vague qui était délire, rien que délire, serait maintenant en train de nous engloutir et de nous séparer. À travers la fumée et la brume qui s'épaissit, elle devine la présence d'Œdipe. Il est arrêté à quelque distance, avec ses vêtements trempés de pluie et sa stature habituelle. Il a l'air épuisé et pourtant, sur ses traits, flotte encore un peu de la douceur, du bonheur extasié de son visage de géant. Il demeure là, en silence, elle voudrait courir à lui, mais elle sent, comme Clios, qu'elle doit respecter son retrait. Elle retire quelques bûches du foyer et se met à préparer le repas car, à travers les événements du cœur, le corps incessamment réclame.

Elle l'entend qui s'approche. Il a pris sa flûte et joue un de ces airs simples, élémentaires qu'il affectionne et qui ressemblent au bruit de la mer. Sa voix s'élève, faible, timide, hésitante, elle ressemble à celle d'un enfant. Clios l'entend et, comme lui seul peut le faire, il entoure le chanteur et le feu de mouvements superbes. Antigone ne perçoit ni mots ni phrases dans le chant d'Œdipe, mais au-delà de toute signification, elle éprouve un sentiment de triomphe. Elle voudrait le célébrer en dansant comme Clios. Hélas, elle est lourde, elle est terrienne, elle n'a pas sa nature de feu et ne peut improviser ses mouvements comme lui. Elle se met à côté de son père et, suivant les inflexions de sa voix qu'on dirait enrouée par un long hiver, elle la soutient de la sienne et elle est heureuse.

Œdipe s'arrête de chanter. Clios, transporté d'enthousiasme, crie : « Pliée, tu l'as pliée ! » Œdipe rit et Clios se précipite sur lui, l'enserre, le presse de ses cris de joie et finit par se laisser tomber sur le sol avec lui en répétant : « Tu l'as pliée, tu nous as délivrés ! » Et Œdipe, l'aveugle, le suppliant, lui répond en riant sans bruit, et très fort comme Antigone ne l'a jamais vu rire. Un instant jalouse, elle se sent emportée dans leur gaieté, dans leur folle ébriété sans ivresse. Elle se jette sur eux, les étreint, les embrasse à son tour, pousse des cris de joie, de triomphe peut-être. Elle entend leurs voix, leurs rires, au loin et encore environnés de tonnerre, tandis qu'au fond d'elle-même une pensée secrète, encore un peu tremblante, lui souffle : Oui, nous sommes un peu, un tout petit peu délivrés.

Antigone fait asseoir Œdipe sur la souche près du feu. Il tremble, il claque des dents, il a des crampes dans les mains et les pieds, il est revenu dans sa condition d'homme. Avec quelle douceur, avec quelle vigueur Clios le dévêt, le sèche, le frictionne, le change de vêtements, lui masse les mains pendant qu'elle s'active à préparer le repas. C'est Clios qui le soigne, mais c'est d'elle qu'il reçoit la boisson chaude et les galettes qu'elle a fait cuire sur les braises. En mangeant, Clios regarde Antigone, puis Œdipe : « C'est qu'elle était belle, ta fille, quand le survenant l'a saisie. Roulant par terre, nous embrassant comme font les garçons sur le stade et les guerriers après la victoire. Criant, sentant le feu et la fumée, qu'elle était belle, un peu brûlée, un peu roussie par la fournaise ! »

Antigone sent soudain sa fatigue et la souffrance de ses brûlures. Elle se lève, elle quitte leur douce chaleur, leur cercle de lumière. En approchant du village, elle se retourne, la provision de bois, consumée d'un coup, éclaire encore le cap de ses flammes. Elle devine autour d'elle la présence mouvante de Clios qui, après avoir soigné Œdipe, danse encore.

Le brouillard s'est dissipé quand Antigone arrive au village, elle est soulagée : toutes les barques sont au port, la tempête n'a pas fait de victimes. Les pêcheurs et de nombreuses femmes de marins sont là, on dirait qu'ils attendent. Ils viennent à elle, ils la remercient, elle ne comprend pas pourquoi. Ils disent : À cause du feu. L'orage, la tempête, le brouillard, on ne voyait plus le bout de nos rames. Si on est tous revenus, c'est grâce à lui.

Chloé demande : « Comment avez-vous fait un si grand feu avec ce terrible orage ? – J'ai été imprudente, je l'ai allumé dans la grotte, le vent a failli me faire flamber. »

Une jeune femme lui touche la tête : « Tes cheveux aussi sont brûlés, heureusement qu'il pleuvait. Viens chez moi, je sais soigner les brûlures et j'arrangerai tes cheveux. Je m'appelle Isis et c'est moi qui coupe les cheveux des plus belles femmes du village. » Antigone la suit, beaucoup de femmes sont étonnées car Isis est une jeune veuve qui n'a pas bonne réputation. Elle est un peu magicienne et depuis que son mari a disparu elle reçoit souvent chez elle des marins ou des bergers qui se battent et parfois s'entre-tuent à cause d'elle. En entrant dans sa maison, Antigone est couverte d'une sueur glacée et sur le point de s'évanouir.

Isis la force à s'étendre, la réchauffe et lui enlève ses vêtements. « J'en étais sûre, tu es brûlée aux jambes, aux bras, aux épaules et tous tes beaux cheveux auraient pu flamber. » Elle la lave de ses mains douces : « Heureusement ce n'est pas trop grave, je vais te soigner avec de l'argile, des herbes et des onguents d'Égypte. Ma mère était égyptienne, mon père qui était pirate l'avait enlevée. Qu'il était tyrannique avec elle, mais il l'aimait, il l'aimait ! Tout à fait comme ton Clios. » Antigone est plus heureuse qu'elle ne devrait en entendant Isis, mais elle comprend aussi qu'il y a longtemps que Clios vient chez elle.

Elle passe trois jours à se reposer et à se laisser soigner par Isis et Chloé qui se relaient auprès d'elle. Elles ont mis des pièces aux parties brûlées de sa robe et l'ont lavée.

Le matin suivant, après avoir mangé avec Isis, elle lui dit qu'elle va retourner sur le cap. Isis répond que Clios, qui est venu chaque jour prendre de ses nouvelles, est devant la maison et l'attend.

Il est là, sa tête est presque complètement rasée, ce qui lui donne l'air encore plus sauvage. Il est couvert de pansements, il rit à sa manière cruelle en voyant ceux d'Antigone et les mèches brûlées de ses cheveux qu'Isis n'a pu tout à fait masquer. Elle a beau protester, il charge un énorme fagot sur son dos et la précède, le tronc fléchi sous le poids, comme un arbre courbé par la tempête.

En arrivant sur le cap, Antigone entend le bruit régulier du marteau et du burin d'Œdipe. Clios lui parle enfin : « Pendant que nous étions malades, il n'a pas cessé de travailler. La vague a bien avancé. » Elle est fâchée de voir que le fagot a dérangé et sali ses pansements. Elle le force à s'asseoir, à se laisser soigner. Elle remarque qu'il y a de nouveau dans la grotte des réserves de bois et des provisions. Des tisons recouverts se consument dans le foyer. Rien ne rappelle les événements du jour de la tempête sauf, au bord du vide, la corde qui attachait Œdipe quand il a maîtrisé la vague. Elle est encore là, et on peut voir qu'elle n'a pas été coupée, mais rompue par une force géante. C'est à coups de hache que Clios tranche le brin qui reste.

Ils descendent le sentier. Arrivée à l'endroit où la vague s'élève, Antigone a un mouvement de frayeur. Sur le surplomb, la vague se retourne, se tord sous l'effet de la pesanteur et va, comme Œdipe l'a voulu, se précipiter dans la mer.

Le lendemain, Clios travaille aux raccords entre les parties de la vague qui s'élèvent et celles qui déferlent. Œdipe sculpte le corps du troisième rameur. Antigone est frappée par la mesure, la légèreté de ses gestes. Rien de comparable à la violence, à la fureur des coups de celui qui a contraint la vague à plier. Elle voit que des cheveux gris commencent à parsemer sa belle chevelure fauve. Il tourne vers elle son visage aux yeux bandés et sur ses lèvres apparaît le sourire qui lui gagnait autrefois tous les cœurs. Elle dit : « Je vous retarde. » Il répond : « Tu as le temps. » Elle sent qu'il lui ouvre ainsi, malgré l'automne qui est là et l'hiver qui approche, un immense espace de temps. Qu'il lui signifie qu'elle ne doit surtout pas se hâter. Elle s'installe en face des contours qu'elle a tracés pour le pilote, elle est effrayée un instant par l'ampleur de ce qui reste à faire. Puisqu'il lui a donné le temps, elle contemple la pierre, elle se recueille en elle, elle y appuie son visage, la parcourt de ses mains. Une masse de calme est sous son front, elle s'en inspire et la fait très doucement descendre dans tout son corps. Elle commence. Au milieu du jour, le pied, la cheville et la jambe sont esquissés.

Clios lui construit un échafaudage de bois et de cordes sur lequel elle peut sans peine s'élever le long du corps géant. Elle trace les contours, le mouvement général et, après elle, Œdipe creuse plus profondément le relief, arrondit et polit la pierre, précise les ombres et les angles. Ils ne parlent guère, mais quand il la sent fatiguée il lui dit de s'asseoir et tire de sa flûte des airs ou des sons qui viennent de très loin, d'avant Thèbes, d'avant Zeus et Prométhée, d'avant le feu, lorsque l'homme et la femme étaient encore, comme l'aigle, dans l'innocence et la férocité de l'origine.

Clios termine la vague, sculpte les rames de gouvernail et prépare les repas pour décharger Antigone. Il a descendu des bûches sur le sentier et, si le vent fraîchit ou s'il pleut, il fait un feu au bas de l'échafaudage et ils peuvent se réchauffer.

Le soir, elle descend chez Chloé ou chez Isis. Il y a toujours du feu et un repas chaud qui l'attendent. Les deux femmes parlent entre elles du pilote géant comme d'un dieu de la mer. Antigone est préoccupée, le corps est presque terminé, mais il faut faire la tête. Elle dit à Isis : « Jusqu'ici mes mains et mes yeux savaient, mais pour la tête je ne vois rien. – N'aie pas peur, répond Isis, tu n'es pas toute seule. » Que veut-elle dire ? Elle préfère ne pas le lui demander. Il est vrai qu'elle n'est pas seule ici ce soir, dans cette douce maison où Isis la masse, la baigne, la borde dans son lit.

Elle rêve, cette nuit-là, qu'elle entre en communication avec d'autres hommes qui, pourchassés et décimés par les peuples de la surface, se sont enfoncés dans la profondeur. Ils parviennent à survivre car leur nature est devenue plus subtile. Ils traversent librement la pierre, l'eau, la terre, ils se nourrissent de quantités infinitésimales. Ils s'habituent à cette vie souterraine, leurs esprits se rapprochent, s'unissent afin d'exister plus et mieux. L'amour joue un plus grand rôle dans leur vie, il s'étend au-dehors car tout ce qui va vers la beauté, vers le sacré dans la vie des hommes vient d'eux. Fondus dans la matière, ils n'ont plus besoin de leurs yeux, ils en ont perdu l'usage et on pourrait penser qu'ils sont aveugles. Un regard intérieur pénétrant les éclaire intimement avec plus de justesse et de fermeté. Ils semblent avoir dépassé le cap de la mort et s'ils ont leurs épreuves comme les peuples de la surface, c'est à un niveau plus élevé.

Antigone s'éveille sans pouvoir distinguer ce qu'elle a rêvé de ce qu'elle a peut-être vécu dans un demi-sommeil. Elle a l'impression qu'ils sont tous les trois soutenus, compris, peut-être attendus par ce peuple invisible des profondeurs.

Quand elle arrive sur le cap, Œdipe est déjà au travail. Clios l'attend et la regarde avec admiration : « Après ton départ, hier, nous avons longtemps touché, senti ton œuvre car à cette heure j'étais dans l'obscurité comme lui. Œdipe a dit : Antigone est une inspirée. » Elle est heureuse et en même temps ne peut s'empêcher de dire : « Ce sont mes mains, rien que mes mains qui sont inspirées. – Tu es tes mains, dit Clios, tu es tout entière dans tes mains. Œdipe m'a encore dit : Antigone ne pense plus la pierre, c'est la pierre qui la pense. Son pilote est digne de regarder la mer. »

Elle voudrait lui raconter son rêve, mais elle a peur de l'affaiblir en le faisant entrer dans le tissu incertain des mots et puis il faut qu'elle aille travailler. Ils descendent le sentier. À genoux sur l'échafaudage, Œdipe est déjà en train de sculpter. Elle s'agenouille en face de lui, prend son visage dans ses mains et sent comme il s'est amaigri et creusé depuis qu'il travaille sans relâche sur la falaise. Touchant de la main le dos qu'il est en train de polir, il dit : « Il porte la victoire dans sa colonne vertébrale. »

Ils sont trois sur l'échafaudage, le vent du nord s'est levé et les glace. Clios a allumé du feu et quand Antigone a trop froid pour manier ses outils et descend se réchauffer, les deux autres viennent s'asseoir près d'elle et ils prennent une boisson chaude. Les deux hommes mangent, mais elle ne peut rien avaler. Parfois elle regarde ses mains rougies par le froid et, malgré les soins d'Isis, rendues calleuses par le travail. Elle regarde ses vêtements rapiécés, elle sent son visage et son corps couverts de poussière. Cette fois, Clios ne la regarde plus avec son sourire ironique, il ne lui dit plus qu'elle est sale et échevelée. Au contraire, il insiste souvent pour qu'elle remonte à la grotte se reposer, mais elle refuse.

Elle a presque achevé le front et les cheveux, tirés en arrière par le vent. Elle pressent dans la pierre l'énorme figure qu'elle a connue toute petite et qui parfois se penchait sur elle. Elle cherche, elle retrouve la beauté rayonnante du père jeune, mais elle doit aussi tracer et chérir les sillons d'amertume que la peste, le meurtre du père et la mort de Jocaste ont creusés sur ce visage. Les signes qu'ont imprimés sur lui la longue route méditative pour aller nulle part et, plus encore, la perte de ce bonheur vertigineux qu'il avait inventé en contemplant la mer. Ce bonheur auquel il a renoncé à cause d'elle qui n'a pas pu supporter ce qu'elle a ressenti comme une fuite, une évasion et qui n'était peut-être qu'une traversée de l'abîme. Elle l'a fait, elle ne regrette rien, elle a exigé et obtenu de lui un autre avenir. De quel droit ? Qui pourrait encore parler de droit ? Il y a seulement qu'elle a été la plus forte. En l'appelant à un autre destin, celui qui le mène depuis des mois à sculpter la falaise, avec la force d'un dieu et la ténacité d'un ouvrier. Le même destin qui exige d'elle aujourd'hui d'édifier, face à la mer, son image géante sur cette colonne vertébrale victorieuse qui n'a pas encore de visage.

Un jour, un soir, plusieurs soirs où Clios la soutient quand elle remonte le sentier de la falaise et descend au village jusqu'au seuil d'Isis où il la confie aux mains des deux femmes, la jeune et la vieille, car Chloé vient aussi la soigner chaque jour. Elle est épuisée, elle le laisse lui embrasser la main ou l'épaule avant qu'il ne s'en aille en bondissant comme toujours. Chaque soir, Antigone promet à ses amies de prendre un jour de repos, mais tous les matins, dès avant l'aube, elle est debout pour retourner au travail. Clios est devant le seuil, qui l'attend dans le demi-jour. Ils gravissent sans mot dire le chemin en regardant le soleil sortir peu à peu de la mer. Le feu est allumé devant la grotte, Œdipe est déjà à la falaise. Elle mange avec Clios et, dès qu'il fait clair, ils descendent le sentier. Quand elle commence à gravir l'échafaudage, Œdipe se tourne vers elle avec le sourire confiant, un peu rusé qui apparaît parfois sur ses lèvres. Un sourire qui n'ignore pas la force géante de la mer ni celle du destin, mais qui sait qu'on peut faire face. C'est ce sourire-là, si fugitif chez lui et tellement hors de portée pour elle, qu'elle doit capter, faire surgir de la falaise. Elle touche, elle caresse longuement la pierre comme fait Œdipe, elle écrase son regard contre elle et voici qu'une réponse toute tremblante de questions nouvelles survient. Est-ce un message du petit peuple de la pierre qui la nuit lui a parlé en songe ? Elle voit le sourire ou peut-être le rire apparaître parmi les ombres et les signes confus qui occupent l'emplacement du visage. Elle n'a plus qu'à le laisser faire en taillant et en creusant la pierre avec tendresse. Résolu, admirable, le rire s'invente et se veut retenu, contenu pour faire face aux énormes puissances déchaînées. Tout un jour, elle s'absorbe en lui, tout un jour où le vent la transperce, où elle a froid et faim mais ne peut pas quitter sa place sur l'échafaudage. Quand les hommes l'appellent, elle répond, mais ne descend pas. Clios lui apporte de la soupe et des pierres brûlantes pour se réchauffer. C'est seulement quand le futur visage est éclairé par le rire, quand elle est sûre de le voir, de l'entendre qu'elle se décide à descendre. Elle sent qu'elle n'y parviendra pas seule et appelle Clios à son aide. Dans la lumière de la fin du jour, il regarde ce qu'elle vient de sculpter. Il dit :

« C'est ce que tu as fait de plus beau. – Ce n'est pas moi, c'est eux ! » Elle répond cela violemment, de sa voix rauque des jours de grande fatigue, comme s'il l'avait blessée. Il l'aide à descendre, elle est lourde et sur le point de s'évanouir. Il la fait se réchauffer près du feu, puis l'accompagne chez Isis. Elle est épuisée, elle s'arrête souvent. Il sent alors qu'une part d'elle voudrait qu'il la prenne dans ses bras et qu'une autre ne le lui pardonnerait pas. Devant la porte d'Isis, elle lui dit : « Il y a encore le regard, je ne le vois pas ! » Il est surpris, il répond un peu au hasard : « Demain, tu le trouveras. » Elle répond durement : « Non » et referme la porte devant lui.

Clios revient, il soigne Œdipe et dit qu'Antigone est heureuse de son travail d'aujourd'hui, mais qu'elle a peur de faire le regard car elle ne le voit pas. Œdipe se couche, cherche sa place, s'étire plusieurs fois, comme il a l'habitude de le faire avant de s'endormir : « S'il n'y a plus de regard, dit-il, on peut le montrer. »

Le lendemain, en remontant vers le cap avec Clios dans la pénombre d'avant l'aube, Antigone ne pense plus au regard. Elle se réconforte en pensant au visage géant du père de la mer. Au moment où elle va descendre vers la falaise, Clios lui raconte ce qu'Œdipe a dit la veille : « S'il n'y a plus de regard, on peut le montrer. » Elle s'engage dans le sentier, elle est étonnée, elle répète en elle-même : S'il n'y a plus de regard, plus de regard, plus de regard...

Œdipe ne travaille plus au géant, il a tout terminé derrière elle. Il sculpte maintenant le troisième rameur. Pour finir le maître de la barque, on n'attend plus qu'elle. Elle s'approche d'Œdipe, le prend dans ses bras, aveugle ses propres yeux en les serrant contre le visage de son père. C'est vrai qu'il n'y a plus de regard, c'est ce qui est si douloureux quand on se souvient de lui autrefois. Il y a pourtant, sa mémoire le lui répète avec un fragment de sa phrase, il y a peut-être plus de regard maintenant. Comme eux, comme le petit peuple invisible de la pierre, il ne cesse pas de vous voir avec sa faculté intérieure, de vous envelopper d'un organe plus subtil. En fermant les yeux, elle étend ses mains sur le visage d'Œdipe. Elle sent le bandeau que Clios noue soigneusement sur ses yeux avant qu'il ne parte travailler. Elle le voit chaque jour, elle croyait le connaître, mais cette fois elle le sent, elle le connaît, comme son père, par les mains. Comment n'y a-t-elle pas pensé ? Il n'y a plus de regard, mais il y a ce bandeau qu'on peut montrer et qui peut faire voir, puisque c'est le géant aveugle qui dirige la barque, le regard intérieur dans son absence et dans sa plénitude. Elle embrasse Œdipe, elle gravit toute légère les degrés de l'échafaudage. Clios, au-dessous, allume le feu qui grésille gaiement sous les gouttes d'un grain fugitif.

Elle travaille tout le jour. Elle achève d'abord le front, puis trace le bandeau. Elle se sent assistée, comme la veille, par le peuple des profondeurs et par l'attente, l'attention extrême d'Œdipe et de Clios. Celui-ci vient de temps à autre la faire descendre pour se réchauffer. Œdipe se joint à eux, ils ne lui parlent pas. Ils voient qu'elle est toujours là-haut en face du visage géant qui a confié son rire au futur. Elle remonte travailler, elle pense confusément : « L'aveugle qui chante. » Le front est vaste, dégagé, superbe, au-dessus du nez légèrement busqué. Elle achève le bandeau sur les yeux, il est usé, effrangé sur les bords comme celui qu'Œdipe porte pour travailler. Elle se recule pour mieux voir, revient vers la pierre, corrige quelques détails et se recule à nouveau pour voir l'ensemble.

Elle ne peut pas y croire. Dans la mesure de ses forces, et tout lui indique qu'elle ne peut pas aller plus loin, elle a fait ce qu'elle pouvait faire. L'œuvre n'est pas achevée et elle ne peut pas l'être. Abandonné, laissé à lui-même, le maître de la barque est en avant, bien en avant d'elle. Sous l'action du vent, sous celle de la mer, il va continuer à avancer dans l'immensité du temps et la distance entre elle et lui ne va pas cesser de grandir.

Elle songe à appeler Œdipe et Clios, à leur crier :

Venez voir, c'est fini. Venez voir comme elle est belle et tellement plus grande que nous, notre œuvre abandonnée. Elle ne peut pas et ressent dans tout son corps une douleur qui devient une tristesse écrasante.

C'est fini, elle se détourne, elle regarde la mer qui est toute noire sous le ciel plombé. Poussée par les deux hommes, elle a enfanté ce géant qui est derrière elle et qu'elle ne veut plus voir. En regardant les vagues battre la falaise, elle est épouvantée par le désir d'en finir, comme Jocaste. De l'autre côté, celui de l'aveugle qui affronte la tempête, il n'y a que l'action à reprendre chaque matin et l'incessant, l'interminable désir. Elle est au bord de la plate-forme, elle saisit une corde, elle se penche à nouveau sur la mer. L'œuvre est née, elle en a fait assez, on n'a plus besoin d'elle.

Vacillante, cramponnée à la corde, elle est au bord de la chute, fascinée par la mer. Elle sent une main puissante qui saisit la sienne, elle est soulevée par des bras très forts, est-ce que c'est son enfant, le père de la mer, qui la fait descendre de l'échafaudage avec cette facilité inconnue ? qui lui insuffle sa force et son courage, qui la remonte sans effort le long de l'étroit sentier ? En arrivant au cap, l'aisance, la toute-puissance disparaissent. Il n'y a plus qu'Œdipe qui la soutient de son pas incertain, de ses forces épuisées. Qui appelle Clios à son aide d'une voix étranglée. Il y a une douceur à se traîner, soutenue par eux, après avoir été portée par son enfant de pierre. L'enfant est grand, il doit vivre sans elle, il ne reste plus qu'à boire, gorgée par gorgée, la douleur d'avoir terminé l'œuvre qui n'aurait jamais dû finir.

Antigone a passé deux jours à se laisser soigner par Isis. Clios vient lui dire que le vieux pêcheur, le mari de Chloé, les emmènera en barque le lendemain pour voir la Vague de la mer. « Que fait Œdipe ? » Clios dit qu'il ne travaille plus sur la falaise, il a l'air de penser que la Vague est achevée. Il taille des pierres, il veut élever, au-dessus de la grotte, une tour à feu comme il en a vu en Égypte.

Le lendemain, le temps est froid. Quand le soleil se lève, le cap est encore entouré de brume. Ils en font le tour à la voile avant que les deux fils ne se mettent aux rames pour s'approcher de la face nord. On ne la voit d'abord que de façon confuse puis, très vite, la brume se dissipe et soudainement la Vague est là. Le cœur étreint par son apparition, Clios et Antigone ont l'impression de la voir pour la première fois. Ils ne la savaient pas si vaste, beaucoup plus fantastique, plus effrayante qu'ils ne pouvaient s'en douter en la voyant du sentier. La Vague, très sombre à sa base et qui s'éclaircit en s'élevant, jaillit vraiment de la mer. À hauteur du surplomb, elle déferle de toute sa masse écumante, entourée de gerbes d'eau qui descendent en flèche dans un étincellement de gouttes ardentes. À sa puissance, rien ne semble pouvoir résister. Au moment où elle va retomber dans l'énorme creux, la barque l'y précède, se servant de sa force, de sa béance pour se projeter en avant. Blanche, rayonnante, effilée, avec ses trois rameurs au sommet de leur effort, elle est guidée vers le port par l'aveugle de la mer.

Ils s'approchent pour regarder la falaise d'aussi près qu'on peut le faire sans danger. Ils admirent les grandes silhouettes blanches et sombres qui lui donnent un sens nouveau et adressent aux marins et au roi Thésée leur message d'espoir.

Clios se tourne vers Antigone perdue dans ses pensées : « Il faudrait des couleurs, plusieurs bleus, un blanc très fort, des gris, des noirs, très peu de rouge. » Elle est séduite par cette imagination des couleurs, mais ne pense pas comme lui : « Tu cacherais la pierre et c'est la pierre qui nous a guidés. – La couleur exalterait la pierre. – Œdipe ne veut pas exalter la pierre, il veut la montrer. – Il veut lui donner un sens, mais il n'y a pas de sens. La mer, le cap, la falaise n'ont pas de sens, ils sont là, c'est tout. »

Le vieux marin se met à rire : « Celui qui a fait cette

vague, c'est un homme qui connaît la mer. Il a fait une barque et des pêcheurs qui vont rentrer au port décharger leurs prises. Et les poissons, pour nous, ça compte. »

Le jour avance, il est temps de revenir. On entend toujours, au sommet du cap, le bruit patient du marteau d'Œdipe.

Le soir, Œdipe et Clios mangent en silence en écoutant la mer battre inlassablement le pied de la falaise. Clios recharge le feu avant la nuit, Œdipe lui dit : « Tu es devenu potier et sculpteur, mais la couleur est ta voie. La couleur grandira avec toi, elle prendra de la place, de plus en plus de place et il faudra que Clios diminue. Quand on a été, comme nous, très loin dans le crime, on ne peut en sortir que par la liberté, toute la liberté et sa lutte sans fin. – Et pour Antigone, demande Clios, qui n'a pas commis de crime, est-ce qu'il n'y a pas d'autre chemin ? – Non, il n'y en a pas, la liberté douce n'existe pas. »

Le lendemain, quand Antigone arrive du village, Œdipe descend avec elle au pied de la falaise. Il a laissé inachevé le troisième rameur. Pourtant, elle ne peut en douter, c'est Polynice. C'est lui, avec cette aisance princière, cette grâce incomparable qu'il tient à la fois d'Œdipe et de Jocaste. Elle demande : « Pourquoi, pourquoi lui ? » Mais Œdipe n'explique pas, il dit seulement : « Achève le visage, la bouche... » Et il s'en va. Elle demeure là, en face de Polynice, de l'idée, du rêve qu'elle s'est fait, depuis son enfance, de ses frères. Et voici qu'elle doit faire le visage de Polynice qui a pesé si lourd sur son destin car, au lieu de se rebeller contre Étéocle et Créon, il a refermé sur son père la dernière porte de Thèbes. C'est lui qui le condamnait ainsi à périr dans quelque trou si elle ne l'avait pas accompagné; si elle ne l'avait pas protégé par cette rumeur de compassion qui l'entoure et dont elle a été, sans l'avoir voulu, l'origine.

Le visage de Polynice peut-il encore accueillir l'espérance ? Le conflit inexpiable avec Étéocle et la malveillance secrète de Créon en font douter. Mais comme elle l'a appris depuis qu'elle est sur la route, il y a d'innombrables chemins.

Elle remonte sur le cap, va reprendre dans la grotte les outils qu'elle y a laissés croyant la Vague achevée. Clios lui fait un petit signe de la main et sourit. Œdipe ne lève pas la tête. Accroupi sur le sol, il taille avec un lourd marteau les pierres rectangulaires que Clios prépare ensuite pour l'assemblage. Ainsi celui qui a tenu le sceptre et l'arc royal, celui qui a conçu et exécuté la Vague trouve naturel de faire la même tâche que les ouvriers des carrières. Elle pense : C'est la même chose. Tout est pour lui devenu la même chose.

Elle s'acharne pendant plusieurs jours à sculpter le visage de Polynice. Le sourire, auquel elle parvient, la trouble. C'est un sourire détendu, supérieur, qui semble dire que sa gaieté, si c'est de la gaieté, n'a rien à voir avec le résultat de l'acte. Triomphe ou naufrage, tuer ou être tué ont pour ce visage le même poids, le même sens ou, comme dirait Clios, le même non-sens. Elle contemple longtemps la barque qui se délivre, avec ses trois rameurs radieux et son pilote aveugle, et elle sent que cette fois, l'œuvre, l'aventure qui a meurtri leurs corps et lié leurs esprits est finie. Ce qui est sorti de leur fatigue, de leur attente, de leur attention émerveillée au peuple de la pierre est cette fois donné. Donné au ciel, à la mer, aux astres, aux désastres, à l'oubli et à l'effacement final. Ce n'est plus à eux et elle comprend ce dont ils souffrent là-haut, ayant terminé l'ouvrage avant elle, comme ils l'ont peut-être voulu.

Elle remonte le chemin en courant, elle s'agenouille à côté d'Œdipe, elle appelle Clios près d'elle. Elle dit : « J'ai du chagrin, j'ai compris, j'ai mal comme vous. » Elle met ses bras autour de leurs épaules et elle pleure, le visage serré contre les leurs, laissant couler les larmes qu'ils ne peuvent pas verser. Serrés étroitement l'un contre l'autre dans le vent froid, ils recréent un instant l'anneau de l'acte qui vient de se briser. Clios, au centre de leur cercle, allume quelques brindilles. Il étend leurs mains jointes au-dessus de la flamme minuscule. Il dit : « Consacrons par le feu et la cendre cet instant et ces larmes. » Ils retournent à leur travail, Œdipe lève et abaisse toujours au même rythme son marteau sur la pierre. Antigone descend au village. Elle pense : « Comme la nuit tombe vite. »

6

LE SOLSTICE D'ÉTÉ

Ils ont achevé la tour à feu, elle n'est pas très haute, mais comme elle se dresse au-dessus de la grotte on la voit de loin. Le dernier soir, une forte brume s'élève de la mer, beaucoup de pêcheurs ne sont pas encore rentrés. Antigone allume le feu, les flammes jaillissent au sommet de la tour et une clameur de joie monte du port. Les femmes attendent Antigone au village et lui donnent une robe qu'elles ont tissée pour elle. Ils partent le lendemain, seules Isis et Chloé ont lu, dans les étoiles ou dans leur cœur, qu'ils ne reviendront plus.

Ils passent l'hiver chez Diotime. Antigone travaille tout le jour avec elle ou avec Larissa. Clios s'en va, dès le matin, à l'atelier de Narsès. Resté seul, Œdipe s'efforce de sculpter près du feu ou erre sans fin dans les bois. Le temps souvent devient si lent, si lourd, si démesuré qu'il ne peut plus rien faire. Il se terre alors sur son lit et parfois mord sauvagement son bâton pour s'empêcher de crier de détresse.

Antigone vient lui parler d'un message d'Ismène. Il refuse de l'écouter. Elle insiste à cause d'Étéocle et de Polynice qu'il faut sauver du désastre. Il se lève, très grand en face d'elle. Elle est soulagée, elle croit qu'il va lui répondre. Rien ne sort de ses lèvres qu'un sanglot qu'il écrase. Elle sent qu'il souffre d'une solitude insupportable. Elle est bouleversée, elle ne sait plus ce qu'elle dit : « Nous sommes là, tu n'es pas tout seul. » Il crie :

« Et qui d'autre oserait me parler ? » Antigone répond : « Diotime ! » Le nom a jailli d'elle. Elle se dit qu'il faut courir chez Diotime, lui parler, la supplier. Il l'arrête : « Je ne veux pas de pitié ! – Tu as droit à la justice. – À la liberté, celle de tout le monde. » Il penche vers elle sa haute taille, il sourit d'un sourire très pauvre. Elle voudrait embrasser ses mains, n'ose pas et s'enfuit en courant.

Antigone s'aperçoit que Diotime pense à la solitude d'Œdipe et s'en préoccupe depuis longtemps. Il peut s'en délivrer car les rois de Thèbes, même détrônés, ne perdent jamais le pouvoir d'effacer les sentences et les peines qu'ils ont prononcées pendant leur règne. Le jour où il osera le faire, dit-elle, il reviendra tout naturellement parmi nous. Elle regarde Antigone avec tendresse : « Il faut que vous soyez patients, il lui faudra du temps. » Antigone pense que le temps, qui a blessé Œdipe, est plus proche de lui maintenant. Peut-être vont-ils se rejoindre et aller du même pas.

Œdipe sent autour de lui, encore lointaine mais efficace, la présence de Diotime. Il comprend qu'il lui faut du temps. Il laisse grandir en lui des forces, des actions nouvelles. Des appels, des invocations, des mouvements d'allégresse ou d'espérance qu'il finit par nommer des prières. Qui ne font que le traverser, qui viennent il ne sait d'où, qui consument ses violences et ne s'adressent peut-être à personne.

Un soir, comme Antigone est dans la cabane avec Clios, il leur dit qu'il a rêvé de Jocaste. Il était perdu, la nuit était traversée de messages célestes qu'il ne pouvait déchiffrer. Il était aveugle et il ne l'était plus car il voyait la pensée de Jocaste. C'était son courage, sa gaieté d'autrefois éclairée d'une lumière nouvelle. Il ne pouvait pas tout comprendre, il était très en retard sur elle, mais sa pensée disait : « Dépose ton fardeau, il est temps. » Il croyait que Jocaste allait l'aider à le faire, c'est seulement en s'éveillant qu'il a compris qu'il devait se libérer lui-même.

« Demain, dit-il à Antigone, j'irai avec toi dans les

quatre directions de l'espace proclamer que je me délie du jugement qu'Œdipe, ce tyran de lui-même, a prononcé contre sa propre vie. »

Quand Antigone arrive le lendemain, Œdipe l'attend, très droit, appuyé sur son bâton. Il a l'air calme, il lui sourit, elle est trop angoissée pour lui répondre. Il dit à Clios de ne pas les suivre et elle l'accompagne le cœur serré.

Ils vont au nord et commencent à gravir une colline où des bergers font paître leurs troupeaux. Antigone les voit, ils sont cachés derrière un buisson et les regardent approcher. Quand ils sont à portée de voix, elle prévient Œdipe. Il se redresse et, après un long cri d'appel, elle entend résonner sa voix, celle qui, à Thèbes, proclamait les lois et commençait les liturgies des dieux de la cité.

Il dit : « Je suis Œdipe, qui fut roi, qui est aujourd'hui un homme parmi les hommes, un aveugle parmi les aveugles. J'ai voué jadis à l'exécration des hommes celui qui a tué le roi Laïos. J'ai découvert que j'étais moi-même ce meurtrier. Depuis, j'ai porté le poids de mes sentences et j'ai vécu loin de tous. Je dépose aujourd'hui le fardeau du jugement par lequel j'ai, à Thèbes, outrepassé mes droits. Nul ne peut séparer pour toujours un homme de ses semblables. Je demande à tous de m'accueillir à nouveau comme un suppliant, un aveugle et un homme parmi les autres hommes. »

Les bergers ne bougent pas derrière le buisson. Antigone voit leurs yeux qui brillent entre les feuilles. Ils ont entendu, ils n'ont pas répondu par des cris hostiles ni par des pierres, mais ils ne se lèvent pas, ils ne viennent pas vers Œdipe, ils ne l'invitent pas à venir vers eux.

Œdipe attend puis il dit : « Allons à l'ouest. » À l'ouest, il y a un petit hameau où trois femmes, groupées autour d'un puits, écoutent, se taisent et rentrent dans leurs maisons.

Au sud, des hommes travaillent dans un champ. Ils sont émus, décontenancés par ce qu'ils entendent et, sur un signe du plus âgé, ils prennent leurs outils et s'en vont en silence.

Œdipe ne manifeste aucune émotion, aucune tristesse et l'expression tranquille de son visage soutient Antigone et l'empêche de désespérer.

Ils vont vers l'orient, vers la demeure et les ateliers de Narsès. Antigone sait que Diotime approuve la tentative d'Œdipe, mais qu'elle ne peut prévoir la réaction de Narsès. Quand ils sont à proximité de la maison, plus près qu'Œdipe n'est jamais allé, il lance son cri d'appel. Narsès apparaît, suivi de Larissa et de Diotime, plus loin viennent Clios et quelques hommes qui travaillent aux ateliers. Œdipe annonce l'abolition de ses sentences et ce qu'il demande. Antigone, tenant Œdipe par la main, s'agenouille avec lui. Elle le regarde, il lui semble plus grand qu'il n'a jamais été, offert sans défense aux coups du destin ou à la fraternité des hommes, avec sur son visage la paix d'une lumière sans yeux.

Il y a un moment d'attente. Entre la vie et la mort, pense Clios. Comment font-ils, le père et la fille, pour demeurer impassibles, au moment du plus haut risque ? Il ne voit pas qu'Antigone a toujours sa main dans celle d'Œdipe. C'est d'elle que naît et s'épanouit son sourire auquel Narsès, jusque-là tendu et peut-être incertain, finit par répondre. Larissa le voit, elle le pousse d'un léger mouvement vers Œdipe. Quand il est devant lui, Narsès ploie un instant le genou. Il se relève et dit : « Puisque selon le droit tu suspends l'exécution d'une sentence injuste, sois dorénavant, au milieu de nous, un homme pareil aux autres. »

Il prend la main d'Œdipe dans les siennes, la porte à son front. « Demain, je viendrai chez toi. Plus tard, si tu le veux, tu viendras chez nous et tous les membres de notre clan te recevront comme un hôte et comme un ami. »

Œdipe se baisse, touche de la main la borne qui marque la limite du domaine de Narsès. Il dit : « Cette borne est pour moi l'entrée dans un nouveau temps. »

Quelques jours plus tard, on fête chez Narsès le solstice d'été. Il y a beaucoup de membres du clan, venus de Grèce ou d'au-delà de la mer, mêlés à des voisins et à des malades de Diotime.

Quand le soir approche, Antigone vient annoncer à Œdipe que Narsès l'invite à la fête du Solstice et veut le recevoir comme un hôte d'honneur. Œdipe semble d'abord ne pas comprendre. Il fait deux fois non de la tête, puis sans protester davantage se lève et suit Antigone.

Quand il entre dans la lumière du feu et des torches, Narsès, Diotime et tous les convives se lèvent. Clios est frappé par la souffrance et la majesté de son visage. À la fin du repas, chacun attend quelque chose de grand et d'inattendu qui ne se produit pas. Diotime se penche vers Œdipe : « Nous n'avons plus d'aède, veux-tu chanter pour nous ce soir ? » À la grande surprise d'Antigone, il accepte et se lève. Diotime le conduit devant le feu et le fait monter sur une large meule de pierre d'où il domine un peu l'assemblée. Diotime s'assied sur la meule et Antigone se pose, angoissée, à côté d'elle.

Œdipe tourne d'abord sur place, avec les mouvements lourds dont, le soir, il accompagne parfois les danses de Clios. Il tente, avec un effort énorme, de chanter. Il ne sort de ses lèvres que des sons confus, un râle sans rythme et sans paroles. Antigone a le sentiment de le voir se noyer très lentement. Diotime se lève, elle fait face à Œdipe et lui dit : « Souviens-toi que tu es un Clairchantant. » Il cesse de s'efforcer, il vide ses poumons, il les emplit d'air et un son, celui que l'on attendait et que pourtant on n'avait jamais entendu, s'élève et plane dans l'air du soir. La voix d'Œdipe atteint le corps qu'elle émeut, elle soulève l'esprit qui exulte en pressentant ce qu'elle lui signifie. Lorsqu'elle redescend vers le cœur, on découvre qu'elle est l'inspiration, l'exploration des mystères, des trésors encore dormants dans la mémoire.

La voix d'Œdipe n'était pas, comme on le croyait, faite pour commander ou deviner des énigmes. Avec surprise, avec bonheur, Antigone et tous ceux qui l'écoutent s'aperçoivent qu'elle était depuis toujours prédestinée au chant.

Quand Œdipe s'arrête, l'assemblée reprend son souffle. Les voix s'élèvent, les coupes circulent et Diotime en se penchant vers Antigone lui dit : « Nous avons trouvé notre aède. »

Au sommet de la colline, une lumière douce et argentée grandit et soudain, au-dessus des prés et des bois, la pleine lune domine le ciel. Elle éclaire Œdipe et le fait rayonner de la pâleur d'un autre monde. Il se courbe, il s'agenouille sur la meule, en face d'elle. Il dresse vers le ciel un masque inattendu, un long museau argenté et il pousse un hurlement qui fait souffrir et se prolonge à l'infini. Beaucoup sentent se hérisser leur échine, car ils entendent le loup le plus antique et qui hurle à la lune. Un loup venu du fond des âges abominables, celui que suivait Apollon avant de devenir le conducteur du char solaire. Le loup qui précédait les rats de la peste et qui anime toujours, dans le cœur des hommes, les puissances de destruction. Tous ceux qui plongent encore leurs racines dans ce sol ancestral se lèvent, pressés par le désir de hurler avec Œdipe et de s'unir en meute autour de lui.

Alors, les membres du clan de Perse, qui sont proches de Narsès, sentent remonter en eux la mémoire de l'Ancêtre. D'un coup de patte, ils renversent les tables car, à travers de superbes lignées de fauves, ils remontent au soleil, et la plainte des loups, leur regret des ténèbres originelles, est une offense à leur sang. Tous les Perses se sont dressés et l'on voit les narines s'ouvrir, les yeux s'agrandir et apparaître sur leurs faces la terrible ressemblance des lions.

Clios est prêt à entamer la danse tournoyante du peuple des ténèbres. S'il commence, d'autres suivront et cette danse des sectateurs de l'Apollon nocturne ne sera pas tolérable pour ceux qui, à travers le culte des lions, ne sont devenus des hommes qu'en vénérant le dieu solaire.

Le conflit entre ces forces originelles va se résoudre en bataille. Tous sont en transe ou, comme Diotime et Narsès, pétrifiés par la lutte en eux du sang et de l'esprit.

Antigone se lève, elle dit : « Père ! » Œdipe arrête d'aboyer sa détresse à la lune. Elle l'aide, elle le force à se mettre debout. Elle dit, elle ordonne presque : « Chante ! Les corps et les cœurs souffrent. » Elle voit que Clios est sur le point de s'élancer dans sa danse vertigineuse. Elle dit son nom à voix basse. Il la reconnaît et s'arrête, stupéfait.

La voix d'Œdipe s'élève à nouveau, l'assemblée s'apaise et chacun reprend sa place. Il chante les trois sœurs muettes dont les pouvoirs au cours de la nuit du solstice se conjuguent avec ceux de l'astre, dans leur triple incarnation : Artémis qui chasse, Hélène qui fait délirer, Hécate qui tue.

Derrière elles il y a, plus anciennes et beaucoup plus inaccessibles, celles qu'il ne peut nommer, dont l'incroyable et repoussante beauté anime l'univers et le fait se manifester. Elles ne brillent pas comme celui qui a suscité le monde, elles ne sont pas obscures comme il est, mais impénétrables, obtuses, silencieuses. Impuissantes comme le soleil qui ne peut s'empêcher d'éclairer, ce sont elles qui ont écrasé Jocaste la reine et Œdipe, le parricide.

Il se tait, un long silence tombe sur l'assemblée, car tous sentent en eux les présences redoutables qu'il a évoquées. Beaucoup ont peur de le voir encore aboyer à la lune. Diotime n'a pas cette crainte, elle voit que l'esprit a quitté le corps d'Œdipe et elle se lève pour le signifier à tous. Ils s'en vont en longues files rituelles. Œdipe reste seul avec Clios, sans mouvement sur la meule de pierre. Clios l'aide à descendre et le ramène à la cabane où, sans un mot, il s'enfonce dans les minéraux du sommeil.

7

LE LABYRINTHE

Le lendemain, Œdipe s'assied sur le seuil de la cabane et cherche à se rappeler ce qu'il a chanté la veille. Vaine entreprise, il n'y a plus en lui d'attention profonde, plus de pensée, rien que des invocations misérables et des prières en miettes. Il entend Diotime qui gravit le chemin et s'approche. Il se lève avec une sorte de colère, il s'entend dire : « Prier, toujours prier, ça sert à quoi ? » La réponse est sans hésitation : « Ça sert à prier. »

Est-ce par la voix de Diotime ou par la sienne qu'elle a été proférée ? Peu importe, car elle est inscrite au tréfonds de lui-même. Diotime n'est pas venue pour parler de cela, elle demande : « Plusieurs malades, qui sont chez nous, vont partir en voyage. Ils voudraient que tu viennes chanter pour eux, comme tu l'as fait hier soir. – Hier, ce n'est pas moi qui chantais, quelque chose a pris ma place. – Quelque chose qui avait ta voix, ta pensée, ta vie. Veux-tu venir ce soir ? »

C'est ce qu'il attendait peut-être, c'est aussi ce qu'il redoute. Il répond : « Puisque j'ai pu chanter, j'irai. » Elle le remercie et descend le sentier de son pas silencieux. Elle se retourne, il est debout sur le seuil. Imposant et pourtant perplexe comme un petit garçon devant les exigences des grandes personnes.

Quand il arrive le soir, conduit par Clios, dans la salle où sont rassemblés les malades, leur angoisse lui est bien connue. Ils vont, comme lui, partir sur la route, quitter l'abri qu'ils ont trouvé près de la source qui est au centre du clan et dont ils ont bu l'eau chaque jour. Chacun va bientôt devoir retrouver l'itinéraire de ses songes et tracer sur la terre et dans le ciel le chemin inconnu qui correspond à son image intérieure.

Antigone et Diotime sont là et déjà ces gens, dont il ne connaîtra jamais le visage, le pressent, l'interrogent.

Puisque vous voulez que je vous parle du voyage de ma vie, je commencerai par celui que j'ai fait, nouveau-né, avec le berger qui m'a sauvé, le lent parcours au pas des moutons dont je sens toujours le rythme dans mon corps. Ensuite je suis devenu le fils du roi et de la reine de Corinthe, la ville de la mer.

La mer qu'ils aimaient tous les deux, Polybe et Mérope, regrettant souvent, dans leur palais ouvert à tous, les belles navigations de leur jeunesse. C'est à Corinthe que j'ai embarqué très vite sur les barques des pêcheurs pauvres qui ne s'éloignaient guère de la côte, puis avec ceux qui s'en allaient plusieurs jours. Polybe m'a dit plus tard que ce n'était pas assez d'être un sculpteur habile et un bon marin. Il fallait, pour lui succéder, que je devienne capitaine d'un navire et apprenne à naviguer au loin.

Lorsque j'ai atteint l'âge des grands voyages, il m'a fait embarquer sur le bateau de Nestiade qui était le plus fameux capitaine de Corinthe. C'était un homme dans la force de l'âge, qui n'était pas seulement un commerçant avisé et le meilleur marin de la ville, mais aussi un géographe qu'on venait consulter de loin et l'homme qui connaissait le mieux les histoires, les généalogies et les cultes des peuples de la mer. Son calme visage, bruni par le soleil, était éclairé par des yeux très clairs, au regard singulièrement perspicace, capables d'enthousiasme, d'ironie et toujours de sang-froid.

Un premier voyage assez court nous a menés dans les îles et j'ai pu, à l'occasion d'une tempête, le voir déployer ses qualités. Je connaissais la bonté de Polybe et de Mérope, mais j'étais trop jeune pour apprécier la façon dont ils contribuaient à la paix intérieure et à la prospérité de Corinthe. C'était la première fois que j'entrais en contact avec un homme ayant l'ampleur de vues et la profondeur de Nestiade. J'avais alors quinze ans et c'est en l'admirant que je me suis mis à l'aimer. Cet amour, cette confiance ont touché Nestiade et l'ont décidé à jouer auprès de moi le rôle d'initiateur que souhaitait Mérope.

Après ce premier voyage, nous sommes partis pour la Crète et l'Égypte. La traversée jusqu'en Crète fut un enchantement. Rien n'était changé à la rigueur de Nestiade, mais j'aimais son exigence et j'apprenais chaque jour à son contact des choses neuves et concrètes sur notre métier de marin et sur le maniement des hommes. Le soir, il me parlait des astres, des courants et des vents de la mer. Il me parlait aussi des Crétois et des Egyptiens, de leurs cultes, de leurs jeux d'amour et de l'histoire, infiniment reculée dans le temps, de leurs royaumes et de leurs guerres.

Arrivés à Cnossos, le roi, ayant appris par Nestiade que j'étais le fils du roi de Corinthe, m'a accordé audience. Je lui ai demandé de pouvoir visiter le Labyrinthe. Il a refusé.

« Le Labyrinthe, m'a-t-il dit, est habité par le Minotaure. C'est un monstre séduisant mais cruel et capricieux dont on ne peut prévoir les réactions. S'il vous attaque, il faut être capable de le combattre dans les ténèbres où il se complaît. S'il vous arrivait malheur, ce serait entre le royaume de Corinthe et le nôtre la cause d'un conflit déplorable. »

Ce refus ne fit qu'exaspérer mon désir et, tandis que nous vendions à grand profit notre cargaison et en achetions une autre pour l'Égypte, je ne cessais pas de penser au Labyrinthe et au moyen de passer outre à l'interdiction du roi. Nestiade s'en est aperçu et m'a dit : « Ce n'est pas le roi qui interdit le Labyrinthe, c'est la difficulté d'en sortir. – Je trouverai la sortie. – Et le monstre ? – Je le vaincrai. »

Il m'a regardé avec tristesse : « Tu n'es pas prêt à l'affronter, Œdipe, car ce monstre est déjà en toi. »

La réponse de Nestiade a changé en hostilité mon amour pour lui. J'ai voulu le quitter, abandonner sur-le-champ le navire et courir au Labyrinthe. Il y a eu entre nous une lutte brève mais violente, et c'est de force qu'il m'a obligé à rester.

Le lendemain, en m'éveillant, le désir du Labyrinthe était là, ardent comme celui d'un corps. J'ai compris que je ne pourrais jamais lui résister et comme, avec la clarté du matin, j'avais retrouvé ma confiance en Nestiade, je lui en ai parlé. Il a senti que mon corps et mon esprit étaient aspirés par l'image folle et aveuglante du Labyrinthe et ne pouvaient plus s'en détacher.

Il m'a dit que, si je me livrais encore à ma passion démentielle et à la violence comme je l'avais fait la veille, les autres marins prendraient peur. Ils me croiraient fou et, par crainte d'un malheur ou par superstition, refuseraient de me garder à leur bord. Dans ce cas, je n'aurais plus aucune chance d'obtenir le commandement d'un navire et de succéder un jour à Polybe.

Pour éviter ce désastre, il est allé trouver le roi et, dans sa crainte et son amour pour moi, il a dû trouver des accents inouïs puisque, à l'encontre de toutes les traditions, le roi m'a autorisé à tenter l'aventure. Il y a mis une condition, c'est que Nestiade m'accompagnerait. Il voulait, en cas de malheur, pouvoir prouver ainsi à Polybe qu'il ne m'avait donné son accord que pour m'éviter la folie.

Nous sommes partis le soir même pour le Labyrinthe. J'ai dit à Nestiade que j'acceptais sa présence, mais qu'il devrait me laisser l'initiative et rester derrière moi. Il n'a rien répondu.

L'entrée n'avait aucun des caractères fantastiques que j'avais imaginés. C'était une ouverture plutôt médiocre et qui n'était pas fermée par une porte. Très vite, le couloir dans lequel je me suis engagé s'est enfoncé sous terre et s'est rétréci. Il a fallu marcher courbé, puis ramper, j'avais l'impression de vivre un mauvais rêve avec des sensations d'étouffement. La galerie s'est élevée et élargie, laissant apparaître trois porches. Celui du centre était occupé par une sculpture bariolée de couleurs criardes et qui représentait la tête d'une femme. Elle nous fixait d'un regard agressif et semblait nous crier un secret ironique, découvrant ainsi une denture menaçante. J'ai voulu prendre l'ouverture de droite, elle s'ouvrait sur de nombreux couloirs, j'ai eu le sentiment d'avoir fait une erreur et je suis revenu sur mes pas.

Nestiade m'attendait. Il avait examiné de près la bouche de la femme et s'était aperçu qu'en pesant sur sa mâchoire inférieure, on découvrait un passage au fond de sa gorge. J'ai voulu m'engager dans la gorge dont la pente était très forte. Nestiade m'a dit : « Si nous allons plus loin, il n'y aura plus d'autre issue que la sortie. Si elle existe. » Il n'était plus temps, pour moi, de réfléchir, je me suis laissé aller dans la gorge, la bouche s'est refermée et j'ai entendu un éclat de rire aigu. J'ai glissé longtemps sur une pente de plus en plus raide, le rire sardonique s'est fait entendre encore et j'ai su que Nestiade me suivait. J'ai abouti dans une eau peu profonde et il est tombé près de moi. La pente sur laquelle nous avions dévalé était si forte et si glissante qu'il n'était plus possible de revenir en arrière. Il fallait traverser le cours d'eau qui nous faisait face. Il ne semblait ni large ni très profond, pourtant soudain nous avons perdu pied. Nous avons nagé longtemps, le bord semblait toujours proche, mais quelque chose nous en écartait sans cesse. Après plusieurs heures d'effort, nous avons senti le fond sous nos pieds. J'étais épuisé et c'est à grand-peine que je suis parvenu sur la rive. Là, je me suis abattu sur le sol et je me suis endormi pendant que Nestiade veillait.

À mon réveil, il m'a dit que, dans la traversée, nous avions perdu nos armes et les provisions qu'il avait emportées. Je ne m'en suis pas inquiété. « Il n'y a plus qu'un espoir, ai-je dit, c'est la sortie du Labyrinthe.

Donc en avant. » Il m'a approuvé et m'a dit que, pendant mon sommeil, il avait entendu plusieurs fois, dans l'extraordinaire silence qui nous entourait, le bruit du galop d'un animal ainsi que des rires et des bribes de musique.

Je me suis remis en marche et Nestiade m'a suivi à quelque distance. La peur et l'angoisse que j'avais ressenties dans l'eau m'avaient quitté. J'avançais vite, aiguillonné par le désir de connaître le Labyrinthe et de posséder son secret. Plus tard, je me suis rappelé avec tristesse que, pendant tout notre périple, je ne me suis pas retourné une seule fois pour voir le beau visage de Nestiade et n'ai pas cherché à comprendre ce qu'il pouvait ressentir ou penser.

Plus j'avançais, en effet, plus j'étais envahi par l'irrésistible enchantement du Labyrinthe. Ses couloirs semblaient s'élargir, la pierre des murs se recouvrir de fresques ou de soies. On entendait ou on croyait entendre une musique exquise, tendre et doucement enivrée. On traversait des salles, des colonnades, des jardins où des arbres verdoyants et des fleurs entouraient des fontaines. On éprouvait la présence proche d'une ville avec ses tours, ses marchés, ses trafics et toutes les voix du plaisir.

Je m'éveillais au bonheur, aux rayons charnels de cette cité du désir et n'aspirais plus qu'à jouir indéfiniment de cet état délicieux. Je ne découvrais pas, je regagnais, après un long exil, le lieu où j'avais déjà vécu une vie antérieure. J'étais au but, il fallait arrêter le temps et m'établir pour toujours dans la demeure retrouvée dont je n'aurais jamais dû sortir.

Nestiade me suivait et par cette action qui me rappelait que nous devions seulement traverser le Labyrinthe et en trouver l'issue, il me poussait, contre mon désir, en avant. Je n'avançais qu'à cause de lui et à chaque pas l'amour que je lui portais se transformait en haine. C'est sa vigilance, sa présence silencieuse qui me forçaient à quitter ce Labyrinthe où, à travers des réminiscences enchantées, une promesse de bonheur m'était faite.

Nous sommes parvenus à une salle dans laquelle se trouvaient, sur des tables, du pain, des fruits et différentes boissons. J'avais faim, je me suis précipité vers la nourriture en appelant Nestiade. Nous avons mangé le pain et les fruits et il m'a conseillé de ne pas toucher aux boissons qui étaient peut-être enivrantes ou mêlées de drogues. Je n'ai pas voulu l'écouter et j'ai bu largement d'une boisson qui me sembla légère et exquise. Pendant que nous mangions, nous avons entendu résonner plusieurs fois le rire fou de la tête de femme qui nous avait barré l'entrée. J'ai pensé que la rencontre du monstre était proche et j'ai fait promettre à Nestiade qu'il me laisserait l'affronter seul. Je sentais en moi une force invincible.

Je me suis étendu sur un lit qui se trouvait là, ma tête et mon cœur étaient troublés et j'étais dans un état de désir intense, mais sans objet. Nestiade est resté à distance pour marquer, comme je l'avais voulu, qu'il ne faisait que me suivre. Il aurait pu s'étendre comme moi, mais il est resté debout comme quelqu'un qui attend de repartir. Ma haine pour lui s'est alors ranimée, j'aurais voulu le frapper, le chasser, mais la tristesse que je lisais sur son visage m'a fait voir qu'il n'était là qu'à contrecœur et par amour pour moi. En le voyant si affligé, ma colère est tombée et je n'ai pas voulu prolonger ce moment de repos comme je le souhaitais. Je me suis engagé dans un des trois couloirs qui s'ouvraient au bout de la salle. C'est mon corps déjà qui m'a guidé dans le choix du chemin car, sous l'action des breuvages que j'avais pris, mon esprit était en train de s'obscurcir et la lumière, tantôt si claire, paraissait s'assombrir de plus en plus.

Je ne ressentais pourtant aucune peur et, comme pour provoquer l'adversaire, je me suis mis à chanter un hymne phallique que j'avais appris dans mon enfance. J'en avais oublié les paroles, mais je les recomposais avec une facilité merveilleuse. Tâtonnant le long des murs, je suis parvenu jusqu'à l'entrée d'une salle très vaste. J'ai entendu le tumulte d'un galop précipité et le monstre a été sur moi. J'ai senti le contact d'un corps d'homme, très puissant, mais qui semblait couvert d'une robe et d'une crinière comme celles d'un cheval, tandis qu'une main me saisissait et que, profitant de son formidable élan, la bête me projetait sur le sol. Ce double contact, en un seul être, de l'homme et de l'animal a provoqué en moi une horreur sacrée qui m'a sauvé en me donnant la force de me relever d'un bond. Une lutte ténébreuse a commencé dont, à cause des boissons que j'avais eu la folie de boire, je ne pouvais distinguer si elle avait lieu en rêve, dans le délire ou tout entière dans la réalité. Je ne sais si le monstre voyait dans les ténèbres ou s'il était, comme moi, victime de l'obscurité car il me semble que notre combat, coupé par des intervalles qui ressemblaient au sommeil, était lent et cruellement maladroit comme celui de deux aveugles. Je sentais le poil de la bête, j'entendais le halètement de ses naseaux, je me cramponnais à ses cornes pour les éviter et, parfois, j'éprouvais la présence d'un visage contre le mien et je luttais contre des mains qui me saisissaient, m'étranglaient ou tentaient de me renverser. Je croyais être à certains moments lié, agrippé à un corps d'homme ou de femme, mais plus souvent je succombais sous la masse énorme d'un animal. Il me semblait, dans l'état confus et sans doute démentiel qui était le mien, être au plus profond de l'horreur et du dégoût et, à d'autres instants, me trouver au bord de la volupté ou déjà engagé en elle.

La bête a fini par me pousser jusqu'au bord d'un gouffre où j'ai cru que j'allais me mettre à tomber indéfiniment, comme on fait dans les cauchemars. Mon corps a suppléé seul au sommeil profond dans lequel sombrait mon esprit. Je criais, je frappais, je dominais peut-être mon adversaire tandis que la part la plus importante de ce que, jusque-là, j'avais pris pour moi-même était absente. La lutte s'est poursuivie comme si mes membres et les siens étaient engloutis dans du sable. Nos mouvements étaient ralentis par une pesanteur invincible, nous faisions tous deux d'immenses efforts pour y échapper. J'ai ressenti une impression de solitude et j'ai cru que l'ennemi avait disparu. Tout à coup, je l'ai senti sous moi qui tentait de m'entraîner avec lui dans la profondeur. J'ai fait un effort désespéré pour me dégager et j'ai connu un moment de plaisir affreux tandis que la bête criait. Ces cris me sont devenus intolérables, je me suis enfui en me traînant sur le sol jusqu'à l'entrée de la caverne où son agression m'avait empêché d'entrer. J'ai trouvé là un air plus pur, une obscurité moins profonde. J'ai pu revoir mon corps, j'étais épuisé, mais je n'avais que de fortes meurtrissures. Ce ne sont pas elles, mais un singulier besoin de rester près du sol et de flairer, qui m'ont empêché de me remettre debout. J'ai continué à avancer en rampant. Je me voyais en même temps, je ne sais de quel lieu, me traîner sur le sol rugueux de la caverne à la recherche d'émanations qui pourraient me guider. Ce corps qui rampait, le mien en somme, ne voulait maintenant plus qu'une seule chose : sortir du Labyrinthe à tout prix. Mon esprit ni mes yeux ne pouvaient me servir pour cela, mais seulement, venues peut-être de temps plus reculés, mes puissances olfactives.

Je me suis traîné ainsi très longtemps, j'avais complètement oublié l'existence de Nestiade. J'avais oublié toute existence autre que celle de mes poumons, de mes narines et de leur aspiration à l'air libre. J'aurais voulu être soulevé par une vague, être projeté, vomi hors de ces murailles et de cet air confiné où j'avais pourtant joui d'un si grand bonheur.

Je ne sais combien de temps j'ai poursuivi cette quête de chien de chasse flairant l'issue. Cela durait peut-être depuis de longues heures lorsque l'air peu à peu s'est mis à circuler plus fort. Osant enfin lever la tête, j'ai vu qu'une lumière très faible et lointaine apparaissait. J'ai senti la proximité de l'eau et j'y suis parvenu en rampant. C'était la rivière ou la douve qui sans doute faisait le tour du Labyrinthe. J'avais une soif ardente, cette eau me sauvait, j'y ai plongé ma tête, mes bras, mes épaules et j'ai bu comme une bête en me réjouissant du goût de terre que je trouvais en elle.

Le combat avec le Monstre et l'effort nécessaire pour me traîner jusqu'à l'eau avaient épuisé mes forces. Je sentais que je ne pourrais jamais traverser la rivière et j'ai pensé avec une sorte d'indifférence qu'il ne me restait plus qu'à mourir. J'ai dû m'endormir, je me suis éveillé en voyant au-dessus de moi quelqu'un qui, parce qu'il était debout, me parut d'une taille gigantesque. J'ai cru que c'était le Monstre qui venait m'achever, mais l'homme, à grand-peine, m'a tiré avec lui dans l'eau. Je suis parvenu à flotter un moment et même à nager, puis j'ai perdu conscience.

Quand je suis revenu à moi, j'étais nu et couché sur le dos. Autour de moi, il n'y avait plus l'enchevêtrement des couloirs ni les grottes suffocantes du Labyrinthe. Il n'y avait que la nuit, les étoiles et le grand théâtre du ciel dont il me semblait, pour la première fois, comprendre la langue. C'était à nouveau le monde ouvert, le nôtre, le véridique, avec sa splendeur et sa pauvreté. J'ai entendu un soupir, j'ai dû l'entendre avec mon cœur car il était faible, presque inaudible et très ténébreux. J'ai senti alors que ma tête reposait sur les vêtements mouillés et les genoux de Nestiade. Pendant que je contemplais le ciel, lui, si ferme et si joyeux autrefois, ne regardait que moi, d'un air de lassitude et de tristesse que je ne lui avais jamais vu.

J'ai pris sa main dans la mienne et lui ai dit : « Ne sois pas triste, tu nous as sauvés. » Il a répondu : « Ce n'est pas moi, c'est ton corps qui, en flairant comme une bête, nous a fait sortir du songe funeste où ton esprit nous avait engagés. » Il n'a rien voulu dire de plus et nous nous sommes endormis.

Quand nous nous sommes éveillés, il m'a donné une partie de son vêtement pour que je ne reste pas nu. En marchant, j'ai vu qu'il boitait : « C'est le Monstre ? » Il a eu une sorte de rire très sombre : « Tu lui es passé sur le ventre. Je t'ai suivi. C'est alors qu'il m'a blessé. »

Il m'a regardé et a ajouté : « C'est ton destin, peut-être, d'aller jusqu'au bout de tes pensées, à l'extrême de ton désir, ce n'est pas le mien. En Égypte, nous nous séparerons. »

Je n'ai pas compris ce qu'il voulait dire et ne l'ai plus interrogé. Il souffrait de sa blessure et plus encore de ce qui tourmentait son esprit. Je l'ai soutenu de mon mieux et nous sommes parvenus à grand-peine au navire. Les marins étaient inquiets de notre absence. J'ai appris qu'elle avait duré plusieurs jours, il me semblait être parti l'avant-veille.

J'ai soigné Nestiade aussi bien que je l'ai pu, je pensais que nous allions rester ancrés quelque temps en Crète, mais dès le lendemain, avec une cargaison incomplète bien que parfaitement arrimée, nous avons levé l'ancre. Sa jambe le faisait souffrir, mais il pouvait se tenir debout. Pendant ce voyage, il ne m'a parlé que pour transmettre ses ordres aux marins. Nous avons d'abord été favorisés par le beau temps et un vent soutenu. En regardant le ciel, le troisième soir, il a donné l'ordre de carguer les voiles, car nous allions avoir de la tempête.

La nuit, la tempête s'est mise à souffler et il est resté veiller avec moi. À l'aube, la mer est devenue de plus en plus forte. Les deux pilotes étaient épuisés. J'ai pris la place de l'un, Nestiade a décidé de prendre celle de l'autre. Il a fait affaler le peu qui restait de toile et mis tous les marins aux rames.

Celui que je remplaçais m'a solidement attaché. Il l'a fait sur l'ordre de Nestiade qui a refusé d'en faire autant. Des vagues énormes déferlaient vers nous. Les yeux fixés sur lui, je liais mes mouvements aux siens et nous parvenions à étaler sans trop de peine les plus grosses lames. La tempête, la lutte, la nécessité d'inspirer courage aux hommes lui avaient rendu sa gaieté habituelle et je voyais son sourire confiant chaque fois que nous abordions une nouvelle vague. L'une d'entre elles, peut-être à cause de son gros dos écumeux, m'a évoqué la sensation de la peau poilue de la Bête sur la mienne. Ce souvenir m'a fait éclater d'un rire victorieux et en me tournant vers Nestiade j'ai crié : « Regarde, le monstre ! »

Le tumulte du vent et des vagues a dû l'empêcher de m'entendre, mais mon cri peut avoir provoqué chez lui un moment d'inattention. Il se peut aussi que, dans la tempête, nous ayons subi l'action d'une saute de vent imprévisible. Au moment où je voyais, tourné vers moi pour la dernière fois, son visage riant et interrogateur, une énorme lame prenait le bateau de travers, roulait sur le pont et nous précipitait tous les deux par-dessus bord. Pensant à la blessure de sa jambe, j'ai tenté de toutes mes forces de nager vers lui. J'ai touché son corps sans parvenir à le retenir car, à ce moment, j'ai senti le cordage qui m'attachait me meurtrir à la taille et me tirer dans l'autre sens. J'ai crié, j'ai appelé Nestiade en vain. Quand les marins sont parvenus à me hisser à bord, nous étions loin déjà de l'endroit où il était tombé et, sans voiles ni rames de gouvernail, il n'y avait plus aucun espoir de le retrouver.

Pendant les jours qui ont suivi, j'ai souvent pleuré mais toujours brièvement car la tempête exigeait de moi, comme de tout l'équipage, que je ne pense qu'à elle. Après la disparition de Nestiade, les marins m'ont choisi comme capitaine et j'ai dû déchiffrer avec eux les énigmes de la mer. Nous avons fini par sauver le navire et sa cargaison, nous sommes arrivés en Égypte à un moment propice et nous y avons fait des opérations profitables. Parti de Corinthe, adolescent et ne possédant rien, j'y suis revenu capitaine, à la tête de deux bateaux dont un m'appartenait. Fier de ma réussite et de mon savoir, je me suis pris pour un homme accompli. Pire, pour un sage. C'est ainsi qu'ont commencé mes malheurs.

Œdipe revient pour la dernière soirée de ceux qui vont partir. Ils l'entourent, ils l'interrogent : Une figure demeure mystérieuse dans ton histoire, c'est la Sphinx. Qui était cette tueuse, cette dévoratrice ? Comment es-tu parvenu à la vaincre ?

Sans répondre à leurs questions, il entame un chant :

Ce n'était pas la Sphinx qui tuait mais la peur.
La peur des questions enfantines qui semblaient recouvrir un piège.
Jour qui engendre la nuit. Nuit enceinte de la lumière.
Vie qui commence à quatre pattes, s'élève à deux et trois survient.
Comment croire que c'était la naissance, l'évidence fondamentale
Quand à tant chercher la réponse, ils n'entendaient plus la question ?
Ils s'enfermaient pour mieux trouver, la peur les saisissait dans leurs repaires,
On voyait ses terribles traces, on parlait de dévoration.
Elle ne tuait pas, l'écoutante, elle attendait celui qui oserait accepter son énigme.
Je suis venu, j'avais traversé la mer et tué l'inconnu au carrefour des deux routes.
La Sphinx savait peut-être, elle ignorait, comme font les présages.
Qu'elle était belle, blanche et noire, dans la profondeur souriante et comme on espérait
Qu'après le premier voile, il y en aurait un autre, toujours d'autres indéfiniment
Rien n'étant aussi beau que l'énigme, la grande énigme qui vous aime et qui sans fin se renouvelle.
Je l'ai vue, la folle étrangère, nous étions les deux étrangers
Arrêtés par les portes froides, devant les murailles de Thèbes.
Mes yeux de sel ont vu cette fille des forêts, habillée par la fleur sauvage.
On pressentait ses formes franches, sous sa robe on voyait de grandes courbes animales

Et l'on voulait passionnément adorer, déchirer, arracher sa fourrure.

Je n'avais pas peur des questions, j'étais le fils d'un roi,
J'avais des bateaux sur la mer et j'étais l'homme des réponses.
Son apparition était d'une femme, son corps était celui d'une biche qui saute
Et j'étais peut-être le cerf, le roi-cerf aux bois amoureux.
Si elle s'inventait dans mes yeux, je me découvrais dans les siens
Et nous nous regardions brûler, interdits par ce feu soudain.
Il est vrai qu'une voix m'a dit : Ne réponds pas, ne dis rien que ton nom : Œdipe.
Ton nom, ainsi qu'un appel à l'enfance et à la beauté prophétique
Que par savoir ou par pouvoir d'amour il ne faut jamais éclairer
Quand il suffit de rester là où rien, ne voulant rien, ne voyant rien, contemple
Sa très obscure fiancée et sa clarté au fond des eaux.
Œdipe était alors la plus juste parole, mon nom aux pieds blessés entre quatre parents,
Mais je n'ai vu soudain que la promesse étincelante, l'animal sombre d'Aphrodite.
J'ai voulu toucher son amour, j'ai crié les réponses et j'ai cru saisir ma sibylle.
Son visage était près du mien, elle pleurait, la disparue. Elle s'est évanouie, effacée dans les larmes
Celle qui portait mon énigme, sous la grande louve ancestrale.

Quand les Thébains m'ont retrouvé, ils ont inventé ma victoire.
À bout de force, je pleurais et la Sphinx avait disparu. C'étaient les traces du combat.

*Ils ont acclamé un vainqueur, ils m'ont aimé dans ce
    miroir où j'ai vu mon nouveau visage.
Et c'est ainsi qu'Œdipe, par le dieu des poissons
À son hameçon fut ferré.*

Personne n'ose rompre le silence après le chant d'Œdipe. Tous ceux qui sont ici, pense Antigone, se sont jetés un jour, comme lui, sur l'hameçon invisible.

La voix de Diotime s'élève : « Ton voyage n'était pas accompli. Après la Sphinx, il y a eu Thèbes. – Après il y a eu Jocaste », dit Œdipe.

Alors de nombreuses voix l'interrogent : « Jocaste, qui était-elle ? Comment n'a-t-elle pas su ? Comment ne t'a-t-elle pas reconnu ? »

Œdipe se recueille. Il sonde des blessures encore vives. Il retrouve des images rebelles derrière les mots qui les transforment. Il reprend :

*Jocaste, on croyait l'avoir prévue en rêve. Les yeux
    l'avaient longtemps, toujours imaginée
Et quand on découvrait la femme et le bel être corporel
C'était du regard ébloui qui avait contemplé la Reine
Pas celle d'une cité de marchands, pas Mérope remon-
    tant du port avec son panier bleu de poissons sur la
    tête.
La Reine d'un pays d'orgueil, de la citadelle aux sept
    portes, ouvertes chaque matin par le soleil et fermées
    le soir par la nuit.
Une cavale de haute race, une licorne blanche avec sa
    corne de lumière
Et comme elle était l'évidence, sous son voile d'or ou
    d'argent, on voyait l'objet désirable
Subjuguant de ses vastes yeux le peuple turbulent de
    Thèbes.*

*Après ma victoire sur la Sphinx, j'ai vu Créon, pour lui
    j'étais un coureur d'aventures
Dont un exploit énigmatique avait fait le héros des
    Thébains.*

*Mais j'étais fils de roi, j'avais montré sans doute
  quelque vaillance,
Je ne serais pas son rival dans la ville ni dans l'esprit
  de sa sœur bien-aimée.
Elle a dit qu'elle tiendrait sa parole. On m'a lavé, vêtu
  de rouge,
Initié aux usages de Thèbes, mené en cortège au palais
Où ce n'est pas elle que j'ai vue, mais la Reine toute
  dorée, argentée par la lune
Et très follement blonde comme était Aphrodite quand
  elle est sortie de la mer.
Une Reine depuis longtemps sans roi. Une veuve, dans
  sa profondeur menaçante, avec de grands espaces,
  des étendues d'amour inassouvi.
Une menace pesait sur sa vie, son royaume qu'il fallait
  adorer ardemment et défendre.
C'est ce qu'exigeait l'imminence de ma passion pour
  ses ténèbres, ma compassion pour sa lumière
Et la sourde terreur de mes yeux captivés, capturés par
  les siens.*

*Pendant que Créon me guidait et qu'elle me remerciait
  d'avoir sauvé la ville
Je suis resté sans voix, aussi troublé par sa présence et
  plus interdit qu'un enfant.
Par bonheur Créon m'a dit : La première fois qu'on voit
  la Reine
On se prosterne devant elle, c'est ce que veut la coutume
  de Thèbes. J'ai répondu : Si je suis roi, je l'abolis.
Elle a souri : Elle est abolie, tu es roi. Tu es le roi qui
  nous délivre des énigmes.
Celui qui fait irruption et qui brusque, l'amour nous
  a descellés de nous-mêmes et scellés l'un à l'autre
Faisant déborder notre coupe, emplissant l'antre tout
  entier, l'antre-deux d'Aphrodite.
Il y eut alors une impossible attente où dans le silence
  et l'effroi
J'ai senti la contradiction, l'inépuisable ressemblance
  de la morte et de la vivante.*

Elle si claire et de regard immense et la Sphinx avec sa beauté d'Africaine et son corps demeuré sauvage.
L'une qui posait la question, l'autre qui semblait la réponse.
Quand pour la première fois, et ce fut après de très longs jours, nous nous sommes retrouvés seuls
Sachant que bientôt nous allions nous connaître pour de grands travaux d'allégresse
Jocaste s'est mise à pleurer. J'ai cru qu'elle allait disparaître ainsi que l'avait fait la Sphinx,
Elle m'a serré dans ses bras, elle m'a dit : Je te trouve, je te retrouve.
La terreur m'a saisi, c'est alors que j'aurais dû fuir.
Qu'elle était belle en me disant, c'était la Reine qui parlait :
Je trouve Œdipe et je retrouve un homme. Laïos si vite m'avait abandonnée.
Je n'ai pas fui, nous nous sommes aimés. Nous sommes devenus les époux délirants.
J'étais le roi, elle était le royaume. Royaume déchiré par le cri des pythies.
Je suis l'enfant qu'elle n'a pas défendu. Pourquoi m'a-t-elle abandonné ?
Pourquoi m'ont-ils assassiné quand l'oracle a prédit que je tuerais mon père ?

Antigone répond : Œdipe, souviens-toi qu'elle était une enfant, quand elle fut exigée par cet homme de colère.
Souviens-toi de ses larmes, du deuil irréparé qui revenait parfois assombrir son visage.
Et n'as-tu pas longtemps, avant l'épreuve, avant la peste, n'as-tu pas partagé son surprenant bonheur ?
Je l'ai vécu comme elle, dit Œdipe, mais quand le malheur a surgi, c'est sans moi que la Reine a fait face
Me laissant seul, abandonnant la vie qui nous était commune alors que j'espérais encore
Inventer un sens au vertige et un futur à ma folie.

*Reine en rêves d'aveugle, je sens que ton obscurité me
  mène vers la lumière inespérée
Ainsi que l'a fait autrefois sur la mer, dans notre
  bateau disloqué par sept jours de tempête,
La tour à feu qui nous fit découvrir, quand nous ne
  savions plus où étaient les étoiles
La présence merveilleuse de l'Égypte.*

Le lendemain, Œdipe se rend chez Diotime comme elle l'en a prié la veille. Il s'arrête et prend plaisir à entendre son pas et le bruit calme de sa robe. « Vous connaissez maintenant, dit-il, toute ma vie et j'ignore presque tout de vous. J'entends le son de votre voix, mais seules mes mains voient. Permettez-leur de découvrir votre visage. »

Elle guide les longues mains durcies par les outils : « Mes cheveux sont gris, presque blancs. Touchez aussi mes rides, j'aime qu'on me connaisse comme je suis. » Les mains d'Œdipe glissent sur son visage, c'est un passage d'ailes qui reconnaît, qui devine, qui s'attarde un peu sur les paupières fermées. « Que vous avez été aimée, dit-il, quelle perte vous avez faite à la mort d'Arsès. » Il laisse retomber ses mains : « Comme vous l'avez aimé. Ce que vous êtes témoigne de ce qu'il a été et me donne un grand regret de ne pas l'avoir connu. »

Ils sont émus tous les deux, il se sent un peu gauche en face de la femme à la pensée bienfaisante qui répond : « Vous venez de nous rendre, à lui et à moi, le plus bel hommage. – Qu'avez-vous fait après sa mort ? – J'ai voulu me retirer pendant un an à la montagne pour consacrer mon temps et ma pensée à sa mémoire. À peine arrivée, on m'a appelée pour secourir une mourante. J'ai refusé. L'homme a attendu. Le soir venu, je l'ai vu couché devant ma porte dans la position que prenait Arsès sur le pont de son navire lorsqu'il craignait une tempête pendant la nuit. J'ai suivi l'homme. Après cette malade il y en a eu d'autres. C'est ainsi que j'ai passé trois ans de deuil, pensant sans cesse à Arsès et n'ayant jamais le temps d'y penser. Après cela, je suis

tombée malade et Narsès m'a fait revenir ici. Ce que je viens de te dire, Œdipe, je ne l'ai jamais dit à personne.
– Je le sais, c'est ce que je devais entendre. »

Il s'incline, elle le suit jusqu'à la porte et regarde sa haute silhouette qui s'éloigne. Elle pense : « Que de forces sont en lutte dans cet homme. »

8

CALLIOPE ET LES PESTIFÉRÉS

Quelques jours plus tard, un jeune montagnard s'approche, d'un pas hésitant, de la cabane. Œdipe abandonne son travail et lui fait signe. Le garçon est saisi en le voyant sur le seuil, avec ce bandeau sombre qui lui couvre les yeux. Il reprend courage et dit : « Nous avons, dans notre village, hébergé un voyageur. Il nous a parlé de toi, l'aveugle. Il dit que tu sais des chants qui font guérir. L'an passé, il y a eu la maladie chez nous. Beaucoup sont morts et depuis le village est resté malheureux, le travail est triste. Viens avec ta fille et ton compagnon. Nous ferons une fête et tu chanteras pour nos morts et pour nous. – Sais-tu qui je suis ? – L'homme a dit que tu es Œdipe, l'ancien roi et que les malédictions proférées contre toi ont été levées par Diotime, la guérisseuse. »

Œdipe sourit : « Nous viendrons à votre fête et emporte ceci pour ton village. » Il lui donne une forme de bois qu'il a taillée récemment. Le garçon est content, il prend la statue dans ses bras. D'abord surpris, il lui découvre un sens : « C'est une danse ! Je reviendrai vous chercher bientôt, il y aura trois jours de marche. » Il met la statue dans son sac et s'en va en courant.

À son retour, Œdipe, Antigone et Clios l'accompagnent. La route, après de nombreuses ascensions par des chemins difficiles, les mène à un village étiré le long d'une rivière qui est encore presque un torrent. Dans la vallée, des champs et des jardins bien tenus, sur les pentes basses des vignes et plus haut, sur les flancs des montagnes, des prés où paissent des chèvres et des moutons. Certaines maisons sont en ruine et noircies par le feu. Le garçon explique : « Des familles ont été exterminées, d'autres presque détruites. On a sauvé les cultures et les animaux et pour arrêter le mal on a détruit les maisons. – La maladie, c'était la peste ? » demande Œdipe. Le garçon, effrayé, n'ose pas répondre.

Ils arrivent chez le chef du village, c'est un homme dans la vigueur de l'âge, dont le corps et le visage semblent prématurément usés par le chagrin. En cours de route, le garçon leur a dit qu'il a perdu sa femme et ses enfants pendant l'épidémie.

« Pourquoi nous as-tu appelés, demande Œdipe, est-ce pour la fête ou pour la maladie ? » Antigone en l'écoutant se souvient de la voix pleine de force et de douceur avec laquelle il accueillait et rassurait les suppliants à Thèbes.

« C'est pour les deux, dit l'homme. Celui qui nous a parlé du pouvoir de tes chants nous a dit aussi qu'autrefois, en sacrifiant ta femme, ta couronne et tes yeux, tu as délivré Thèbes de la peste. »

Antigone, accablée par la fatigue, s'est assise sur le seuil où une jeune esclave vient lui apporter de l'eau. Elle n'entend pas ce que répond Œdipe, elle pleure à cause du mot « autrefois » qui signifie que pour les gens d'ici les événements qui ont brisé leurs vies appartiennent déjà à un lointain passé.

La jeune esclave s'assied près d'elle, la console. Elle dit qu'elle se nomme Calliope et lui fait visiter la maison. Elle est propre et fraîche, mais une partie du toit et les fenêtres sont encore béantes. Après la perte de sa famille, l'homme a brûlé sa maison et rebâti celle-ci. Il n'a pas encore eu le temps ni le courage de l'achever.

Les chefs des principales familles viennent partager le repas du soir. Ce sont des hommes habitués à la lutte dans ce pays où la vie ne se gagne que par un travail dur et constant. Pourtant, dans leur démarche, leurs voix, leurs propos, Œdipe retrouve la sensation de deuil et de pesanteur qui l'a frappé à son arrivée dans la vallée. On convient de l'ordonnance de la fête. Le soir Œdipe chantera ou parlera selon l'inspiration du moment. Il remercie mais qu'attend-on de lui ? Ils restent silencieux un moment, puis l'un d'entre eux dit :

« Chacun de nous, pendant la maladie, a perdu une partie des siens. Au début on espérait, on les a soignés, mais le mal a empiré chaque jour. La peur, c'est vrai, s'est emparée de nous. Nous avons fui dans la montagne et les malades sont morts ou ont survécu comme ils ont pu. Au retour, la peur et la honte n'ont pas cessé. Nous avons dressé un autel, élevé des pierres funéraires, espérant qu'avec le printemps la vie et le travail heureux reviendraient. Mais peu à peu c'est la chose qui est revenue et nous sommes encore plus tristes qu'au temps où la maladie ravageait nos maisons. – Qu'est-ce que c'est la chose ? » demande Œdipe.

Le chef du village finit par dire : « Le matin, nous nous éveillons avec le désir que ce soit déjà le soir, et nous nous endormons le soir en espérant ne plus nous éveiller. » Les autres approuvent et l'un d'eux ajoute : « Rends-nous l'espoir, aveugle, si tu le peux, car les morts, ceux qui sont restés dans les maisons brûlées, nous appellent maintenant près d'eux. »

Œdipe se lève, Calliope le conduit à sa chambre. Clios et Antigone le rejoignent : « Il y a un secret, dit-elle, il y a trois malades à nouveau. Ils ne savent que faire, fuir ou les soigner. C'est pour cela qu'ils t'ont fait venir. – Tu as peur, Antigone ? – J'ai très peur. – Et toi Clios ? – Je ne croyais pas avoir peur, mais cette mort-là me fait horreur. – Alors, repartons cette nuit, dit Œdipe, pendant qu'ils dorment. »

Ils se taisent. Ils resteront.

Œdipe s'éveille au milieu de la nuit avec un sentiment de bonheur. Calliope vient de se couler auprès de lui et serre son corps contre le sien. Il prend son visage entre ses mains, il sent dans ses paumes les formes de sa surprenante beauté. Il demande : « C'est ton maître qui t'envoie ? » Elle répond : « Oui. – Tu n'as pas eu peur ? – Non. – Je t'en remercie, Calliope, mais retourne chez toi. » Elle embrasse tendrement son épaule et s'en va de son pas léger. Il se sent heureux un moment, puis il soupire et finalement s'endort.

Le lendemain, lorsque commencent les cérémonies d'offrandes aux dieux protecteurs du village, ce qui frappe Antigone c'est le petit nombre des enfants et des vieux. C'est de ces deux côtés surtout que la mort a tranché. Les enfants qui semblent perdus, esseulés, sont trop tranquilles et quand c'est à leur tour de chanter ils le font d'une voix faible, hésitante, qui perce le cœur. Antigone se met au milieu d'eux, les prend par la main et chante avec eux. Ils reprennent courage et leurs visages assombris s'éclairent.

Le soir, un grand feu est préparé sur la place, tout le village est rassemblé. On attend Œdipe, il arrive accompagné d'un chariot que Clios tire tandis qu'Antigone et Calliope le poussent par-derrière. Dans le chariot, sur une litière de paille, sont étendus les trois malades. Œdipe tient la main du plus jeune, un garçon de quinze ans auquel il parle et parfois sourit. Les deux autres sont plus malades et l'un des deux semble évanoui.

Quand le chariot est arrêté, Clios porte le garçon sur une table. Œdipe le palpe, le frictionne avec de l'huile très soigneusement, puis il dit : « Cesse d'avoir peur, lève-toi ! » Le garçon se lève, pose un pied hésitant sur le sol, chancelle, coule un regard terrifié vers Œdipe. Celui-ci ordonne : « Va ! » Il fait un pas, deux pas sans peine. Il essaie un petit bond, un autre et va s'asseoir, émerveillé, au milieu des camarades de son âge qui, sans crainte, lui font place.

Pendant ce temps, Clios et Antigone lavent et soignent les deux autres malades. Quand ils ont terminé, Œdipe dit : « Le garçon n'avait rien, rien que votre peur à tous qui avait pénétré en lui. Les deux autres malades, nous les soignerons. Désignez-nous une maison où nous pourrons le faire et travaillons tous ensemble à combattre la maladie. »

Un homme vieux dit : « Je m'appelle Pélios. Je n'ai pas voulu brûler la maison de mes ancêtres, celle où ma femme est morte. Suivant l'ordre du chef, je l'ai quittée, j'habite maintenant une cabane près de mon troupeau. J'ai purifié ma demeure, tu peux y aller, Œdipe, avec les tiens et les malades, je vais t'y conduire. – Est-ce qu'Antigone et Clios, demande le chef du village, sont d'accord avec ton entreprise et les risques qu'elle comporte ? – Oui », dit Antigone.

Les malades sont replacés dans le chariot et le vieux les emmène avec Œdipe, Clios et Antigone à sa maison.

Quand Œdipe et ses compagnons reviennent, les jeunes gens rechargent le feu dont les flammes ne tardent pas à s'élever très haut, tandis que sous un voile de nuages tombe une nuit sans lune.

Le chef du village conduit Œdipe en face de l'assemblée. Il n'est éclairé que par le mouvement et les retombées des flammes qui tracent des signes mystérieux sur son corps et sur son visage. Il se tait, il attend, il écoute peut-être. C'est à ce moment que la voix encore presque enfantine de Calliope s'élève : « Frère aveugle, qui entends ce que nous ne voyons pas encore, parle-nous de la maladie. » Il se tourne vers elle :

« La maladie, Calliope, travaille à la fois le champ de la vie et celui de la mort. Elle nous fait peur, elle nous égare, mais l'existence n'est-elle pas troublante, exigeante comme le petit enfant ? La maladie est vigilante, elle nous prévient, car elle sait combien le mal est nécessaire et secourable au bien. »

Du milieu de l'assemblée, l'ancienne du village l'interrompt :

« Frère aveugle, nous devons chacun une vie à la vie et l'homme qui vivait avec moi a rendu la sienne, le jour venu, sans un murmure. Comment croire qu'il est mort, alors qu'il vit toujours en moi et que nous sommes encore tous les deux dans l'ombre et le soleil de l'autre ?

Une pensée vivante, est-ce qu'elle peut s'arrêter de penser ? L'amour patient de toute une vie, crois-tu qu'il peut s'éteindre ? »

Ils attendent la réponse d'Œdipe, soudain c'est une autre voix qui surgit de lui. Une voix chargée d'âpre ironie et de joie menaçante :

Est-ce Œdipe qui peut vous répondre ? Qui es-tu, roi aveugle, poète au sceptre brisé, pour parler de ce que tu n'as pas cessé de méconnaître ?

Votre vie n'est pas à vous, elle n'est pas votre bien, et celui qui vit dans l'instant comment pourrait-il déchiffrer la langue épineuse du temps ?

La vie, la mort, la maladie sont de grands fauves, d'intrépides joueuses qui lancent leurs dés sans hésiter.

Sans la mort quels terribles combats entre ceux qui ne mourraient plus et ceux qui grandissent, avides de terres et de liberté.

Qu'adviendrait-il si le blé refusait d'être moissonné et vous de quitter vos maisons transitoires, car c'est ainsi que l'amour est possible ?

Regardez cet homme à travers qui je parle. La Sphinx lui a dit : Renonce, Œdipe, à ton savoir, attends le jour de ta lucidité.

Il ne l'a pas entendue. Avec son savoir d'incendiaire et le meurtre de son énigme

Il est revenu à Thèbes, la ville inexorable où l'attendaient, enfant perdu, les pouvoirs débordés de la Reine.

La voix s'élève très haut, elle porte la promesse du soleil levant :

Allez, vivants, survivants éphémères, retournez dans vos maisons, cessez de craindre

Car la vie terrestre est désir et Œdipe habitera encore vos esprits quand je ne serai plus depuis très longtemps qu'un dieu mort.

L'assemblée se disperse et le feu, après avoir dévoré les dernières bûches, s'effondre dans les cendres. L'obscurité s'étend, il n'y a plus qu'Œdipe que Clios doit aider à s'asseoir.

Quand il a retrouvé ses forces et se lève, Antigone lui dit : « Ce que tu as chanté est vrai. Pourtant il y a quelque part quelqu'un qui nous aime. » Œdipe se tait, c'est Clios qui répond : « Il y a quelqu'un qui nous aime, parce qu'il y a Antigone. »

Œdipe fait un léger mouvement de la main qui semble dire : C'est la même chose. Antigone a pris son bras et le guide. Clios prend l'autre. Ils s'en vont tous les trois vers la maison des pestiférés.

Ils ont envoyé un messager à Diotime pour lui demander des conseils et des remèdes. Ils attendent son retour et le temps s'écoule lentement. Antigone s'occupe des repas. Clios ouvre dans les murs de nouvelles fenêtres pour faire entrer la lumière, il passe les murs à la chaux. Œdipe se tient près des malades, il leur joue parfois un air de flûte. Vers le soir, ils se mettent à délirer et il les envie de pouvoir s'en aller sur ce navire turbulent.

Le messager envoyé à Diotime revient avec des remèdes et des conseils qu'Antigone lit le lendemain à une assemblée du village. Au bas de la tablette, Diotime a ajouté : « Suivant le don qui lui est conféré, Œdipe imposera les mains chaque jour aux malades. Il imposera aussi les mains à chacun des membres de la communauté. Si Œdipe meurt, Diotime doit être prévenue, le don sera conféré à un autre. »

Les membres de l'assemblée retournent chez eux, confiants mais perplexes. Ils sentent qu'ils sont sur la voie de la guérison, mais sont troublés parce que la prophétesse a envisagé la mort d'Œdipe.

Œdipe dit à Clios que les impositions des mains lui rappellent d'affreux souvenirs. Après la mort de la Sphinx, tous les malades de Thèbes voulaient le toucher, croyant que son corps possédait un pouvoir de guérison. Il se demande quel don lui a transmis Diotime.

Un des malades est éveillé, ils le soignent et Œdipe lui impose les mains aux points prescrits par Diotime. Il s'endort peu après calmement. Les choses sont plus difficiles avec l'autre malade, il souffre beaucoup et, quand Œdipe le touche, il se met à hurler.

Nuit sinistre pour Œdipe qui ne parvient pas à trouver le sommeil. Il ne se reconnaît plus dans celui qu'il est ici, contraint d'imposer à d'autres les mains impures qui ont frappé son père et enlacé sa mère. Ses mains qui risquent de ranimer chez les malades des forces inconnues et peut-être dangereuses. Il est pris du désir de mourir. C'est le roi déchu, le roi qu'il a été qui vient à son secours. Ces pauvres gens, éprouvés, décimés par la maladie sont aujourd'hui son peuple. Il doit rester avec eux jusqu'à la mort ou la fin de l'épidémie. Les ordres de Diotime sont durs, mais il est bon qu'il reçoive des ordres et transmette aux autres, au-delà du doute, cette confiance qu'il a en elle.

Le lendemain, les deux malades sont toujours vivants et Antigone le conduit sous le grand chêne où il va ce jour-là imposer les mains aux enfants du village. Chaque enfant, à son tour, s'approche de lui, place ses mains sur ses genoux, Œdipe les prend et les garde longuement dans les siennes. Le premier a eu peur quand il s'est trouvé en face de ce grand homme sans yeux dont les mains semblaient, malgré son silence, parler aux siennes. Puis ce qui se passait a pris la forme reconnaissable d'une onde qui allait des mains de l'un à celles de l'autre. Il est revenu prendre sa place parmi les autres en disant : « Ça ne fait pas mal, c'est amusant ! »

Pendant sept jours, il impose les mains à tous les habitants de la vallée. Toutes des mains d'hommes et de femmes de la terre, durcies, formées, déformées par les outils et par le temps. Dans ces mains qu'il se met à aimer, il sent les limites des champs, des jardins, des demeures, et le sens qu'il faut donner à chaque chose pour qu'elle puisse servir et être travaillée. Lui, le fils de Corinthe, natif de la mer, par l'imposition de ses mains, les fait communiquer avec cette part d'illimité qui est dans sa nature et, eux, en lui prenant un peu de sa force et de son étendue, enfoncent en lui une part de leur robuste cohésion. Il est heureux au cours de ces longs et mystérieux contacts qu'il redoutait tellement. Chaque fois que l'un d'eux, assis en face de lui, pose ses mains sur ses genoux, il entre avec tout son corps dans sa vie. Quand il relève ses mains, sans l'avoir vu, sans lui avoir parlé, sans avoir entendu son nom, il le connaît et l'autre le sait et connaît, lui aussi, quelque chose d'Œdipe. Ils se retrouvent l'un l'autre dans ce qu'ils ont d'indicible et pourtant de commun. Le soir, il est si fatigué qu'il doit laisser ses compagnons soigner seuls les malades. Le dernier soir, Clios dit à Antigone :

« Le village est peut-être sauvé, tous s'activent et se soignent, ils ont retrouvé leurs plaisirs et leurs soucis habituels. Nos malades vont peut-être guérir, mais Œdipe m'inquiète. – Moi aussi, dit-elle. Pendant les impositions des mains, quand je le regarde de face, je ne vois que sa majesté, sa sérénité, son sourire. Mais si je le regarde de profil, je vois son angoisse. »

Le septième jour, le chef du village est le dernier à s'asseoir devant Œdipe qui sent sous les siennes des mains dures, vaillantes et rusées. Toute la force, toute la vitalité du village est là. Il sent peser sur lui une terrible fatigue, il est très pâle. Le chef du village le regarde avec étonnement, puis avec inquiétude : « Tu souffres, tu es malade ! – Appelle Clios, dit Œdipe, qu'il me ramène chez les pestiférés. »

Clios accourt, il est effrayé par ce qu'il voit. Œdipe tremble, il vacille, il claque des dents, son corps et son visage se couvrent d'une sueur froide. Clios le soutient, le guide. Comme le chef du village veut l'aider, il lui crie avec colère : « Va-t'en, tu vois bien qu'il a la maladie. »

Œdipe, à peu de distance de la maison, s'écroule. Clios ne peut le porter seul. À ce moment, survient Pélios qui dit : « Je vais t'aider, portons-le ! – Il a la maladie », dit Clios. Pélios hausse les épaules et ne répond pas. Ils traînent plus qu'ils ne portent jusqu'à la maison le corps raidi et incroyablement lourd d'Œdipe. Lorsque Antigone arrive, Œdipe est étendu sans connaissance et complètement nu sur son lit. Les deux hommes, atterrés, s'efforcent en vain de le faire revenir à lui. Elle lui fait boire le plus puissant des remèdes de Diotime, il a beaucoup de fièvre et en même temps semble trembler de froid. Elle charge Pélios de faire envoyer un messager à Diotime. Elle fait chauffer de l'eau et, avec Clios, entoure le corps d'Œdipe de linges humides et brûlants. Il gémit, mais son corps se décrispe et son souffle devient plus régulier.

Œdipe reprend conscience, il sent, à une énorme distance, Clios qui étend sur ce qui était son corps des linges brûlants et le recouvre de couvertures. Entre lui et les autres, il y a maintenant un froid insurmontable, une étendue qui ne cesse de croître. Avec sa force, c'est sa chaleur, c'est sa vie qui est sortie de lui. Il crie, il appelle au secours, il appelle Jocaste. Elle seule peut le guérir de ce froid. Il crie et une femme est là dont le visage tendre et effrayé se penche vers le sien. Il tremble, de terribles douleurs s'élancent dans tout son corps. Ce n'est pas Jocaste, c'est Antigone, elle l'aime, elle souffre avec lui, mais il s'éloigne d'elle et de la vie. Il faut traverser le mur qui le sépare de Jocaste. Elle seule pourrait le délivrer de cette intolérable souffrance. Il crie pour qu'elle l'attende, il se débat pour la suivre sur le chemin solitaire où elle s'est engagée. Il se débat pour échapper aux bras de Clios et de Pélios qui se cramponnent à lui pour l'empêcher d'aller se fracasser contre le mur. Il parvient à leur échapper, c'est Antigone, suspendue à lui, qui l'arrête encore un instant, un seul, mais insupportable. De ses deux mains, enfin libres, il la frappe au visage et la jette à terre. C'est plus que Clios n'en peut supporter, il saisit une des sculptures qui sont là et va lui fracasser la tête. Pélios le prévient et, d'un simple croche-pied, fait tomber Œdipe. Sa tête heurte le sol où il reste étendu pendant que Clios relève Antigone. Elle est blessée, son visage est couvert de sang.

Elle dit : « Recouchez-le, il délire. » Ils le soulèvent, son corps n'est plus glacé mais brûlant, c'est de fièvre maintenant qu'il tremble. Antigone se penche sur lui, du sang coule de son visage sur le sien. Œdipe le porte à ses lèvres et pousse un cri d'épouvante. Il croit goûter le sang qui a jailli de ses yeux le jour où Jocaste est morte. Il crache ce sang et pousse un hurlement qui se prolonge, qui va durer et qu'Antigone ne peut plus supporter car elle s'enfuit en pleurant et tout ensanglantée dans la nuit. Clios veut la suivre, mais Pélios l'arrête avec une singulière autorité : « Et les malades ? Je ne connais pas les remèdes. »

Toute la nuit, Œdipe crie et délire. Il est au pouvoir de la peste qui l'a poursuivi toute sa vie, tandis que les images salvatrices s'éloignent. Parfois il croit revoir Jocaste, il veut courir vers elle, mais la vision se dérobe. Alors il hurle comme un loup, celui qu'il a déjà été dans la meute grise du passé.

Clios a appris à Pélios les remèdes et les soins à donner aux malades. À l'aube, il cède à son angoisse et part au village à la recherche d'Antigone.

Le soleil franchit les montagnes et se glisse dans la vallée au moment où il s'approche des maisons. Après cette nuit de ténèbres et de cris, où la maladie a donné la chasse à Œdipe, il est frappé par la paix qu'il découvre et par les bruits familiers qui indiquent que la vie, au village, reprend son rythme.

Il est sûr qu'Antigone s'est réfugiée chez le chef du village, auprès de Calliope. Elle est là, assise à côté d'elle, près de l'âtre où des aliments sont en train de cuire. En reconnaissant son pas, elle se lève vivement et se cache sous un voile. Il a le temps de voir qu'elle a le visage blessé et qu'elle pleure. Elle dit d'une voix tremblante qu'il ne lui connaissait pas : « Il est mort ? – Il est très mal, mais il vit. – Pourquoi l'abandonnes-tu ? – C'est toi qui comptes, reviens ! Il délirait. – Qu'il délire sans moi, comme à Thèbes avec ma mère. »

De quel ton farouche elle a dit cela. Elle s'enfuit dans le jardin, il veut la suivre, Calliope le retient : « Laisse-la pleurer. Elle se croit défigurée, elle ne veut pas que tu la voies. Est-ce qu'Œdipe est devenu fou ? – Non, seulement malade. Il mourra si Antigone ne revient pas. – Diotime arrive ce soir. Elle sera mieux alors, maintenant elle ne peut pas. »

Elle entrouvre la porte et lui montre Antigone la tête sur ses genoux, affalée au milieu des légumes et sanglotant sans retenue. L'univers de Clios s'écroule. Après Œdipe c'est Antigone qui ne sait plus qui elle est. Calliope referme prestement la porte : « Laisse-la, retourne là-bas. Attends que Diotime arrive. »

Diotime est arrivée, elle a parcouru la vallée, elle a vu les gens au travail, elle est entrée dans les maisons qui ont été nettoyées et blanchies. Elle voit que le village a retrouvé le calme et l'espoir et que, même si la maladie d'Œdipe provoque une recrudescence du mal, ils finiront par la vaincre. Le chef du village la conduit chez lui où Antigone l'attend avec Calliope. Diotime examine avec attention ses blessures. Elle ne sera pas défigurée, tout disparaîtra avec quelques remèdes et du temps, mais il faut qu'on la soigne avec attention. Elle indique à Calliope quels onguents utiliser et comment. Puis elle lui montre certains massages et les points sensibles et actifs du corps qu'elle doit toucher. Elle la regarde faire, elle est surprise par son habileté et, lorsqu'elle a terminé, lui dit : « Ma fille, tu es faite pour soigner, tu as de grands dons. »

Antigone est surprise en l'entendant dire : Ma fille. Jamais Diotime ne l'a appelée ainsi, elle voit que quelque chose de très important vient de se passer entre elles. Elle se sent mieux, et si elle se remet à pleurer c'est parce que la présence de Diotime lui permet de redevenir un instant la petite fille qu'elle a été, qu'elle est, qu'elle ne sera pas toujours.

Diotime part avec Calliope soigner Œdipe. « Toi, reste ici, tu as été le centre calme et apaisant de ce village. Tu peux l'être à nouveau. – Est-ce qu'il va mourir ? » Elle ne sait pas. Elle part, Calliope l'accompagne et dit à Antigone : « Occupe-toi des hommes. »

Quand Antigone se retrouve seule, elle s'assied à côté du foyer et pleure encore un peu. Cela lui fait du bien, mais elle a l'impression d'oublier quelque chose. Elle se souvient que Calliope lui a parlé des hommes. Les hommes qui travaillent aux champs avec le chef du village. Ils vont revenir, ils auront faim. Elle achève de préparer le repas, met la table. Clios entre, il est épuisé : « Œdipe a crié toute la nuit, je n'ai pas pu le supporter. C'est Pélios qui les garde, ce petit vieux est plus résistant et plus courageux que moi. » Elle le fait asseoir, il faut qu'il mange. Le chef du village et les autres arrivent. Elle les sert, ils sont fatigués et ne parlent guère, ils ont l'air contents de ce qu'elle leur donne. Clios la regarde avec admiration, il n'a pas l'air de voir les blessures qui déforment son visage. Après le repas, elle le force à dormir avant qu'il ne retourne à la maison des pestiférés.

Œdipe est en mer, en pleine tempête, le vent hurle au-dessus de lui, les vagues frappent à coups sourds les flancs du navire et parfois le submergent. Le plus terrible ce sont les cris, les cris de ceux qui ont peur, qui sont renversés ou emportés par les lames. Ces cris pourtant vous soutiennent car ils signifient que vous êtes là, que vous luttez encore. Le naufrage est sûr, vous êtes déjà tout engourdi par les vagues glacées qui vous assaillent, mais en somme tant qu'on crie, on est vivant.

Le matin, il n'y a plus de bateau, plus de marins, plus rien que son corps étendu, qui crie de plus en plus faiblement au milieu d'une mer démontée. Il éprouve une présence qu'il ne peut ni voir ni toucher et, à cause d'elle, la douleur de son corps s'aggrave. Il voudrait bien, dans cette violence et bientôt dans cet excès, être encore cet Œdipe évanoui qui criait sur un navire en perdition. De très loin, il entend la voix de Diotime – mais comment serait-elle ici, dans la tempête au large des côtes de l'Égypte – disant : « Impose-lui les mains ! »

Deux mains se posent sur son front, une chaleur entre en lui, provoquant une douleur si forte qu'il perd à nouveau conscience. Calliope pose maintenant ses mains sur les siennes, le corps d'Œdipe se contracte, elle a peur car elle voit la pâleur bleuie de la mort s'étendre sur son visage. La voix ferme de Diotime la réconforte. « N'aie pas peur, rien de pis que ce qu'il connaît ne peut lui arriver. »

Un froid mortel monte des mains du malade dans les siennes, elle y répond en envoyant de toutes ses forces un peu de sa chaleur et de son calme dans le corps d'Œdipe. Elle pose ses mains sur ses genoux glacés et là, ne sachant plus que faire, elle prie, elle supplie le grand corps étendu, ses muscles, son sang, son souffle affaibli, de venir à son secours. Poussée par une force irrésistible, elle laisse ses mains glisser lentement le long des jambes musculeuses jusqu'à ses pieds qui portent, ineffacées, les cicatrices de ses premiers jours sur la terre et de la trahison de Jocaste. Alors Œdipe hurle en s'agitant sur sa couche comme quelqu'un qui souffre et qui vit encore. Calliope entend ses cris comme ceux d'un tout petit enfant et, laissant retomber ses pieds blessés, elle s'approche de sa tête, la serre contre elle et doucement le berce. Elle a perdu le sens du temps, elle ne sait plus où elle se trouve ni qui elle est. Quand elle revient à elle, elle s'aperçoit qu'Œdipe s'est endormi.

Elle ne sait plus que faire, mais Diotime qui a l'habitude des malades va le lui dire. Elle est occupée à ranger, avec Pélios, la maison que la fuite d'Antigone et de Clios a laissée dans un désordre violent. Quand Calliope entre dans la pièce, Diotime est en train de dire à Pélios : « Continue de soigner les malades, tu apprends vite, tu vas commencer une nouvelle vie. » Et le vieux acquiesce, l'air paisible et content. Elle se retourne vers Calliope : « Toi aussi, tu vas vivre autrement, tu es douée pour guérir. »

Calliope est étonnée, elle est heureuse, elle ne se connaissait pas ce don. Elle sourit et demande : « Œdipe s'est endormi, que dois-je faire maintenant ? – C'est à toi de le trouver. Reste près de lui, recueille-toi, fais ce que ton cœur et ton corps t'inciteront à faire. Il a besoin de ta force, à toi de sentir comment la lui donner sans perdre la tienne. » Et Diotime reprend son travail en silence.

Calliope retourne s'asseoir à côté du lit où Œdipe dort. Il gémit sourdement parce qu'il a froid et que les couvertures entassées sur lui ne parviennent pas à le réchauffer. Elle prend ses mains dans les siennes, elles ne se réchauffent pas. Alors elle enlève ses vêtements et se couche nue contre lui. Œdipe est rigide et glacé, elle s'abandonne à ce froid, à cet hiver qui l'enserre. Elle s'abandonne encore plus et devient cet Œdipe qui a besoin qu'on lui donne sa chaleur.

Diotime, qui a marché une partie de la nuit, s'est endormie. Quand elle s'éveille, Pélios lui dit : « Œdipe dort, Calliope s'est couchée près de lui. »

Ils entrent dans la chambre et les trouvent endormis, étroitement serrés l'un contre l'autre. C'est Calliope maintenant qui est glacée et tremble de tous ses membres. Ils dressent un autre lit pour elle et parviennent à l'y étendre. Ils la frictionnent, la couvrent de couvertures, Pélios lui apporte un bol de soupe chaude. Elle se plaint de grandes douleurs sans pouvoir les localiser. Brusquement elle se rendort.

Vers le soir, Calliope est prise de douleurs convulsives, Clios et Pélios pensent que c'est la maladie, mais Diotime les rassure. Elle demande à Clios de faire du feu pour chauffer devant la flamme des couvertures et des draps. Devant le foyer, les deux hommes se taisent dans l'attente d'un événement qu'ils sentent proche.

Vers le matin, Calliope pousse un grand cri. Diotime qui reposait se lève et revient précipitamment chercher les linges qui chauffent devant le feu. Les gémissements de Calliope reprennent et Diotime les appelle à l'aide. La jeune femme a quitté son lit, elle a recouvert son visage et son torse d'un linge blanc. Elle est sur le lit d'Œdipe, à cheval sur ses épaules, et elle l'a retourné sur le ventre. Elle semble faire d'énormes efforts, accompagnés de cris et de plaintes, pour le faire sortir de son corps. Diotime, debout près d'elle, leur dit : « Aidez-les ! » Ils sont terrifiés et n'osent pas bouger quand un cri plus perçant de Calliope leur fait comprendre la nécessité impérieuse de sortir Œdipe de sous elle. Ils tirent, mais ses bras et son corps demeurent inertes et incroyablement pesants. Diotime de son côté tente de tirer en arrière le corps de la jeune femme. Au moment où Clios pense qu'Œdipe est mort, il sent son corps se mettre en mouvement et avancer de quelques pouces.

Les cris et les halètements de Calliope continuent, mais ils n'ont plus cet accent d'impuissance et de désespoir. Elle crie : « Il bouge ! » en poussant son corps en avant. Le corps d'Œdipe avance doucement sous celui de la jeune femme. Il avance d'un très lent mouvement et les deux hommes se demandent si Calliope va pouvoir le supporter, mais elle le supporte, le visage caché sous le grand linge blanc, son corps sombre agité par le formidable travail.

Œdipe vit et on entend son souffle haleter au même rythme que celui de la jeune femme. Son corps glisse lentement sous le sien et, quand il en est entièrement sorti, les cris rythmés de Calliope s'arrêtent et c'est comme la fin d'une musique sauvage ou du tumulte d'un torrent. Est-ce que je rêve ? se demande Clios, mais il n'a pas le temps de penser car Calliope, épuisée, s'est renversée en arrière et tombe à demi évanouie entre ses bras. Son corps saigne, elle est tout en sueur. Diotime avec des gestes silencieux la soigne et la recouvre de draps chauds. Quand elle revient à elle, elle sourit et demande : « Mettez-le près de moi, que je le berce, c'est ça qui le fera guérir. » Ils placent le lit d'Œdipe à côté du sien et Calliope commence à le serrer contre elle et à l'embrasser comme un enfant. « Regardez, dit-elle, ses cheveux ont changé de couleur ! »

Clios s'aperçoit que les cheveux d'Œdipe ne sont plus fauves. Ils sont gris, d'un gris très pâle qui éclaire son visage. On voit qu'il a souffert, mais il n'a plus cet air sauvage qui est apparu sur ses traits après la catastrophe à Thèbes. Clios, désemparé, se tourne vers Diotime pour lui demander ce que cela veut dire, mais elle le prévient d'un léger haussement d'épaules. Il sent qu'elle n'a nul souci de savoir, qu'elle accepte ce que cette nuit a eu d'impénétrable, alors que lui s'agite sans nécessité autour d'un événement qui vient d'avoir lieu entre Œdipe et Calliope et qui doit demeurer entre eux.

Œdipe revient lentement à la conscience, il y faut des jours, des semaines. Les souffrances ont été si fortes, leur excès l'a tant affaibli que c'est avec crainte, presque avec terreur qu'il retrouve la sensation d'être vivant. Seuls l'amour ingénu, la tendresse protectrice de Calliope l'y décident. Elle le soigne, le berce, le cajole et lui parle sans jamais lui demander de réponse. Près d'elle, il peut vivre les premières semaines de sa convalescence, aussi libre et aussi dépendant qu'une feuille sur un arbre. Quelque chose s'est passé entre eux, quelque chose de tragique, que la mémoire refuse encore. Quelque chose qui a été d'une légèreté, d'une allégresse indicibles. Parfois elle s'en va et Clios ou Pélios la remplacent auprès du lit dont il est encore incapable de se lever, mais, durant tout le temps de son absence, son visage reste fixé sur la porte par où elle est sortie et il attend son retour. Elle revient, elle lui raconte les nouvelles du village. L'épidémie est enrayée et tous sont dans l'attente de sa guérison. Un jour, elle se trompe et dit : De sa résurrection, ce qui les fait rire. Il sent qu'on l'aime là-bas, le village était en péril, il a fait ce qu'il a pu et est tombé malade. Antigone et Clios, qui couraient autant de risques que lui, n'ont rien. Lui n'a pas eu de chance, c'est tout.

Diotime est repartie. Avant son départ, elle a demandé au chef du village de libérer Calliope pour qu'elle vienne l'aider à soigner les malades. Diotime envisage même qu'elle pourrait un jour la remplacer. Le chef du village a accepté et Calliope, après une brève cérémonie, est libre. Elle dit à Œdipe que, lorsqu'il sera capable de marcher, elle partira avec lui chez Diotime.

Œdipe ne répond pas, parler lui demande encore trop d'effort, il ne cherche pas à comprendre ce qu'elle dit, son plaisir est de l'entendre. Il aime, à côté de son lit, écouter Clios ou Pélios, ou voir arriver Antigone et le moment très doux où, après avoir senti les battements de son cœur, elle lui dit : « Tu reprends des forces, bientôt tu pourras te lever. »

Oui, il aime les voir et les entendre, mais surtout il aime les moments où il est seul avec Calliope. Les moments où elle le berce, où elle l'embrasse brusquement sans raison et se met à chanter des chansons de petite fille qu'elle a apprises au village, ou parfois, dans une langue d'Afrique, quelques bribes de celles que lui chantait sa mère. Il l'entend aller et venir dans la pièce, attentive au moindre appel de sa part et, quand elle le croit endormi, sautant, dansant sur la pointe des pieds, ou jouant et riant toute seule. Il lui vient un jour cette pensée : Quel bonheur pour un petit garçon d'avoir une mère très jeune, encore presque enfant comme Calliope. Mérope était douce et gaie, mais trop âgée et Jocaste m'avait abandonné pour mieux me reprendre un jour. Il pense cela sans réprobation et s'aperçoit que Jocaste, la douleur, l'amère splendeur de Jocaste se sont un peu éloignées.

Il se tourne vers Calliope comme vers le soleil, les autres se sont éloignés. Même Antigone à laquelle il pense autrement, comme s'il était maintenant plus faible et plus jeune qu'elle.

Clios a monté un tour dans une des pièces de la maison et il a repris son travail. Antigone, tout en s'occupant de la maison du chef du village, se sert d'un métier qu'un tisserand lui a prêté. Ils ne sont pas à la charge du village et Œdipe n'a pas à se préoccuper de la durée de sa convalescence.

Ainsi se passent l'automne et l'hiver. Un soir, avec un messager de Diotime en arrive un autre, un Athénien, envoyé par le roi Thésée. Il dit :

Œdipe, en revenant des pays du Nord, j'ai vu la vague que vous avez sculptée pour la mer, pour les marins et pour moi. Nous avons arrêté nos navires pour mieux la regarder et voir comment il faut traverser les tempêtes. Puisse cette image m'éclairer et éclairer Athènes.

L'évolution des événements à Thèbes m'inquiète, des dangers s'annoncent pour toi. Si tu veux venir à Athènes, nous te protégerons.

Le message de Thésée touche Œdipe, mais dans son bonheur présent ce qui se passe à Thèbes lui semble si lointain qu'il ne peut y attacher sa pensée.

Le printemps arrive, Œdipe reprend des forces, il marche dans la maison puis, soutenu par Calliope, dans le jardin. Il a toujours sur les lèvres, dès qu'il l'entend, ce sourire enfantin qui commence à irriter Clios. Est-ce que la maladie aurait diminué Œdipe ?

Les cerisiers sont en fleur dans le jardin, les abeilles bourdonnent entre eux, une gaieté douce règne dans l'air à la fin de l'après-midi. Clios, excédé par le travail, abandonne son tour en entendant Antigone arriver du village et l'invite à danser avec lui dans le pré. Pélios s'assied contre le mur de la maison et les accompagne en chantant. Calliope, dès qu'elle les entend, se précipite auprès d'eux. Œdipe, sa flûte à la main, vient s'asseoir sur le seuil et se met à jouer. Sa musique s'accélère, devient de plus en plus impétueuse et eux, emportés par le rythme, s'abandonnent librement à la danse. Œdipe s'arrête, il dit : « Antigone, montre à Calliope la danse des jeunes Thébaines, celle qu'elles dansent nues à la fête du printemps. Tu ne l'as jamais dansée car tu n'avais pas l'âge, mais ta mère te l'a si bien apprise. » Il reprend sa flûte et les notes gaies et voluptueuses de la danse s'élèvent. Antigone est surprise qu'il se souvienne de cette musique sur laquelle elle a si souvent dansé avec sa mère et Ismène. Elle enlève sa robe, Calliope qui la dévore des yeux fait de même. Elle suit sans peine en regardant Antigone cette danse de fleurs à peine ouvertes qui s'apprêtent à s'épanouir. Les deux filles, la blanche et la noire, prennent place dans cette danse qui a traversé les siècles et que Jocaste, brûlant le cœur et les sens des Thébains, a portée à une inégalable perfection.

Calliope suit tous les gestes d'Antigone qui n'est plus une femme, mais une fleur sur sa tige mouvante qui accompagne le mouvement du soleil. Comme Antigone est belle, toute blanche et dorée, pense-t-elle, comme elle est mystérieuse et savante et riante.

Comme elle est sombre, pense Antigone, délicieusement sombre avec ce bref intérieur rose que l'on devine, comme elle a saisi le rythme de cette danse et possède le génie du mouvement.

Elles mêlent leurs gestes, leur parfum, leur jeunesse dans une harmonie, une gaieté qui semblaient ne jamais devoir finir, quand la musique d'Œdipe s'apaise et doucement s'éteint. Alors Calliope bondit vers lui, le serre dans ses bras, lui embrasse les joues, les épaules, les mains comme elle le fait si souvent depuis qu'il est son enfant. Elle oublie qu'elle est nue, elle ne voit pas Antigone qui s'arrête interdite, ni le regard des deux hommes. Elle sent soudain sur elle les mains aveugles et savantes d'Œdipe qui parcourent son corps avec passion. Elle les sent qui se crispent, qui se détournent tandis qu'il lui dit d'une voix changée : « Va-t'en, habille-toi ! »

Il est retourné dans la chambre, elle remet sa robe comme Antigone. Elle n'a pas honte, il est guéri, il n'est plus son enfant qu'elle pouvait chérir, soigner, caresser librement. Il est redevenu un homme, un homme malheureux, peut-être, comme tant d'autres. Ce n'est pas son affaire, ce n'est pas un homme qu'elle a aimé, qu'elle aime encore, c'est un enfant.

Clios danse, elles le regardent, elles prennent plaisir à la perfection et à l'audace de ses mouvements jusqu'au moment où la nuit tombe. Elles préparent le repas, Calliope ne le porte pas à Œdipe comme elle le fait chaque soir, c'est Antigone qui lui demande de venir le prendre avec eux.

Le temps du bonheur n'est pas mort, mais il s'atténue. On a senti qu'il pouvait avoir une fin, on sait qu'il en aura une. Il y a encore de la tendresse, une douce spontanéité dans les soins de Calliope. Œdipe sent qu'elle le chérit toujours, il se laisse aimer et servir par elle, mais ce n'est plus que pour un temps. Il retrouve ses forces et avec elles les obstacles et les murs de la réalité.

L'été approche, Œdipe envoie un message à Diotime. Ils partiront avec Calliope dès qu'ils auront sa réponse. Il est guéri, la jeune femme pourra travailler avec elle dès leur arrivée. Si de nouveaux villages demandent qu'il vienne chanter chez eux, il est prêt à s'y rendre.

9

LES PORTES DE THÈBES

Pendant des mois, ils vont de village en village et lorsque la fraîcheur revient, que le soir tombe, Œdipe chante.

Quand il a terminé, Antigone et Clios le reconduisent à sa demeure. Clios le soigne, l'aide à se coucher. Il accompagne ensuite Antigone à travers le village silencieux. Le service, qui occupe leur temps et presque toutes leurs pensées, est terminé. Ils entendent, en marchant dans la nuit, leur amour, leur impossible amour. Celui qu'ils peuvent écouter, vivre en silence, mais ne peuvent pas se dire.

Ils sont constamment sur la route pendant plus d'un an. Cela les mène un jour aux confins de Thèbes. Œdipe demande à Clios de le conduire le lendemain devant la porte Septième. Il ne veut pas entrer dans la ville mais chanter devant ses remparts.

Clios lui fait voir les dangers de son projet et refuse de l'accompagner. Œdipe persiste, il demande à Antigone de le guider. Elle le supplie de renoncer, mais il ne cède pas. Elle sait que, lorsqu'il a pris une décision, il est impossible de l'arrêter et que, si elle refuse, il tentera d'aller seul. Elle accepte et ils partent le lendemain. Clios finit par les suivre, mais il est dans un tel état de colère qu'il ne peut s'empêcher de crier et d'injurier Œdipe. Si Antigone n'était pas là, il arrêterait de force sa folle entreprise et céderait au désir sauvage qu'il éprouve de le frapper. Antigone voit ce qui se passe en lui, mais continue, impassible.

Quand ils sont proches de la porte Septième et de la formidable muraille qu'il a tant contribué à renforcer, Œdipe leur dit de le laisser s'avancer seul. Face à la porte, il s'agenouille et commence à chanter d'une voix sourde. Il chante la gloire de la cité, il raconte la construction extraordinaire de ses remparts et de ses tours, l'édification des sept portes qui sont le signe de sa puissance et font l'admiration des étrangers. Il n'y a qu'un veilleur en armes sur le mur et deux soldats de garde à la porte. Ils sont jeunes et ne le connaissent pas. Ils ne voient qu'un grand mendiant aveugle qui chante pour recevoir une aumône et qui ne se rend pas compte qu'il est trop loin pour qu'on l'entende.

La voix d'Œdipe se fait plus forte, c'est l'histoire récente de Thèbes qu'il chante. Le roi aveugle a été chassé et réduit à la mendicité par ses fils et son beau-frère, Créon. La cité, complice de ce forfait, risque de le payer par la guerre qui se prépare et qu'elle doit arrêter à tout prix, s'il en est temps encore.

Les soldats à ce moment s'inquiètent, ils préviennent leur chef qui vient à la porte et envoie un messager au palais. Des hommes sortent de la ville. Ils crient : C'est lui, c'est lui ! Ils huent Œdipe qui continue à chanter. Ils jettent de la terre et des cailloux dans sa direction. Clios saisit son javelot, il va le lancer, mais Antigone lui dit : « Laisse-le ! » d'un tel ton qu'il s'arrête. Les hommes crient à Œdipe : Va-t'en ! Il se tait et ne bouge pas. Alors ils commencent à ramasser et à entasser des pierres pour le lapider.

Pendant qu'Œdipe chantait, Antigone a regardé avec joie et fierté la ville qui, avec ses hautes murailles, ressemble à la proue d'un navire. C'est sa cité, c'est là qu'elle est née, qu'elle a grandi et que le monde s'est manifesté à elle. Depuis qu'elle l'a quittée, tout est devenu très dur, souvent très sombre, mais aussi plus éclairé, car la terrible guerre des forts, de ceux qui sont armés et pourvus pour la vie contre ceux qui sont pauvres, désarmés, dénués de tout, n'a pas cessé de lui apparaître depuis qu'elle est sur la route.

Thèbes, avec ses murailles blanches payées par la sueur et la misère des paysans, est un terrible signe de cette lutte et pourtant c'est sa ville, celle qui parle à son cœur. Son âme lui est engagée et elle pressent que c'est pour elle, pour affronter, pour adoucir son âme tyrannique qu'elle devra accomplir un jour l'acte imprévisible qu'elle porte en elle.

Lorsqu'elle voit les misérables qui s'apprêtent à lapider Œdipe, l'aède, le suppliant, elle sent qu'elle est l'honneur de Thèbes et sans hésiter elle marche contre eux, à son secours. Clios est à ses côtés, il a voulu prendre son javelot et, d'un geste, elle lui a fait comprendre qu'elle ne le voulait pas. Il rit de son terrible rire d'autrefois, il dit : « C'est notre dernière route, Antigone, nous avons échappé à la peste, mais à leurs pierres nous n'échapperons pas. » Elle ne répond rien et il l'entend dire tout bas : « Thèbes ne permettra pas cela. » Il comprend alors que c'est elle qui est Thèbes, la cité du cœur, plus vraie que la cité de pierre.

En la voyant arriver vers eux sans peur, sans défense, beaucoup s'en vont pour ne pas participer à une action honteuse. Restent trois colosses bien décidés à les lapider. Le premier saisit une grosse pierre, la brandit, la lance vers eux, Clios se jette en avant pour protéger Antigone. À ce moment, Œdipe qui s'est levé pousse un cri, la pierre éclate en l'air avec un bruit affreux. Les débris retombent aux pieds du lanceur. Les trois brutes, prises de peur, s'engouffrent dans la ville. On entend des ordres, la porte se referme. En haut du rempart, on voit apparaître Étéocle en armes, le visage fermé, sous le haut panache noir de son casque. Derrière lui, Créon. Antigone s'avance seule jusqu'à la porte. Elle attend, elle regarde Étéocle, ils se regardent sans un mot. Elle ne parlera pas la première, lui non plus. Créon a disparu, Étéocle se retourne et s'en va. La porte demeure fermée, on ne voit plus personne sur le mur. Œdipe, pour la seconde fois, est chassé de Thèbes.

Ils reviennent vers lui, la colère de Clios est tombée, il ramasse un des morceaux de la pierre brisée, il la lui fait toucher. « Comment as-tu opéré ce prodige ? – Il n'y a pas de prodige, dit Œdipe, c'est un cri que m'a appris en Égypte un officier du pharaon. » La colère de Clios se ranime : « Et si elle n'avait pas éclaté ? – Je dois obéir à la route que je ne connais pas. Aujourd'hui, elle passait par ici. – Elle y passait aussi pour moi », dit Antigone.

Ils font le tour des remparts, ils ne voient personne sur le chemin de ronde et pourtant ils se sentent épiés. La route est longue, fatigante, les chemins sont à peine tracés, car les voyageurs pour aller d'une porte à l'autre traversent la ville. La chaleur est écrasante, ils passent devant deux portes closes, les soldats qui les gardent sont invisibles. La porte Alceste, d'où part le chemin qui mène chez Narsès, est fermée, mais il y a, groupées autour d'elle, quelques maisons d'un maigre faubourg et, au pied de la muraille, une fontaine qui jaillit dans une vasque. Ils sont assoiffés tous les trois, couverts de sueur et de poussière. Deux jeunes femmes sortent d'une maison et donnent à Antigone une cruche et du pain. Clios fait boire Œdipe, l'aide à se rafraîchir dans la vasque et, après l'avoir mis sur le chemin, le laisse repartir car il ne veut pas qu'Antigone reste seule. Elle boit longuement à la cruche et la lui tend. Pendant qu'il boit, elle se lave le visage et les mains dans la vasque. Soudain, elle recule en poussant un cri de dégoût, pendant qu'éclatent d'énormes rires.

Les trois hommes de la porte Septième sont là, passablement ivres, et le colosse, qui a vainement lancé la pierre, a pris sa revanche en lançant des excréments dans la vasque. Clios est déjà en face d'Antigone, il exige d'une voix calme : « Le poignard. » Elle sort de sa robe le poignard de Polynice et dit : « Prends garde, ils sont trois ! » Il rit de son rire noir, elle voit qu'il va tuer et un irrésistible mouvement de joie et de terreur la saisit.

Clios s'avance vers les trois hommes le poignard à la main, sans se presser. Ils le regardent venir, il éprouve du doigt le tranchant de la lame avec sur les lèvres ce sourire qui les fascine. Quand il approche, deux d'entre eux lâchent pied, mais le colosse a levé et abat son gourdin. Clios l'évite d'un bond et, profitant de son déséquilibre, le saisit aux cheveux et lui tranche la gorge. Il projette son corps sur le sol, évitant d'un mouvement tranquille le flot de sang qui jaillit et se répand sur le sable. Les deux autres, épouvantés, ont disparu. Il va jusqu'à la vasque et la nettoie soigneusement. Antigone a un mouvement d'horreur quand il lui propose de revenir à la fontaine, mais elle sent qu'il le faut. Elle plonge son visage dans la vasque. Jamais l'eau ne lui a paru si fraîche et si délicieuse. Lui, a enfoncé plusieurs fois le poignard dans la terre. Quand elle a terminé, il le nettoie à la fontaine et, sans un mot, enfonce lui-même la lame dans le précieux fourreau qu'Antigone porte entre ses seins.

Une voix rompt le silence, c'est celle d'Étéocle, il est sur le rempart qui domine la fontaine. Il a tout vu. Il se penche, il appelle Clios, il lui demande : « Veux-tu devenir le chef de ma garde ? » Avant qu'Antigone ait pu faire un mouvement, Clios, d'une détente, a saisi son javelot et le lance sur Étéocle. Celui-ci est aussi rapide que lui et, d'un geste superbe, il pare le coup de son bouclier, happe le javelot et sans effort apparent le renvoie très loin, presque aussi loin qu'aurait pu le faire Clios. Antigone l'entend dire : « Dommage ! » Il disparaît.

Œdipe est déjà loin. Clios, sans un regard pour l'énorme corps couché face contre terre dans une mare de sang où déjà les mouches s'affairent, entraîne Antigone. Subjuguée, elle le suit.

Ils s'arrêtent au bord d'un ruisseau et Clios part chasser dans la forêt qui est proche. Antigone raconte à Œdipe ce qui est arrivé : « Clios aurait pu se contenter de frapper cet homme, mais il l'a égorgé comme une bête. Et moi, je me suis sentie glorifiée par ce meurtre et j'ai pris plaisir à ce sang. – Ce Thébain a voulu t'humilier. Toi, qui es ce que Clios a de plus précieux. Pour un homme comme lui, chef d'un clan rebelle à toute autorité, seul le sang pouvait laver cela. C'est ce qu'Étéocle a compris puisqu'il l'a laissé faire. – Clios sera toujours un homme de sang ? – Il est peintre, il peut remplacer le sang par le rouge. Il faut pour cela qu'il laboure tout le champ des couleurs. Les terrestres, les infernales, les célestes. »

Clios est revenu sans bruit. Il porte sur l'épaule le faisan qu'il vient de tuer. Les couleurs somptueuses de l'oiseau s'accordent à sa longue chevelure noire, à son sourire éclatant et plein de douceur ce soir. Il s'approche d'elle : « Les couleurs terrestres, tu vois que je sais les capturer, Antigone, mais les célestes sont en toi. – Tu veux dire que tu dois me perdre pour les trouver ? »

Elle est stupéfaite par ce qu'elle vient de dire. Il y a un long silence, puis il dit : « Je ne suis pas encore décidé à cela, Antigone, pourtant je ne pourrai pas continuer longtemps sur la route. »

Le chagrin la submerge, c'est d'une voix tremblante qu'elle demande : « Pourquoi, pourquoi ? » Et lui brusquement : « C'est trop long, c'est trop lent, je finirais par haïr Œdipe. »

Elle est éperdue : « Ce n'est pas vrai, tu l'aimes. – Je l'aime et souvent je le hais. »

Comme il voit qu'elle ne le croit pas, il crie brutalement : « L'impatience, Antigone ! Cette route qui n'en finit pas, avec son temps d'aveugle qui ne va nulle part. Est-ce que tu ne peux pas comprendre l'impatience ? »

Hélas, elle la comprend et elle voit qu'Œdipe l'a comprise depuis longtemps. Elle pleure de comprendre, de si bien comprendre ce que vivent ces hommes de sang. Clios commence à préparer le repas, elle sèche ses larmes et va l'aider. Les deux hommes mangent, elle s'efforce de faire de même pendant que tombe une nuit très noire.

Ils sont revenus chez Narsès, Antigone retrouve son travail avec Diotime, et Clios sa place à l'atelier. Œdipe envoie un messager dire aux villages qui l'appellent qu'il a besoin de repos et viendra plus tard.

Dans la cabane, tout en sculptant, il pense à Clios et à sa petite fiancée. Les années ont passé, l'offre de mariage de l'ancien clan ennemi est toujours valable, mais le terme prévu approche. Si Clios n'épouse pas la jeune fille, la réconciliation définitive et la fusion des deux clans seront impossibles. Il interroge Clios qui lui dit : « J'aime Antigone. Mais l'autre jour, devant la porte Septième, quand je pensais que nous allions être lapidés tous les trois, je l'ai entendue dire tout bas : «Thèbes ne permettra pas cela.» Thèbes, dans son esprit et dans son cœur, c'était elle. C'est un destin trop vaste, Antigone est trop grande ou trop folle pour moi. »

Diotime demande à Antigone si elle accepterait d'épouser Clios et d'aller s'établir dans son pays.

« Et qui s'occuperait d'Œdipe ? – Je trouverai quelqu'un. – Je ne peux pas, je dois rester sur la route avec lui. – Pour qui, Antigone, pour lui ou pour toi ? » Elle n'a pas un instant d'hésitation : « Pour lui et pour moi. »

Diotime est convaincue. Quand elle leur fait part de la réponse d'Antigone, Clios et Œdipe le sont aussi.

Clios réfléchit deux jours, puis il annonce à Antigone qu'il va partir se marier dans son pays. « Avec ta petite fiancée ? – Avec elle, elle est grande maintenant. » Elle demande : « Quand ? – Demain ? » Elle ne cherche pas à lui cacher ses larmes et dit : « Demain. »

La veille, Narsès a proposé à Clios de s'associer avec lui pour la création et la vente des vases peints. Il lui a payé tous ceux qu'il a vendus, il va pouvoir rebâtir sa maison et former un nouveau troupeau.

Le lendemain, on voit qu'ils sont très malheureux tous les trois. Clios a fait ses adieux à Diotime et à Narsès. Antigone et Œdipe l'accompagnent seuls jusqu'au tournant où ils sont convenus de se séparer. Clios a un moment d'hésitation en disant adieu à Antigone et en voyant comme Œdipe a blanchi et maigri depuis sa maladie. L'ancienne amertume reparaît un instant sur son visage, mais elle est effacée par ce grand amour qu'il a pour elle et pour lui. Il se manifeste dans son regard avec tant de force qu'il provoque sur les lèvres d'Antigone un dernier sourire d'admiration et de bonheur. Il pivote alors sur lui-même, saisit son sac et s'en va en courant. Son corps, sa course aussi rythmée qu'une danse disparaissent sans qu'il se retourne.

10

CONSTANCE

Quelque chose commence. Antigone à force de lire et d'utiliser l'écriture des Phéniciens y a apporté des perfectionnements. Elle parvient maintenant à noter des réflexions ou des chants dont elle n'aurait jamais pu se souvenir. Après l'avoir entendue lire des fragments de ses chants, Œdipe a voulu apprendre à écrire. Cela s'est révélé difficile, car il lui faut une matière qui résiste, des signes qu'il puisse déchiffrer avec ses doigts. Grâce à l'écriture simplifiée d'Antigone, il peut maintenant écrire en taillant des pierres, des schistes, ou sur des plaques d'argile qu'il fait sécher au soleil.

Il réfléchit beaucoup à cette action nouvelle qui lui permet de fixer ses chants et qui pourtant en diffère tant. Dans le chant, il s'adresse à un village, à ceux qui sont autour de lui et qu'il entend sans les voir. S'il parvient à capter leur attention par la force ou l'émotion de ce qu'il chante, ils entrent en communion avec lui. C'est ce moment que parfois le dieu saisit pour parler à sa place par les chemins tumultueux du sang.

Cette voix est plus vaste, plus riche, plus éclairante que la sienne, mais elle est aussi plus ténébreuse. Comme celle avec laquelle Jocaste, par ses paroles et son sourire mystérieux, l'a appelé à travers les années et fait revenir jusqu'à elle. Elle ranime les trésors perdus de la mémoire, elle enflamme les travaux et les inspirations de l'esprit, mais l'homme, avec les forces et la durée qui lui sont imparties, ne peut s'y abandonner tout entier. Il a peut-être besoin des limites de l'écriture pour se situer dans la maison du temps, et séparer ce qui est à la mesure ou à la démesure humaine de ce qui est au-delà.

Un bateau va partir en Asie, pour la ville où Calliope apprend aux guérisseurs du clan les traitements et les nouveaux remèdes de Diotime. Œdipe a sculpté son profil, tendre et aigu comme celui d'un oiseau. Au dos, il a écrit quelques vers. Diotime les lit avec surprise. Elle dit : « Antigone, Larissa et moi, nous écrivons depuis longtemps, mais tout ce que nous avons écrit aurait aussi bien pu se dire. Œdipe écrit des choses qu'on ne pourrait pas dire. Peut-être que l'écriture va devenir plus humaine que la parole. »

Des rumeurs, confirmées par un nouvel oracle, circulent à travers le pays, elles disent qu'après la mort d'Œdipe la ville qui recueillera ses cendres sera bénie et deviendra la plus puissante de la Grèce.

La compassion, le respect, l'admiration qui entourent Œdipe, l'oracle attribuant la prééminence à la ville qui conservera ses cendres sont maintenant, de l'avis de Narsès, des éléments importants dans la guerre qui s'annonce. Étéocle et Polynice vont tenter chacun de renforcer leur camp par la présence d'Œdipe et risquent de vouloir s'emparer de lui par la force. Narsès n'a pas la possibilité de les défendre, mais il pourrait les faire conduire en Asie où ils trouveraient un refuge assuré.

Œdipe refuse, sa place est en Grèce. Puisqu'en restant chez Narsès il risque de mettre tout le clan en danger, il décide de partir pour Athènes. Il refuse d'y aller par mer. Sa place est sur la route. C'est à pied, en mendiant, c'est comme des suppliants qu'ils doivent se rendre à Athènes. Ils tenteront d'éviter les soldats d'Étéocle et de Polynice en se perdant parmi le petit peuple des campagnes. S'ils rencontrent des troupes en chemin, Narsès leur conseille de faire un détour vers l'ouest pour aller au pays des Hautes Collines. Il est habité par un petit peuple resté indépendant de toutes les dominations et de tous les cultes qui règnent en Grèce. C'est un de leurs alliés, Constance, qui en est le régent depuis la mort de leur dernière reine. Il est en commerce suivi avec Athènes et pourra les prendre sous sa protection.

Le jour du départ, Œdipe donne à Diotime une pierre où il a représenté sa maison. Dans l'encadrement de la porte, il a gravé une inscription : « Quand le roi aveugle entendit chanter sa couronne. »

« Ce n'est plus ta couronne d'or, dit Diotime, celle qu'on pouvait t'enlever, c'est ta couronne d'écriture que tu me donnes. – C'est elle que j'ai entendue chez toi. »

Ils s'étreignent, ils savent qu'ils ne se reverront plus.

Œdipe et Antigone vont par des pistes écartées, des sentiers de chèvres, de hameau en hameau et de ferme en masure. L'accueil des paysans dans ces pays perdus est incertain. Beaucoup sont très pauvres, sauvages et, à cause de la guerre qui s'annonce, se méfient des étrangers. Les bergers sont fidèles à l'ancienne alliance de Sélénos, mais ils n'ont à offrir qu'une place autour de leur feu, du lait, du fromage et rarement un peu de pain. Antigone se fatigue et s'affaiblit, elle voudrait le cacher à Œdipe. C'est impossible car elle a pris froid en traversant un col et elle tousse.

Œdipe qui sent sa détresse croissante décide de suivre le conseil de Narsès et de se diriger vers les Hautes Collines. Les abords sont sauvages, presque déserts et d'un accès difficile. Un matin, après une nuit froide et sans abri, ils suivent un sentier étroit au sommet d'une colline. Œdipe brusquement s'arrête et fait signe à Antigone de se cacher dans les taillis. Il a entendu des bruits d'armes, il y a des soldats aux environs. Ils reculent en rampant en direction de la pente. Antigone est épuisée, elle a très soif et ils n'ont plus rien à boire.

Œdipe entend un pas qui se rapproche, il reconnaît le bruit que fait la pique, portée en position de marche, en touchant le bouclier. Aucun doute, c'est un Thébain, qui repart dans l'autre sens car heureusement Antigone ne tousse pas.

Puisque la voie est barrée par là, il faut, en évitant de faire rouler des pierres, descendre dans le ravin au fond duquel on entend le bruit d'un ruisseau. La descente est difficile, une pierre glisse sous le pied d'Antigone, elle tombe, elle sent une forte douleur à la cheville. Elle ne peut se relever seule. Œdipe passe son bras sous son épaule et la soutient jusqu'au ruisseau. Ils plongent la tête dans l'eau et boivent tous les deux avidement. Ils restent là longtemps à boire encore, à se laver dans l'eau fraîche, à partager leur dernier morceau de pain. À éloigner un peu le moment inévitable où il faudra tenter, mais Antigone sait que c'est devenu impossible, de gravir l'autre face du ravin pour gagner les Hautes Collines.

Il se lève, il lui dit : « Je vais te porter. » Elle le regarde, jamais il n'en aura la force, il est aussi fatigué et affamé qu'elle. Il la charge sans trop d'effort sur son dos, il franchit le ruisseau, entame la première pente. Elle n'y croit pas, il tombe de nouveau, plusieurs fois. Il ne parvient plus à se relever. Elle dit : « Laisse-moi, essaie de trouver du secours ! » Mais lui, le fou, continue d'y croire. La face contre terre, haletant, il dit encore de sa voix de commandement : « Nous réussirons ! » Après un long moment d'attente, elle sent naître dans le corps d'Œdipe, jaillir de son désespoir une merveilleuse colère qu'elle, avec ses yeux, peut guider vers le sommet, malgré les pierres qui se dérobent sous ses pieds, malgré les branches et les ronces qui le déchirent. Le corps, le cher corps qui la porte, ne cesse, dans sa colère, de gagner en force et en taille. Voici qu'il devient immense et que son poids à elle n'est plus rien. C'est le corps d'un géant qui se rue à l'assaut des pentes. Ses épaules dépassent les cimes des arbres, ses mains saisissent les troncs pour se projeter en avant. Quand la montée s'adoucit, il se met à courir, il franchit les obstacles en bondissant très haut. Et c'est elle, elle qui le guide, qui est son regard bien-aimé et qui se retrouve toute petite comme autrefois, toute petite fille, riant du rire aigu qui le pousse en avant, plus vite, toujours plus vite.

Il y a soudain un chemin sur lequel, en grand tumulte, il sort du ravin et des halliers. Et sur le chemin, un soldat, avec une pique d'une petitesse ridicule, qui épouvanté s'écroule en le voyant arriver. Il va l'écraser, mais elle, de sa toute petite main, le force à l'éviter. Il saisit au passage la pique et le bouclier du soldat et les projette à une distance incroyable. Alors elle est contente, elle rit de toutes ses forces et lui, heureux de sa joie et chantant d'une voix énorme on ne sait quoi de merveilleux, s'élance à travers les arbres vers de grands sommets ronds et pelés qu'on devine au loin et qui doivent être les contreforts des Hautes Collines.

Ils débouchent avec un excitant, un effrayant fracas à proximité des herbages, on voit au loin des cabanes de bergers et une cheminée qui fume. Un orage s'élève, un grain s'abat sur eux, ils sont trempés, ruisselants. Le grand corps qu'ils formaient à deux poursuit encore sa course pendant quelques centaines de pas. Puis la chose se défait, s'écroule sur le sol. Antigone se retrouve couchée dans l'herbe, ayant très mal à sa jambe blessée. Il n'y a plus de corps géant, plus de petite fille ailée, rien qu'Œdipe haletant, à genoux la face contre terre et qui lui dit, quand il commence à reprendre haleine : « Appelle les bergers ! »

Lorsqu'elle était petite, et que la chaleur de l'été s'abattait sur Thèbes, Jocaste envoyait ses deux filles rejoindre les troupeaux en transhumance. Elles partaient avec deux servantes, les bagages sur un petit âne. Au moment où elles approchaient des cabanes, les servantes lançaient un cri modulé que les enfants imitaient de leur mieux. Une forte vocalise leur répondait et on voyait la vie s'animer autour des huttes et parmi les troupeaux. Des cabanes descendaient quatre bergers avec des mules décorées de rubans et de colliers garnis de clochettes qui ajoutaient leur musique à la gaieté de ce jour. Quand ils arrivaient près d'elles, les bergers saluaient les petites princesses, les faisaient monter sur deux mules et abordaient les servantes avec de grands rires. Antigone se recueille et lance son cri dont la modulation bien rythmée, revenue du fond de l'enfance, s'élève comme celui des servantes de jadis.

Une voix grave et superbe lance la réponse attendue : Nous vous attendons, vous serez nos hôtes. Elle pousse un nouvel appel qui dit : Je suis blessée, mon père ne peut plus me porter. La voix répond : Nous venons !

Un moment se passe, elle entend sortir des cabanes le bruit des clochettes de deux mules. Elle s'assied et les regarde descendre, précédées de deux hommes.

Quand ils s'approchent, Œdipe se lève. Il dit : « Je suis Œdipe l'aveugle, ma fille Antigone est blessée. »

Antigone voit en face d'elle un homme grand, aussi grand qu'Œdipe, ce qui est rare et, à côté de lui, un homme jeune, de même taille, qui la regarde avec sympathie. Les mules n'ont pas de rubans comme celles de Thèbes, mais elles ont, à leurs selles et à leurs colliers, beaucoup de cloches qui font de jolis sons.

L'homme dit : « Les mules vous porteront. Mon fils a appris l'art de guérir et soignera votre fille. »

Le jeune homme s'approche d'elle, s'agenouille. Elle a honte d'être si sale, avec ses vêtements mouillés. Il la soulève, la pose sur la mule. Elle a l'impression de ne rien peser dans ses bras et se souvient avec regret de Clios, de sa force et du désir qu'elle avait d'être portée par lui.

Œdipe se tourne vers le plus âgé des deux hommes :
« Je pense que tu es Constance, le régent des Hautes Collines. – Je suis Constance et celui-ci est mon fils, Constantin. Comment connais-tu mon nom ? – Nous sommes, ma fille et moi, devenus les amis de Narsès et de Diotime qui nous ont accueillis souvent chez eux. – Pourquoi, demande Constance, les avez-vous quittés ? – Les soldats de Thèbes et ceux de mon fils Polynice veulent s'emparer de moi. Rester chez eux les aurait mis en danger. Ils m'ont dit qu'en cas de péril nous trouverions chez toi aide et protection. – J'ai fait autrefois alliance avec Arsès, qui a sauvé certains des nôtres du

naufrage. Les amis de son fils seront toujours les nôtres et les soldats n'oseront pas te poursuivre chez nous. »

Il guide Œdipe jusqu'à sa mule, l'aide à l'enfourcher.

« Comment as-tu pu gravir, avec ta fille blessée, les pentes qui nous entourent ? » Œdipe ne répond pas, Constance scrute son visage de son regard perçant : « Le bois est coupé en deux comme par le passage de gros animaux. Quand j'ai entendu le tumulte, je suis venu voir, on aurait dit un orage qui survenait. J'ai cru entrevoir un géant qui montait de la vallée, mais les géants n'existent pas. Un grain s'est abattu et tout a été dans le brouillard. Il y a eu ensuite l'appel de ta fille, et vous deux couchés dans l'herbe. Qu'est-ce que tu penses de ce que j'ai cru voir et entendre ? – Si étrange que cela puisse te paraître, dit Œdipe, nous sommes arrivés ici, et j'ignore comment. » Constance est déçu, mais la vie abonde en choses surprenantes et il est sûr qu'Œdipe ne lui cache rien.

Ils sont installés dans une cabane de pierres et de rondins, coupée par une cloison. Ainsi Antigone a sa chambre. Dès qu'elle peut marcher, Constance, à sa demande, lui confie un travail avec les bergères et, le soir, auprès des enfants.

Œdipe reprend des forces. Il apprend à reconnaître les alentours et sculpte ou couvre d'écritures les pierres que Constantin lui apporte.

Après quelque temps, Constance l'invite à un repas avec les chefs des bergers. Ce sont six femmes et six hommes qui l'accueillent car, sur les Hautes Collines, les fonctions doivent être également réparties entre eux. Il y a un grand feu, des musiciens, des plats simples mais bien préparés.

À la fin du repas, ils lui demandent de chanter. Dis-nous ton histoire, ajoute Constance, pour que nous te connaissions mieux. Et il mène Œdipe en face du feu, dont les flammes soulignent la majesté de ses attitudes.

Œdipe chante l'histoire de sa vie, il n'a jamais mieux chanté, sa voix s'élève, s'approfondit, descend dans les profondeurs du terrible et de l'ignoré pour atteindre avec quelques images de lumière aux abords de la sérénité.

Quand il s'arrête, il y a un murmure d'admiration, puis il entend naître des rires étouffés. Il est stupéfait, jamais ses chants n'ont provoqué de pareilles réactions. Pourtant ces rires, d'abord nerveux et dus peut-être à l'émotion, continuent. Ils s'enflent et il est entraîné par son corps à s'y abandonner avec eux. Oui, Œdipe, le criminel, rit de lui-même, de toutes ses forces, envahi par une ivresse obscure, jubilatoire qui le submerge et le fait tituber. Une des bergères et Constantin viennent le soutenir et le ramènent, toujours riant, s'asseoir à table au milieu des autres. Il rit, il rit si fort que Constance et les bergers, effrayés, s'arrêtent. Il sent une main qui lui rafraîchit le visage avec un linge, Constantin tient une de ses mains, une bergère l'autre. Elle pose sa tête sur son épaule, le console avec de petits gestes comme faisait Calliope. Elle dit : « Ton chant était très beau, le plus beau que j'aie entendu avec celui des oiseaux. Nous, les femmes, nous avons ri parce que nous étions heureuses et que tu nous chantais une vraie histoire, comme nous les aimons. Une histoire d'enfant malheureux. »

« Tu es le plus grand aède de la Grèce, dit Constance, jusqu'ici nous te respections, en t'écoutant nous avons aussi appris à t'aimer. Notre peuple a parmi ses traditions une sentence qui dit : L'homme pense et la Déesse rit. C'est ce rire qui nous a pris tout à l'heure quand tu nous as montré comment tu n'as cessé de chercher et de dresser des plans pour tomber plus sûrement dans le piège des oracles. Tu t'es arrangé pour faire de ton destin le drame de Thèbes, une affaire d'État, l'histoire terrible d'un roi et d'une reine alors que ce n'était, comme l'a dit Mélanée, que l'histoire d'un enfant malheureux. Tu es aveugle, c'est vrai, mais tu es aussi un homme qui sait faire jaillir la beauté de ses mains, tu es aède et tu as près de toi Antigone. Mais tu ne veux peut-être pas, Œdipe, être dépossédé de tes crimes ni de ton malheur ? »

Le lendemain, Œdipe dit à Constance : « Il me semble que nous avons quelque chose à apprendre l'un de l'autre. Si tu veux me prêter un cheval ou une mule, j'aimerais t'accompagner dans tes randonnées et connaître mieux votre pays. » Constance est heureux, il voulait le lui proposer et craignait de faire une offre importune.

Ils s'en vont presque chaque jour ensemble, à cheval si les chemins ne sont pas trop difficiles. Sur des mules s'il faut gravir des pistes escarpées. Constance veut tout voir par lui-même : l'état des troupeaux, celui des pâturages et des cultures, la vigilance des bergers, le danger des loups et des rapaces, la présence parfois de bandes de rôdeurs et surtout l'élevage des chevaux et des chiens de berger sur lequel sont fondées les ventes dans les marchés et l'indépendance de leur communauté montagnarde.

Un matin, Constance survient : « Nous partons pour quelques jours, j'ai prévenu Antigone. »

Cela semble, sous une petite pluie qui se transforme en neige, une journée habituelle. Le soir, ils arrivent à une cabane dont le toit couvert de neige est bien protégé du vent par des sommets rocheux. Constance attache les mules dans la petite écurie qui n'est séparée de l'unique chambre de la cabane que par une barre et une auge.

Quand ils ont fini de manger, Œdipe dit : « Je t'ai raconté ma vie, peut-être est-ce ton tour de me raconter la tienne. » Ils s'installent devant la cheminée, l'obscurité est tombée et c'est à la lumière du feu que Constance commence à parler.

11

HISTOIRE DES HAUTES COLLINES

Pendant longtemps, Œdipe, j'ai ignoré mes origines et celles de notre peuple. J'étais déjà adulte quand Adraste, mon frère, m'a appris que nous étions les descendants du peuple qui avait autrefois occupé toute la Grèce. Oui, nous étions là avant vous, avant que vos pythies, vos sibylles ne fassent monstrueusement proliférer la parole et les oracles.

Nous avons été envahis par tes lointains ancêtres, les Achéens. Ils possédaient des armes de bronze, les nôtres étaient de pierre et, malgré une longue résistance, nous avons été écrasés. Dans nos armées les femmes, comme elles l'avaient toujours fait, combattaient avec les hommes. Cela leur paraissait contre nature. Il ne leur suffisait pas de vaincre, il leur fallait violer et tuer celles qu'ils appelaient les amazones. Car les métaux portent en eux une exigence passionnée, des appétits et des imaginations impérieuses qui s'emparent de l'esprit des hommes.

Le feu, fondement de la vie familiale et qui avait établi une claire frontière entre l'homme et l'animal, est lui aussi devenu pour les Achéens une arme de guerre et de domination. Ils ont mis en flammes nos maisons et nos villages, ils ont incendié nos bateaux parce qu'ils n'en maîtrisaient pas l'usage. Nous avons dû fuir nos plaines et nos rivages et ceux des nôtres qui avaient survécu ont dû se cacher dans les forêts et les montagnes.

Nos reines avaient été tuées ou brûlées au cours de l'invasion. C'est quand tout semblait perdu qu'une nouvelle reine s'est manifestée et est parvenue à rassembler sur les Hautes Collines les misérables débris de notre peuple. Cette reine, que nous appelions la Veuve, a compris que nous ne pourrions survivre qu'en défendant notre indépendance grâce à des armes de métal, et en conservant, avec nos traditions, le juste emploi de notre langue. Le péril était grand car les Achéens nous entouraient des images de leurs dieux, du récit de leurs conquêtes et nous attaquaient jusque dans l'intimité de nos façons de vivre et de penser. Ils ne nous menaçaient pas moins par le terrible usage qu'après avoir abandonné leurs dialectes ils faisaient de notre langue. Il y avait quelque chose de noble dans cet amour de nos vainqueurs pour le dernier et insaisissable trésor des vaincus. Ces hommes barbares et sans pitié, ces femmes qui ne pouvaient que se soumettre à leurs mâles ou s'en moquer cruellement entre elles, se sont mis, sous la conduite de leurs esclaves, à l'étude de la langue qui a été l'éducatrice et la création perpétuelle de notre peuple. Attirés, passionnés par elle, ils ont senti qu'elle allait leur permettre de vivre avec une finesse et une grâce qu'ils n'avaient jamais connues.

Malheureusement les Achéens ont toujours salué le combat comme le père de toutes choses. C'est cet esprit de domination et son impérieuse logique qu'ils ont introduits dans notre langue maternelle. Ce n'est pas seulement par les armes, c'est par cet amour redoutable qu'ils nous menacent et nous contaminent encore aujourd'hui.

La Veuve est parvenue à rassembler chez nous des esclaves en fuite que les Achéens avaient fait travailler dans leurs mines ou leurs forges. Sous leur direction nous avons appris à trouver des minerais et à travailler les métaux. Nous avons pu nous défendre, commercer, acquérir les vallées qui bordent nos collines et, grâce à la politique patiente de la Veuve, nous espérions retrouver bientôt un accès à la mer.

C'est alors que d'autres peuples ont pénétré en Grèce. Ils avaient appris en Asie à forger le fer, et les armes de bronze ne pouvaient rien contre eux. Nous avons été entraînés dans le désastre général. Nos villages des vallées et des coteaux, si péniblement reconquis, ont été submergés par les envahisseurs, et leurs habitants massacrés ou réduits en esclavage.

Nous avons pu nous maintenir sur les sommets des Hautes Collines, mais il était sûr qu'à la longue, vu le grand nombre des nôtres qui étaient venus s'y réfugier, nous serions réduits à la famine. La Veuve le comprit et proposa à l'assemblée de sacrifier le trésor que nous avions lentement constitué pour reprendre notre politique d'acquisitions et obtenir du roi, dont le territoire entourait le nôtre, des terres et un port sur la mer.

Les nouveaux Achéens avaient, comme leurs dieux, une soif insatiable d'or, d'argent et de richesses. Le roi fut tenté, une rencontre eut lieu à laquelle on avait fait, des deux côtés, serment de venir sans armes. Après de longues négociations, le roi éleva de nouvelles exigences que la Veuve refusa. Sortant de ses vêtements une arme cachée, il se jeta sur elle et, sans respect pour son grand âge, la tua tandis que ses compagnons massacraient les conseillers de la reine. Ce forfait allait, croyaient-ils, en décapitant notre peuple nous mettre à leur merci. Mais quand ils attaquèrent le lendemain les Hautes Collines, les nôtres, réfugiés dans la forêt sacrée, tentèrent une sortie désespérée et au prix d'énormes pertes parvinrent à couper en deux l'armée ennemie. Surpris, les Achéens subirent une sanglante défaite et leur roi fut tué. On trouva sur son cadavre un talisman qui ne l'avait pas protégé. Il représentait un Prométhée barbare, une torche d'incendiaire à la main.

Après la mort de la Veuve et la coûteuse victoire pour laquelle tant des nôtres avaient dû se sacrifier, le peuple s'est senti à la fois exalté et perdu. Qui allait nous diriger maintenant, comment résister à l'ennemi qui pouvait mieux que nous réparer ses forces et reprendre la lutte ? C'est à ce moment qu'Antiopia, la servante préférée de la Veuve, nous apprit que celle-ci avait désigné une reine pour lui succéder. La surprise et la déception furent immenses quand Antiopia révéla le nom de cette jeune femme inconnue de tous. C'était une réfugiée, venue d'une de nos anciennes vallées, qui habitait avec d'autres malheureux une cabane d'un hameau écarté. Au moment de l'invasion, son mari avait été tué à côté d'elle, alors qu'ils défendaient ensemble leur village. Blessée, violée plusieurs fois, les Achéens, la croyant morte, l'avaient abandonnée dans sa maison en ruine. C'est là qu'une bande des nôtres, descendue la nuit des sommets, l'avait recueillie et sauvée. Tout le reste du village avait péri et elle semblait avoir, dans ce drame, perdu la mémoire et l'esprit. Elle ne se souvenait plus que de la mort de son mari, transpercé par le javelot d'un Achéen et tombant du mur du village en crachant une énorme quantité de sang qu'elle voyait s'écouler sans fin de son visage épouvanté.

Rien ne semblait appeler celle qui avait oublié jusqu'à son nom à remplacer la reine assassinée. Capable encore de travailler aux champs, elle était presque toujours silencieuse, absente et parfois délirante. Beaucoup pensaient qu'il fallait refuser le choix de la Veuve. L'assemblée était troublée et traversée de mouvements contradictoires quand une ancienne prophétesse, à qui l'âge avait depuis longtemps retiré la parole du futur, fut reprise par l'inspiration. Retrouvant pour quelques instants la voix de sa jeunesse et son trépignement saccadé, elle conjura l'assemblée de suivre le choix mystérieux de celle qui, dans une époque de désastres, nous avait permis de survivre. Elle prophétisa que grâce aux visions et à la sagesse délirante de cette nouvelle reine nous pourrions échapper à la destruction. Le passé avait si totalement disparu de sa mémoire qu'elle ne pouvait plus nous guider que sur les voies obscures de l'avenir. Elle avait, en parlant, redressé son corps tordu par d'anciennes souffrances. Quand elle retomba dans les bras de sa fille, la vie la quitta avec la parole.

Les affirmations de la prophétesse et sa mort firent une extraordinaire impression sur l'assemblée et un souffle d'espérance passa sur elle. Il fut décidé d'introniser la reine le soir même. Les prêtresses et les membres du conseil allèrent la chercher, la revêtirent des vêtements royaux et des insignes prophétiques, et l'amenèrent à l'assemblée. Quand elle arriva, portée sur les épaules des prêtresses, assise sur le trépied de bronze sur lequel la Veuve écoutait les paroles de la terre et les interprétait parfois, il y eut d'étranges mouvements de crainte et de doute au sein du peuple. La tête ballottant sur les épaules, les yeux superbes mais sans expression, son visage d'un bel ovale ravagé par un tic d'épouvante, tout son corps affaissé ou traversé de brusques saccades lui donnaient l'air d'une pauvre démente, plus capable d'inspirer la pitié que la confiance.

Certains le manifestèrent ouvertement et dirent qu'on ne pouvait rien espérer d'efficace de cet esprit perdu et de ses actes incohérents. Alors Antiopia, jusque-là si discrète et silencieuse, se manifesta à nouveau publiquement. Elle a perdu l'esprit, son esprit, s'écria-t-elle, c'est ce qu'il nous faut pour que celui de la Grande Déesse, celui de nos ancêtres, ceux de la Veuve et du peuple futur parlent et agissent à travers elle.

En réalité, elle ne semblait avoir aucune envie de parler ni d'agir. Sa tête dodelinait vaguement, elle souriait parfois d'un air absent et désarmé. À la fin, trompant l'attente de tous, elle s'endormit. De l'assemblée s'élevèrent des cris demandant aux prêtresses de l'éveiller et de lui donner les boissons prophétiques. Elles refusèrent comme si son sommeil avait un caractère sacré.

Elle dormit longtemps et tous, dans l'attente, s'étendirent autour d'elle. Quand elle s'éveilla, au milieu de la nuit, tout le peuple dormait. La lune, presque pleine, éclairait la grande pierre rectangulaire sur laquelle elle était couchée et le creux de la colline où se tiennent nos assemblées. Elle se leva, se prosterna devant l'astre de la Grande Mère puis, contemplant avec épouvante le grand ovale des dormeurs autour d'elle, elle se mit à crier : « Nous sommes un œuf, un œuf à la coque fragile. » Antiopia et les prêtresses se précipitèrent vers elle pour la calmer et réussirent à lui faire prendre les boissons rituelles.

Elle demeura un long moment debout sur la pierre. Dans sa robe jaune, seule forme colorée parmi tous ceux qui s'étaient vêtus de blanc pour le couronnement et qui, assis ou à genoux, tournaient vers elle leurs visages effrayés. Elle cria de nouveau : « Les Achéens ! Ils vont revenir ! » Son visage se crispa de terreur : « Prométhée ! Regardez-le, il vient brûler nos forêts ! »

Tous les nôtres avaient entendu parler du Prométhée incendiaire que nous avions trouvé sur le corps du roi mort. Sous l'effet des cris de la reine, ils virent les Achéens monter à l'assaut des Hautes Collines avec des torches pour brûler les forêts qui nous avaient protégés et donné la victoire. Ils comprirent qu'au prochain été la mort nous frapperait, la mort par le feu car nous n'étions ni assez armés ni assez nombreux pour résister aux Achéens en terrain découvert.

Une immense angoisse s'empara du peuple. Le visage à nouveau sans expression, la reine se taisait. Les prêtresses n'osaient pas lui parler de crainte d'arrêter prématurément une parole prophétique. Enfin Antiopia demanda : « Que faire contre le feu ? » Son regard se mit à flamboyer et elle cria : « Contre le feu, le feu ! Qu'il brûle les incendiaires ! – Et le peuple ? – Que l'œuf blanc se protège dans son jaune. » Levant la tête et dilatant ses narines, on l'entendit s'interroger : « Le jaune ? Où est le jaune ? » Son regard animé et superbe se tourna vers le ravin qui sépare la colline de l'assemblée de celle où se trouvent nos lieux du culte et que nous appelons la montagne sacrée. « Il est là ! » dit-elle, et elle se mit à courir en direction du ravin. Tout le peuple se mit à dévaler la pente derrière elle dans un tumultueux désordre. Telle était déjà sur nous l'influence des Achéens que beaucoup pensaient que le jaune de l'œuf signifiait l'or et ils criaient de joie comme si nous allions découvrir un trésor. La reine courait devant nous. Arrivée au fond du ravin, elle s'arrêta devant un énorme rocher, le regarda longtemps, l'ausculta, le flaira et comme Antiopia essoufflée la rejoignait, elle lui dit : « Qu'on apporte des outils, qu'on dégage la pierre. Creusez, creusez, le jaune est là et l'œuf entier y sera à l'abri. »

Quand on apporta des outils, elle se mit au travail avec les autres et abattit sa part de l'ouvrage, car c'était une paysanne robuste, habituée aux durs travaux. Après deux jours, elle parvint, attachée à des cordes avec des centaines d'hommes et de femmes, à faire tourner la pierre, et l'entrée d'une grotte se découvrit.

On vit alors qu'elle ne s'était pas trompée, car les parois et le sol de la grotte étaient jaunes. Elle était vaste et communiquait avec plusieurs autres salles géantes où le peuple tout entier avec ses armes, ses animaux et toutes ses provisions avait assez de place pour s'abriter.

Cet événement surprenant rendit l'espérance aux nôtres et leur donna confiance dans les directives de celle qu'on se mit à appeler la Jeune Reine. Ses intentions pourtant demeuraient difficiles à déchiffrer et les prêtresses demandèrent à Antiopia de devenir la suivante de la reine et l'interprète de ses paroles et de ses actes.

Antiopia, qui aurait voulu n'être que sa servante, finit par accepter. Sous leurs formulations étranges et désordonnées, les volontés de la Jeune Reine étaient simples. Il fallait se servir du trésor, laissé intact à la mort de la Veuve, pour réunir autant de provisions et d'armes que possible et les mettre à l'abri dans les grottes. Il nous restait un hiver et un printemps pour nous préparer à l'attaque des Achéens. Il fallait, autour de nos forêts, préparer des pièges et des contre-feux et, lorsque l'attaque serait lancée, nous réfugier dans les grottes.

Les chiens, dont nous faisions grand commerce, devaient être divisés en deux groupes, les chiens de berger et les chiens de guerre. Ceux-ci devaient être dressés à rester complètement silencieux et à harceler par surprise tous ceux qui oseraient franchir nos frontières.

Tout le peuple se mit avec ardeur aux différentes tâches indiquées par la reine. Personne ne mit en doute que les Achéens attaqueraient à l'époque indiquée par elle. Il fut plus difficile de persuader les nôtres d'obéir au conseil de la reine demandant à tous de s'installer dans les grottes. Habitué au grand air et à la lumière, le peuple des Hautes Collines avait peur des grottes, de leur air lourd, de leur obscurité, de la hauteur des salles, des formes blanches des stalactites et de leurs ombres effrayantes. Les passages étroits entre les salles, les ossements d'énormes bêtes, les traces de foyers éteints depuis des siècles révélaient que des animaux inconnus et des hommes avaient vécu là d'une vie dont nous ignorions tout et que leurs esprits habitaient toujours ce monde souterrain.

Seule la Jeune Reine n'avait pas peur des grottes, elle s'y enfonçait de plus en plus profondément avec Antiopia, emportant avec elle une provision de torches qu'elle confectionnait elle-même et dont elle laissait des provisions aux passages difficiles. Elle explorait les grottes en ayant l'air, à sa façon, de ne pas savoir où elle allait. Elle parvint ainsi au bord d'un lac souterrain dont on ne pouvait, dans l'obscurité, distinguer la forme ni l'autre rive. Alimenté sans doute par une rivière, son eau était très pure et il pouvait fournir de l'eau à tout notre peuple et à nos troupeaux. C'est l'existence du lac et la possibilité qu'il révélait de vivre longtemps dans les grottes qui décidèrent beaucoup de femmes et de jeunes filles à suivre la reine jusqu'à ses rives. Ensuite, sous la conduite d'Antiopia et des prêtresses, elles commencèrent à apporter nos provisions et tout ce qu'il fallait pour subsister longtemps dans les salles les plus proches du lac. Les premières nous serviraient de protection et de lignes de défense si les Achéens apprenaient l'existence des grottes jaunes et tentaient d'y pénétrer. Les hommes finirent par suivre les femmes et nous commençâmes peu à peu à nous habituer à l'obscurité et au passé fantastique de notre citadelle souterraine.

Si une guerre est proche, c'est au solstice d'hiver que la reine doit, selon notre coutume, désigner un roi qui devient chef de guerre et exerce, sous sa direction, une partie des responsabilités du pouvoir. Être roi dans ces conditions est un honneur redoutable, car il n'est choisi que pour la durée de la guerre et doit, pour l'avenir du peuple, être sacrifié au solstice qui suit la fin des hostilités.

Tous les hommes se réunirent pour que la Jeune Reine fasse son choix. Chacun espérait que l'esprit prophétique lui ferait choisir un homme âgé qui ne sacrifierait pas pour nous une trop grande part de sa vie. Avec son sourire absent, elle ne semblait pas comprendre le but de cette assemblée. Antiopia la guidait parmi les rangs des hommes et on ne pouvait discerner si les mouvements qui agitaient sa tête et ses lèvres étaient une dénégation ou le signe de ses troubles nerveux. Elle parcourut ainsi les rangs des meilleurs guerriers, des prêtres, des laboureurs, des bergers et des artisans les plus habiles.

Elle parvint jusqu'aux rangs des plus jeunes, là elle s'arrêta et sourit à un adolescent qui venait de parvenir à l'âge viril. Il s'appelait Adraste, il avait été esclave des Achéens dans son enfance et s'était enfui avec deux camarades. Admis parmi les gardes des frontières à cause du courage dont il avait fait preuve, il s'était montré habile dans le dressage des chiens de guerre. La reine ne lui parla pas mais, l'entourant de ses bras, elle l'embrassa. Quand l'assemblée comprit qu'elle avait fait son choix, ce fut d'abord une rumeur de douleur qui s'éleva, car cette élection royale vouait à une mort prématurée un des plus jeunes et des plus beaux des nôtres. Mais quand on l'eut revêtu des ornements royaux et que, selon les rites, il fut élevé sur un bouclier porté par trois guerrières et trois guerriers, la joie de la Jeune Reine éclata et le peuple se mit à acclamer le roi.

Lui, très droit, un peu sévère, ne faisant pas un geste mais légèrement balancé par les mouvements du bouclier, paraissait plus superbe encore par son indifférence à l'enthousiasme qu'il provoquait. La reine le précédait en dansant à reculons à travers la foule, et une expression d'amour intense et presque douloureux apparut sur son visage. On avait le sentiment, m'a raconté Antiopia, qu'Adraste et la reine s'étaient déjà connus dans une autre vie et qu'ils ne pourraient jamais se connaître plus qu'ils ne le faisaient en cet instant. En reculant et en dansant, la Jeune Reine avait amené les porteurs du bouclier jusqu'à l'entrée des cavernes. On ne pouvait y entrer que courbé. Adraste sauta à terre et y entra. La reine et Antiopia le suivirent.

Quand ils se furent installés dans la grotte la plus proche du lac souterrain, la reine voulut nourrir et soigner Adraste elle-même. Ce n'était pas facile car, dans l'attente de l'attaque des Achéens, il déployait une extrême activité. Dès le petit matin, il parcourait les collines pour vérifier les travaux de défense, et surtout l'activité et la régularité des opérations des passeurs qui nous apportaient les provisions et les armes achetées avec le trésor de la Veuve.

Il était clair qu'un garçon de son âge ne pouvait connaître et décider avec efficacité tant de choses. La reine, qui ne sortait que rarement des grottes, ne pouvait les découvrir que là où se manifeste ce qui est au-delà du savoir. Engourdie, silencieuse pendant la plus grande partie du jour, elle ne se mettait en mouvement que pour le retour du roi. Elle préparait son repas, son coucher. Quand il arrivait, elle le dévêtait avec beaucoup de respect, le lavait et lui passait ses vêtements royaux. Elle disposait les plats sur la table, mais ensuite c'est lui qui souhaitait la servir.

En mangeant, le roi racontait en peu de mots ce qu'il avait fait, ou ce que lui avaient dit les membres du conseil. Elle n'avait pas l'air de l'écouter et ne répondait rien. Certains soirs, elle chantait pour lui des chansons naïves qui devaient lui venir de son enfance, il les écoutait avec un grand plaisir, tout en s'endormant parfois, ce qui n'empêchait pas la reine de continuer de sa voix agréable et monotone. Ils allaient ensuite dormir dans des grottes différentes.

Ils se parlaient très peu, mais Antiopia qui dormait dans la chambre de la Jeune Reine la voyait chaque nuit aller s'asseoir à côté du lit où Adraste reposait. Elle prenait sa main dans la sienne, et Antiopia pensait que c'est dans son sommeil et par son corps tout entier, plus que par la pensée, qu'elle lui communiquait les inspirations de la source inconnue.

Le roi, selon le désir de la reine, fit construire des barques pour explorer le lac souterrain. Un soir, après avoir soigné et fait manger le roi, la Jeune Reine se dépouilla de ses vêtements ne gardant, attaché à son cou, qu'un long couteau. Elle était très agitée, belle et fort sauvage dans sa nudité, proférant des paroles sans suite que personne ne comprenait. On voyait qu'elle avait peur, qu'elle luttait avec elle-même mais qu'une force irrésistible la poussait vers le lac. Elle y entra en hésitant. Quand il vit qu'elle allait s'élancer dans l'eau noire et sortir du cercle éclairé par les torches, le roi se précipita vers elle pour la ramener. Elle sembla d'abord heureuse de le suivre puis, poussant un cri aigu, voulut retourner vers la profondeur. Il la retint de force, elle le frappa alors de plusieurs coups de couteau qui le forcèrent à la lâcher et à revenir tout sanglant sur la berge. Elle s'était déjà lancée à la nage et disparut très vite dans l'obscurité.

Antiopia resta avec le roi une grande partie de la nuit, espérant le retour de la reine ou un signal annonçant qu'elle avait atteint l'autre rive. Rien ne se produisit et, le lendemain, Antiopia avoua au roi que la reine s'exerçait depuis longtemps à parcourir de longues distances en nageant le long du lac. Il ordonna qu'on équipe la première barque sur le rivage et que dix hommes avec des provisions, des armes et des outils traversent le lac pour se porter au secours de la reine et au sien car, dès qu'il aurait repris des forces, il allait tenter de la rejoindre.

Ses blessures, d'ailleurs superficielles, étaient presque guéries. Il s'enduisit d'huile et, n'emportant qu'un poignard et un collier de silex pour faire du feu, s'engagea dans l'eau. Il nagea d'abord sans peine, poussant de temps à autre un cri auquel Antiopia et les gardes répondaient du rivage. Il n'avait peur, comme tout notre peuple, que des monstres aquatiques que le lac cachait peut-être dans ses profondeurs. Il ne s'aperçut pas, arrivé au large, qu'un léger courant commençait à le déporter. Il s'arrêtait de temps à autre pour crier, mais personne ne lui répondait plus. La fatigue commençait à se faire sentir, il nageait avec moins de vigueur et se sentait parfois sur le point de s'endormir. C'est à ce moment qu'il s'aperçut qu'un courant l'entraînait vers la gauche. Incapable de lutter contre lui, il continua à nager vers la reine car, dans l'état d'épuisement où il se trouvait, il ne pouvait plus penser qu'à elle. Le lien invisible, qui semblait relier leurs deux existences, le persuadait qu'elle devait être encore vivante.

Le courant devint de plus en plus rapide et tumultueux et il commença à entendre un bruit sourd qu'il fut incapable d'identifier. Il n'était plus question, au milieu des vagues et des remous, de nager encore dans une direction, mais seulement de se maintenir à flot. Étreint par l'angoisse, il sentit, pour la première fois, peser sur lui la menace de la mort. Le bruit ne cessait de grandir et il reconnut le formidable tumulte d'une chute. Les courants étaient si violents qu'il ne pouvait que se laisser emporter par eux, espérant, si les rives se resserraient avant la chute, s'accrocher aux roches du bord. Il vit alors, sous une frénétique chevelure blanche, s'élever des eaux un immense visage. Ses yeux, pâlis par des nuées, étaient insondables et leur promesse infinie. Une gigantesque ouverture engloutissait le monde et sa vue inspirait l'espérance insensée de s'anéantir.

Adraste réunit ses dernières forces pour se précipiter vers cette bouche irrécusable. Il était dominé, submergé par la beauté suprême et l'allégresse de la chute.

Le lac se resserrait avant de se précipiter dans la faille. Entraîné par les courants, frappé par des vagues de plus en plus hautes, Adraste, à demi noyé et fasciné par la pâleur écumante de l'abîme, entendit un appel venir de la rive opposée. Il eut le sentiment de voir, sur les roches ruisselantes, une forme féminine minuscule et au-dessus d'elle une lueur qui ressemblait, entre l'obscurité du lac et l'enivrante face du gouffre, à la lumière solaire dont il avait oublié l'existence. C'est alors qu'il sentit que son corps était relié à celui de la femme qui l'empêchait à l'encontre de son désir, de s'abandonner au courant. Il s'aperçut que le lien qui l'attachait, l'attirait, à l'aide des mouvements contradictoires de l'eau, dans la direction de la rive. La femme, en prenant appui sur une arête de rocher, le tirait victorieusement à elle. Il parvint ainsi jusqu'au bord où il s'affala sur les rochers et vomit les énormes quantités d'eau qu'il avait avalées. Il ne pouvait, épuisé comme il l'était, gravir les rochers glissants de la berge mais, après un moment, il sentit le lien se tendre à nouveau et lui envoyer chaleur et énergie. Il eut enfin la force de gravir la pente et de parvenir en terrain sec. Au-dessus de lui, la reine, avec l'air farouche qu'elle avait au moment où elle l'avait frappé de son couteau, le soutenait grâce au lien qui les unissait, et l'encourageait du regard. Quand il fut près d'elle, elle prit le poignard qui pendait à son cou et coupa le lien. Il tomba à ses genoux et vomit encore. Il sentit qu'elle lui soutenait le front en lui parlant d'une manière qui ressemblait plus à un roucoulement d'oiseau qu'à des paroles. C'est avec une impression de bonheur indicible qu'il s'endormit.

Quand après un très long sommeil Adraste s'éveilla, la Jeune Reine était à côté de lui et un feu brûlait joyeusement en face d'eux. Elle avait trouvé une issue, s'était fait reconnaître d'un berger qui lui avait donné de la nourriture et de quoi faire du feu. Il eut l'impression, en mangeant avec elle, que son corps n'avait jamais éprouvé pareille allégresse. Elle semblait heureuse, elle aussi, mais était retombée dans l'état de demi-torpeur et de songerie souriante qui lui était habituel. Sa tête, trop lourde pour son corps, oscillait à nouveau sur son cou. Le berger leur ayant donné des torches, Adraste décida de remonter le long des berges du lac jusqu'au point où la première barque, qui devait les rejoindre, avait des chances d'aborder. En partant, il fut surpris de voir la reine marcher la première. Il y avait sur la rive beaucoup de bois porté là par des crues. Ils en firent en plusieurs endroits des bûchers capables d'indiquer la rive et le lieu de leur présence aux occupants de la barque.

Ils étaient nus tous les deux et Adraste pensait à ce qu'avait dû ressentir le berger en voyant apparaître, en pleine lumière, la reine vêtue seulement d'un poignard. Elle suivait peut-être le cours de ses pensées car elle lui dit soudain : « J'avais une robe de branches et une couronne de feuilles. »

Ils portaient chacun une torche et il fut ému de voir, à chacun de ses mouvements, sortir de l'ombre une épaule, un sein, un genou que son désir illuminait. Il lui semblait retrouver quelque chose qu'il avait connu, qu'il avait perdu sans doute et que lui rappelaient l'expression presque enfantine, le sourire tendre et un peu fou qu'il voyait sur le visage de la reine. Quand ils furent fatigués, il vint s'étendre à côté d'elle et, pour la première fois, elle ne s'éloigna pas. Il n'avait jamais connu de femme, elle le prit dans ses bras. La lumière de la torche plantée en terre à côté d'eux éclairait ou plongeait dans l'ombre les formes de son corps robuste, et c'est avec lenteur, avec une étrange tendresse qu'elle lui apprit à l'aimer.

Le lendemain, elle se contenta de le suivre, mais d'une telle manière qu'il se rendit compte que, sans paroles et sans gestes, elle le guidait. Elle dit : « Il faut trouver notre forteresse. » Il ne saisit pas ce qu'elle voulait dire, il l'interrogea, mais elle ne semblait pas comprendre ses questions.

Le jour suivant, ils allumèrent leur premier bûcher sur la rive du lac. Quand elle vit s'élever la flamme, l'enthousiasme et la joie illuminèrent le visage de la reine : « Bientôt, dit-elle, nous aurons notre foyer sur une île de la mer. » Adraste, heureux lui aussi de la chaleur et de la lumière du feu, s'étonna : « Pourquoi dis-tu la mer ? L'eau est douce, c'est un lac. »

Elle sourit, de l'air confus d'un enfant surpris en train de faire une action que les adultes ne peuvent comprendre : « C'est notre mer, dit-elle, celle qui arrêtera les Achéens. La mer intérieure, c'est son nom. »

La journée se passa, très lente. La barque n'arrivait pas, et l'inquiétude commença à grandir en eux. Vers le soir, elle dit : « Ils sont là, mais ils se sont trompés comme toi, ils vont vers la chute ! » Elle courut le long de la rive avec sa torche, et il la suivit. Arrivée au deuxième bûcher, elle dit : « Charge-le ! Il faut un très grand feu. Ils sont en danger, je vais à leur recherche. Crie aussi souvent que tu pourras. »

Elle courut vers l'eau, s'y jeta et, très vite, il la perdit de vue. Il prépara un énorme bûcher. Il cria, elle répondit par un cri de confiance. Il alluma le feu, il criait à intervalles réguliers et c'était un cri de détresse qui s'échappait de lui. De plus en plus loin, il entendait venir la réponse qui semblait dire : Confiance, je suis là, n'aie pas peur. Il continua à crier, d'heure en heure, mais il n'y eut plus de réponse.

C'est seulement quand se dissipèrent les brumes de la fin de la nuit qu'il entendit le son éloigné d'une trompe de berger, puis des cris qui répondaient aux siens. La lourde barque, poussée par les rameurs, apparut et il put voir que la reine se trouvait à la proue.

Les bateliers n'avaient pas vu le courant qui les faisait dériver vers la chute. En entendant les appels de la reine, ils avaient cru entendre une déesse des eaux. Sans l'intervention d'Antiopia, ils n'auraient pas osé la hisser dans la barque, craignant de voir apparaître sous son corps nu la queue aveuglante d'une sirène.

En voyant s'approcher la barque, le premier mouvement d'Adraste avait été de s'élancer à l'eau pour rejoindre la reine. Puis il aperçut la robe dont Antiopia l'avait revêtue. Ce n'était plus la femme, aussi naturellement nue qu'un animal sauvage dans sa fourrure, près de laquelle il avait vécu trois jours. C'était la Jeune Reine avec son regard sans expression, son sourire extasié et perdu. Quand la barque s'échoua sur le rivage, il demeura dans l'ombre jusqu'au moment où Antiopia vint le chercher pour le revêtir d'une tunique.

12

LA JEUNE REINE

Jusqu'ici, Œdipe, je n'ai parlé que de notre peuple et d'Adraste. J'ai quelque peine à parler de moi-même car j'ai longtemps perdu la mémoire de mon enfance. Il ne me restait que deux souvenirs : une main qui prenait la mienne et qui m'emmenait loin d'une maison où nous étions trop malheureux. Puis, deux ou trois ans plus tard, le jour de malheur où cette main et cette voix qui me protégeaient n'ont plus été là.

J'ai eu l'enfance d'un esclave orphelin. J'ai subsisté, couvert de vermine, gardant les moutons, faisant les plus durs travaux, mangeant tout ce que je trouvais, volant pour survivre, constamment repoussé et battu jusqu'au jour où je suis devenu si fort que plus personne n'a osé me battre. Alors le maître, dont j'étais l'esclave, m'a affranchi pour pouvoir me vendre au recruteur d'un roi achéen. Je suis donc devenu soldat et, assez vite, comme je connaissais et comprenais bien les chevaux, cavalier dans la garde royale. Je n'avais jamais été si bien traité et nourri de ma vie. Le roi était exigeant, mes camarades le disaient sévère, mais pour moi, après ce que j'avais connu, le travail me paraissait facile et la discipline légère. J'étais libre, j'avais un beau cheval gris pommelé que j'adorais, un haut casque à crinière rouge et les femmes me regardaient avec plaisir. Je me prenais pour un Achéen dont le père, par suite d'un malheur inconnu, était tombé en esclavage.

La seule chose qui parfois me rendait triste c'était le souvenir de cette main, une petite main qui ne pouvait pas être celle de ma mère ni de mon père disparus. La main qui m'avait permis de survivre lorsque j'étais si terriblement petit et abandonné. C'était un souvenir pénible qui me rappelait l'enfant sale, apeuré et constamment maltraité que j'avais été. Mais je n'étais plus comme ça et, si je n'avais pas grand-chose dans la tête à cette époque, je n'avais plus peur de personne. Un jour, au retour d'un exercice, qui avait semblé fort dur aux autres mais qui ne m'avait coûté aucune peine, j'étais en train de panser mon cheval. Un garçon s'est approché de moi en souriant et, en le voyant, j'ai souri moi aussi. Il était beau et si admirablement découplé qu'on ne pouvait s'empêcher de ressentir dans son corps la joie et la plénitude du sien. Il m'a dit : « Veux-tu que je t'aide ? » Cela m'a fait rire, j'avais toujours soigné mon cheval tout seul et je n'avais besoin de personne. Il a continué : « Nous avons déjà soigné des bêtes ensemble, mais alors c'étaient des moutons. » J'ai été surpris, il a dit : « Tu as une cicatrice à la cuisse, n'est-ce pas ? » J'en avais une, mais je ne n'en savais pas l'origine. « C'est un loup, a-t-il affirmé, tu étais petit, il t'aurait brisé la cuisse si je n'étais pas parvenu à le chasser avec mon bâton. Je crois que je lui ai percé un œil. » J'ai senti ma mémoire s'ouvrir : « Il t'a blessé aussi ? – Oui et nous avons beaucoup saigné tous les deux, tu te rappelles ? »

Je me rappelais ! J'ai saisi sa main droite, elle portait une longue cicatrice. J'ai reconnu la main, c'était la petite main d'autrefois mais qui avait grandi, qui était devenue, comme la mienne, une main de fer. En sentant la cicatrice, une impulsion m'a saisi et, comme je l'avais fait bien des fois, j'ai porté sa main à mes lèvres. Nous avions tous les deux les larmes aux yeux. À ce moment, un des gardes, qui pansait son cheval à côté du mien, s'est mis à rire en me voyant embrasser la main d'Adraste. Celui-ci s'est retourné en disant : « C'est mon frère, qui ose rire ? » Il l'a dit d'un tel ton que l'autre, qui n'était pas un homme commode, a détaché son cheval et est parti sans riposter.

Une question a jailli sur mes lèvres : « Pourquoi es-tu parti, pourquoi m'as-tu abandonné ? – Je ne t'ai pas abandonné, j'étais esclave comme toi. Des acheteurs sont venus, le maître m'a vendu, ils m'ont emmené tout de suite, ils ne m'ont pas laissé courir jusqu'à la bergerie. – Et maintenant ? – Le peuple des Hautes Collines m'a libéré. Je suis leur chef de guerre. – Qu'est-ce que c'est le peuple des Hautes Collines ? – C'est notre peuple, Constance, il faut revenir avec nous. »

J'ai demandé : « Constance, c'est mon nom ? » Les maîtres achéens m'avaient donné un autre nom et j'avais oublié le mien.

« C'est ton nom, tu n'es pas achéen et, si tu veux, cette nuit je t'emmène. »

C'est ce qu'il a fait, j'ai pris mon cheval et mes armes, j'ai enlevé de mon casque le panache rouge des Achéens et nous sommes montés sur les Hautes Collines où, après m'avoir présenté à la Jeune Reine, il m'a confié le commandement d'un groupe de cavaliers.

Persuadés que nous ne pouvions leur résister que dans nos forêts, les Achéens décident de nous y faire brûler. Ce sont des guerriers porteurs de torches, des incendiaires qui viennent attaquer les Hautes Collines. En reculant devant eux, de faibles groupes de défenseurs les attirent vers la forêt sacrée et y cherchent refuge. Par des souterrains, ils rejoignent nos grottes pendant que nos adversaires mettent le feu à la forêt qui brûle et affreusement s'écroule.

Les Achéens s'aperçoivent que nous leur avons échappé, ils découvrent des entrées souterraines et s'y précipitent en grand nombre. Adraste provoque alors les éboulements qu'il a fait préparer. De mon côté, j'allume des contre-feux et ceux qui n'ont pas été ensevelis périssent dans les flammes qu'ils nous destinaient. Les survivants en déroute sont pourchassés par les chiens silencieux qu'ils appellent les chiens de la nuit.

Peu de temps après cette victoire mémorable, c'est le solstice d'été. Adraste convoque l'assemblée du peuple, il veut à l'occasion de ce grand événement solaire remettre ses pouvoirs à la reine et fixer, conformément à notre tradition, le jour de son exécution.

Il s'agenouille devant tous, il a dégagé son cou et posé à côté de lui un glaive très affilé, indiquant la mort qu'il a choisie. La reine est sur le trépied des prophétesses, Antiopia et les prêtres sont autour d'elle. Elle ne semble pas comprendre ce qui se joue, la tête abandonnée dans une perpétuelle et incertaine dénégation.

Je me lève, je crie : « Vous ne connaissez pas les Achéens, ils vont toujours jusqu'au bout de leur pouvoir. Ils ont été battus, mais ils sont les plus forts. Ils reviendront ! S'ils apprennent que le roi est mort, ils reviendront tout de suite. » La reine ne bouge pas, elle a toujours le même regard absent et son sourire chancelant me devient insupportable, je veux parler encore, protester. Adraste se lève, il me regarde, il regarde le peuple et nous contraint par son calme à nous taire, à nous recueillir pendant qu'il s'agenouille de nouveau. Dans le long silence apaisé qui s'établit, nous entendons soudain pleurer la Jeune Reine. Elle dit : « L'heure n'est pas venue, Adraste. Plus tard, nous serons sacrifiés, toi et moi, pour la défense de l'île. »

Le silence retombe, la reine a de nouveau perdu pied et est retournée dans son inatteignable univers. Nous comprenons que la guerre sera longue et que nous serons en grand péril puisque notre dernière défense, l'île que la Jeune Reine a découverte au centre de la mer intérieure, sera elle aussi menacée.

La reine se lève et fait se relever Adraste. Elle lui rend ses insignes royaux, lui met le glaive en main et nous les acclamons en pleurant comme s'ils étaient déjà morts.

La guerre reprend très vite, les Achéens sont persuadés que nous avons sous terre de grands trésors. Ils font des prisonniers, ils les torturent pour connaître les accès de nos grottes. Pendant plusieurs années, ils nous attaquent sans trêve, pillant nos moissons, décimant nos troupeaux, brûlant ce qui reste de nos forêts. Pour survivre, nous sommes obligés d'agir comme eux et de monter des opérations de nuit pour reprendre nos bêtes et ce qu'ils nous ont volé. Cette guerre nous appauvrit autant qu'eux, nous sommes constamment menacés par la famine et contraints à ne plus penser qu'au combat.

« Bientôt, dit Adraste au conseil, nous serons tout à fait semblables aux Achéens. » La reine qui y assiste toujours en silence répond cette fois : « Nous sommes trop nombreux et nous n'avons pas d'alliés. Que les plus durs s'en aillent vers une ville à naître et qu'ils fondent une cité de fer avec des hommes de fer. Que ceux qui aiment la mer aillent vers une ville de la mer. Ainsi nous aurons, dans ces deux cités aux esprits divergents, des alliés secrets qui nous soutiendront et aideront ceux d'entre nous qui doivent nous quitter. »

Nous mettons en œuvre les pensées de la reine. Les plus guerriers d'entre nous partent au Péloponnèse où ils contribuent à la fondation de Lacédémone. Ceux qui aspirent à retrouver la mer partent pour l'Attique et participent à la croissance d'Athènes. Nous les aidons pendant la période où ils s'installent et eux ensuite nous envoient des secours. C'est ainsi que nous avons pu survivre.

Après de grands efforts, les Achéens parviennent à forcer les entrées de nos grottes. Commencent alors d'horribles combats dans l'obscurité où nous les égarons dans des boyaux de mort, où nous les faisons tomber dans des pièges, où nous les brûlons en allumant le feu sous leurs pas. Nous ne reculons que pied à pied afin de gagner du temps pour ceux qui sont en train de fortifier l'île et de construire des barques de guerre. Ils sont les plus nombreux, ils ont plus d'armes. Après deux ans, ils nous chassent de nos cavernes et parviennent au rivage de la mer intérieure. Tous les nôtres et tous nos biens sont maintenant dans l'île et nous reprenons un moment l'avantage car, grâce à nos barques, nous sommes plus mobiles et nous pouvons attaquer et harceler leurs points faibles. Ils sont tenaces, ils apportent du bois et commencent la construction d'une flotte. Nous avons deux barques munies d'un puissant éperon et coulons plusieurs de leurs bateaux. Ils installent des forges et munissent tous leurs bateaux d'éperons. Nous voyons grandir le nombre de leurs guerriers, celui de leurs barques sur la grève et nous savons que le dernier assaut est proche.

Un soir, comme je suis en train de discuter avec Adraste du combat qui se prépare, la reine se trouble. Elle profère des paroles sans suite, elle crie, elle arrache ses vêtements et nous la voyons en transe dans l'animale splendeur de sa nudité. Elle se calme, Antiopia l'habille, essuie l'écume sur ses lèvres. Son visage est calme et majestueux et c'est une reine qui dit :

« La guerre sera finie bientôt. Quand ils attaqueront, tu seras sacrifié, Adraste, et je mourrai aussi. Constance continuera jusqu'au jour de celle qui doit venir. Fais savoir aux espions de nos ennemis que le vaisseau royal va fuir avec notre trésor. Ils nous suivront, nous dériverons vers la chute et, dans leur affreux désir de l'or, ils ne s'en apercevront pas. Tu te sacrifieras en faisant de ton bateau la fournaise qui doit les aveugler. Ils me poursuivront et je les entraînerai dans le gouffre avec moi. Tous ! Ce sera le deuxième jour après celui-ci. »

Elle se tait, son regard s'éteint, ses traits forts et glorieux s'amollissent. Le sourire incertain tremble à nouveau sur ses lèvres. Avons-nous rêvé ? Est-ce encore la même femme qui est devant nous ? Ses paroles fermes et justes suffisent et Adraste peut immédiatement donner les ordres nécessaires. Il regroupe nos barques à proximité du lieu où il sait que les Achéens vont tenter de traverser. Elles doivent attaquer la flotte achéenne, puis protéger dans leur fuite les barques de la reine et du roi. Il me charge d'aller sur l'autre rive de la mer intérieure avec une partie de nos troupes pour recueillir les naufragés. Il réunit l'assemblée, il annonce que la guerre finira le lendemain par la destruction des envahisseurs, mais aussi par la mort de beaucoup des nôtres. Il parle avec tant de résolution que personne ne songe à mettre en doute ses paroles, et que nous sommes tous emplis de chagrin et d'un immense espoir.

Le lendemain, les Achéens, assurés de leur victoire, s'embarquent dans un grand tumulte de chants et de cris de guerre. Tout est silencieux de notre côté. Quand ils arrivent à proximité de l'île, notre flotte, cachée jusque-là, parvient à les surprendre. Nous les attaquons de flanc, mais seules les barques royales munies d'éperons parviennent à couler leurs adversaires. Les autres tentent de briser les rames des Achéens et montent à l'abordage. Le combat, d'abord à notre avantage, tourne au leur. Nous avons pu couler ou incendier quelques barques achéennes mais la plupart parviennent à se dégager, à prendre les nôtres par le travers et à les éperonner. Un ordre est alors lancé par Adraste : « Repliez-vous, protégez la reine ! »

Ce qui reste de notre flotte, suivant les barques royales, se retire vers le sud. Les Achéens, renonçant au débarquement, les poursuivent, persuadés que la barque de la reine, plus vaste, mieux armée que les autres et qui semble lourdement chargée, emporte le trésor qu'ils convoitent. Le vaisseau royal est lent et ils font force de rames pour tenter de l'aborder. Tout ce qui reste de notre flotte reprend le cri : Sauvez la reine ! Nos bateaux se regroupent et empêchent les Achéens de passer en formant un barrage. Il leur faut d'abord éperonner nos bateaux et les couler. Pendant ce temps, la barque de la reine s'éloigne avec la même lenteur majestueuse. Le sacrifice de notre flotte donne aux Achéens la certitude que le trésor est là. Dès qu'ils ont forcé le barrage, ils se mettent à sa poursuite sans se rendre compte, dans l'obscurité de la mer intérieure, que le courant commence à les emporter. Quand ils se rapprochent, Adraste, avec une précision admirable, fait virer sa barque et se jette sur les premiers poursuivants. Il en éperonne un, ses hommes en agrippent plusieurs autres. Quand ils ne forment plus qu'une masse confuse, Adraste jette une torche sur les matières inflammables qui sont dans sa barque, elle prend feu et les flammes se communiquent aux navires ennemis. Tous ne forment bientôt plus qu'un immense brasier où Adraste, les siens et beaucoup d'Achéens périssent.

Ces flammes, qui dans l'obscurité attirent irrésistiblement le regard, aveuglent les Achéens, ils ne voient pas le courant qui grandit. Les bateaux qui ont pu éviter l'incendie se lancent à la poursuite de la reine, mais sur sa barque le nombre des rameuses a été doublé. La reine s'est installée à la poupe avec ses suivantes, elles se dévoilent, elles sont nues sous leurs bijoux d'or. La reine célèbre en chantant la mort d'Adraste. Sa figure est illuminée, elle brille sous son masque d'or. Ses yeux et sa bouche sont de grands et terribles diamants qui attirent mortellement les Achéens. Son visage grandit, il est le trésor, il est plus que le trésor, il est la promesse d'une félicité souveraine. Les rameurs ennemis pressent la cadence, leurs barques se ruent vers la reine, mais nos rameuses vont elles aussi plus vite. La barque royale, qui semblait si lourde, vole sur les eaux, aidée par le courant. On commence à entendre le bruit des chutes, mais les Achéens, fascinés, torturés par le visage de la reine, par son corps nu, par son regard qui ne cesse de grandir, ne voient rien, n'entendent rien. Leurs yeux sont captés par les siens, leurs narines respirent déjà son parfum, leurs oreilles sont fermées par son chant. Ils crient, ils hurlent de désir, d'espérance et de déception. Quand ils aperçoivent la gigantesque face blanche qui se dresse devant eux avec ses gouffres noirs, quand ils la voient engloutir la reine, son chant d'amour et la beauté incomparable des rameuses, il est trop tard pour échapper aux courants qui les emportent. Ils abandonnent leurs rames et se jettent épouvantés au fond de leurs barques avant d'être précipités dans la chute.

Toute la flotte achéenne a péri ce jour-là et c'est bien plus bas, là où la rivière souterraine réapparaît et affleure dans la vallée, qu'ont été retrouvés, déchirés et sanglants, les restes de leurs chefs et de leurs guerriers. Sur les mêmes rives, nous avions recueilli les corps de la reine et de ses compagnes. Le corps d'Adraste et ceux des défenseurs de sa barque ont été consumés par les flammes et nous avons dressé en leur mémoire une pierre levée au bord de la mer intérieure.

La mort victorieuse de la reine et d'Adraste a ouvert pour nous une ère de paix mais aussi de deuil et de détresse profonde. Leurs grandes figures nous précédaient, nous guidaient vers l'avenir, mais nous n'arrivions pas à nous consoler de leur disparition. Je ne parvenais pas à accepter que la présence, que le corps et l'esprit d'Adraste aient pu être consumés par les flammes ni que je doive à nouveau, et pour toute la durée de ma vie, être privé du secours de sa main. Le sourire chancelant de la reine, sa tendre confusion, comme si, appartenant à un autre monde, elle était égarée dans le nôtre, ne nous manquaient pas moins. Dans le secret de nos cœurs, nous espérions tous retrouver, sur les pentes des collines ou sur les chemins de l'île, la protection de sa présence.

Mon deuil, mon désarroi étaient si profonds que j'ai cru ne pas pouvoir assumer la régence dont j'avais été chargé par la reine. J'étais écrasé par le sentiment de mon insuffisance et j'ai songé à réunir l'assemblée pour me démettre de mes fonctions.

C'est alors qu'Antiopia est venue à mon secours. Pendant nos années de guerre, dans les moments de défaite et de grand danger, la reine combattait parfois à notre tête. Suivant le vœu d'Adraste et du conseil, elle se tenait plus souvent dans l'île où elle était le cœur et l'espérance du peuple. Antiopia était près d'elle et traduisait pour Adraste et pour nous ce que la reine exprimait dans le désordre et avec les longues interruptions de l'inspiration. Elle avait ainsi pu entendre et garder en mémoire de nombreuses paroles de la reine. C'étaient des fragments de visions ou de rêves, des pensées qui lui étaient venues en combattant aux côtés d'Adraste ou le fruit de ses heures de nage solitaire dans les eaux de la mer souterraine.

Quand elle a compris que je voulais renoncer à la régence, Antiopia, qui n'avait plus que peu d'années à vivre, est venue habiter chez moi. Pour me réconforter, elle m'a rapporté les propos échappés à la reine, lorsqu'elle était seule avec elle. Tout un univers de pensée, de la saveur et de la simplicité du pain, s'est alors révélé à moi. Le contact de l'affection d'Adraste et des nôtres m'avait fait évoluer depuis que j'avais retrouvé mon peuple. Pourtant dans la guerre, c'est l'efficacité qui commande et à mes yeux, sans que je le sache, l'efficacité était achéenne. C'est ce qu'Antiopia m'a fait voir en me rapportant une parole de la reine : « Constance est intrépide, mais il parle achéen et il fait entrer des idées achéennes dans notre peuple. » J'ai été atterré, je me suis écrié : « La reine ne m'aimait donc pas ! » Elle a souri : « Elle t'aimait beaucoup. Elle t'aimait autant qu'Adraste. » Je n'osais pas la croire, mais elle m'a rapporté tant de traits qui me prouvaient son affection qu'il m'a été impossible d'en douter.

Je lui ai demandé comment je parlais achéen, elle m'a fait voir que l'esprit de combat dominait ma pensée : « Tu n'écoutes pas, tu ne parles pas avec les autres. Tu discutes, tu veux convaincre, connaître et diriger. – Mais, Antiopia, pour conduire le peuple, il faut connaître. »

Elle répondait : « Il est bien de connaître, mais jamais la reine n'aurait dit qu'il le faut. Ce n'est pas le génie de notre langue. C'est ce «il faut», ce devoir que tu t'infliges qui est achéen. Le connaître est venu à la reine quand elle en a eu besoin. Les paroles mémorables qu'elle a prononcées, les grandes actions qu'elle a faites sont venues à elle. – Pour l'action, Antiopia, il faut se préparer, s'entraîner. – Elle a toujours été prête à ce qui survenait, car il n'y avait aucun refus en elle. Il n'y

avait que la mémoire du futur, celle où agit la Déesse.
– Est-ce qu'elle croyait à la Déesse ? Elle n'en parlait jamais. – En disant cela, Constance, tu opposes ceux qui croient à ceux qui ne croient pas et la reine aurait dit que tu parlais achéen. C'était la Grande Déesse qui croyait en elle, comme elle croit maintenant en toi, malgré tes doutes. La reine ne croyait pas à la Déesse, elle la vivait dans sa présence et ses retraits. »

Un jour, Antiopia m'a dit : « La reine souhaitait que tu te maries, Constance. Elle le désirait beaucoup. Que tu aies des fils et des filles et que ton sang et celui d'Adraste se perpétuent dans notre peuple. Ouvre les yeux, ouvre ton esprit, celle qui te choisira, celle que tu aimeras est parmi nous. »

J'ai cru Antiopia, j'ai ouvert mon esprit et mes yeux aux jeunes filles, j'ai parcouru notre pays en tous sens. J'ai rencontré l'amour, il nous a donné des enfants et c'est en écoutant Callia leur parler que j'ai commencé à comprendre l'esprit de notre langue et son rôle parmi nous.

Un jour, après un incident de frontière qui avait coûté la vie à plusieurs des nôtres, j'ai senti la haine des Achéens ressurgir en moi plus vive que jamais. J'ai demandé à Antiopia : « Est-ce que la reine détestait autant que moi les Achéens ? »

Callia et elle se sont mises à rire et Antiopia m'a dit : « La reine défendait notre droit à l'existence, mais elle ne détestait pas les Achéens. Elle disait qu'ils étaient cruels, mais braves. Qu'ils aimaient l'or et la puissance mais aussi la beauté et que, même s'ils la parlaient mal, ils étaient amoureux de notre langue. En vérité, disait-elle, malgré nos différences et nos combats, nous ne formons plus qu'un seul peuple. »

J'ai été stupéfait, je ne parvenais pas à croire que la reine, qui avait tant souffert des Achéens et qui en avait entraîné un si grand nombre dans la mort, pensait que nous appartenions au même peuple qu'eux.

Peu de temps après, Antiopia est morte et nous avons

perdu cette dernière source de sagesse. Les prêtresses ont recueilli les paroles de la reine et les siennes avec les grands enseignements du passé. Aucune parole créatrice n'est depuis venue les relayer. Notre peuple a gardé son indépendance, il a trouvé des ressources nouvelles sur les rives de la mer souterraine, mais il n'a plus d'inspiratrice. Ce n'est pas seulement le nombre qui nous manque, ce sont les aèdes, les héroïnes et les héros qui nous inspiraient autrefois. Et que seule une reine pourrait ramener parmi nous.

« Quelle est la question, dit Œdipe, que ton récit veut me poser ? »

Lorsque j'ai vu Antigone blessée s'asseoir comme elle l'a fait sur la mule de Constantin avec ses vêtements déchirés et trempés par l'orage, j'ai pensé : C'est peut-être celle qui doit venir.

Plusieurs mois se sont passés, je vois presque chaque jour Antigone. Je l'ai vue te soigner, écrire, sculpter, travailler dans les étables avec les bergères. Surtout je vais l'écouter quand elle fait chanter nos enfants ou leur raconte des histoires et je me dis de plus en plus souvent : C'est elle.

Il m'arrive aussi de penser que celle qui doit venir, c'est la submersion, c'est l'engloutissement de notre peuple dans la vaste mer des Achéens. Je ne refuse pas cette pensée, mais mon devoir de régent est de tout faire pour qu'elle ne se réalise pas. Le danger existe. La pauvreté et souvent la famine nous entourent.

« Pourquoi, dit Œdipe, ne partagez-vous pas avec les plus pauvres de vos voisins le surplus que vous apporte la mer souterraine ? »

Je ne crois plus assez en l'homme, Œdipe, je ne crois peut-être plus assez en moi-même pour prendre un tel risque. Les Achéens sentiraient ma méfiance et se méfieraient eux aussi. Seule une grande reine, une héroïne pourrait susciter parmi nous les actes qui, en purifiant nos cœurs et ceux des Achéens, nous libéreraient de nos peurs réciproques.

Antigone est cette héroïne. Elle a mendié pour toi et

a tout perdu et risqué pour te suivre. Elle a lavé patiemment le masque effrayant dont le parricide et l'inceste avaient recouvert ton visage. Les nôtres, les femmes surtout, qui ont en horreur la terrible image de la paternité achéenne, ont pu, grâce à elle, te comprendre et t'aimer.

Antigone explique aux enfants notre langue, nos mythes, nos histoires ancestrales comme personne ne l'a plus fait depuis l'assassinat de la Veuve. Si quelqu'un peut transmettre notre héritage, c'est elle. Je lui ai demandé à quelle source elle avait puisé ce trésor presque perdu, elle m'a répondu : « En écoutant chanter Œdipe. »

« Si Antigone était notre reine et si toi, notre plus grand aède, tu restais auprès d'elle, l'avenir s'éclairerait pour nous et pour toute la Grèce. Mais tu veux toujours aller à Athènes ? – Je me sens appelé là-bas. – Par qui, par Thésée ? »

Œdipe fait un geste d'ignorance : « Par un fil invisible comme celui qui reliait ton frère à la Jeune Reine quand il a traversé la mer intérieure. – Puis-je parler à Antigone ? – Tu le dois », dit Œdipe.

Quand ils s'en vont, le jour suivant, les traces des joies et des tristesses qu'ils viennent de vivre ensemble persistent en eux. Puis il n'y a plus que la route qui est longue, la neige qui s'alourdit, qui se transforme en pluie, le déroulement des apparences, l'obscurité des certitudes et des incertitudes.

Constance laisse passer quelques jours avant de parler à Antigone. Il le fait sans préparation, sans aucune gravité, avec sa simplicité habituelle. En présence de Callia, sa femme et d'Arga, la sœur aînée de Constantin, qui est la grande amie d'Antigone.

« Notre peuple a besoin d'une reine, nous l'espérons depuis vingt ans. Depuis ton arrivée, beaucoup des nôtres pensent que c'est toi que nous attendions. Si tu nous donnes ton accord, l'assemblée fera de toi notre reine. Ce sera un bonheur pour nous et pour les Achéens car tu pourras, peut-être, empêcher le retour de la guerre. »

On voit qu'Antigone est surprise et qu'elle n'a jamais pensé à jouer un tel rôle : « Vous me faites un très grand honneur. Et mon père ? – Nous avons aussi besoin de son inspiration. Œdipe a trouvé chez nous un abri. S'il restait ici avec toi, il retrouverait un peuple. – Il ne serait plus sur la route. Toi, Constance, son ami, crois-tu qu'il puisse l'abandonner ? »

Constance est surpris, il est bouleversé par cette question. Il lit dans les yeux de Callia et d'Arga que c'est la réponse d'Antigone. Celle qu'elles attendaient et qu'elles regrettent autant que lui.

« J'ai trop pensé à nous, dit-il, trop pensé à toi, Antigone. Tu viens de me faire voir que la route d'Œdipe ne peut pas s'arrêter. »

13

LES CHIENS DE LA NUIT

Un matin, Constance voit s'arrêter, au bas du chemin qui mène aux cabanes, douze soldats de Thèbes lourdement armés. Il prévient Œdipe et Antigone, et envoie Constantin parler aux soldats. Ils ont reçu du roi Étéocle l'ordre de ramener à Thèbes Œdipe et Antigone. « Et s'ils refusent ? – Nous irons les chercher de force. »

Constantin fait rapport à Constance qui sourit : « Douze hommes ! C'est bien l'orgueil de Thèbes. Tu règles ça avec les chiens et tu postes quelques archères. » Il se tourne vers Œdipe : « Puis-je leur faire dire que vous acceptez ? – Oui », dit Œdipe.

Constantin descend vers les soldats et leur dit qu'Œdipe et sa fille vont se rendre aux ordres du roi. Il revient sur ses pas, il s'assied sur une borne en sifflotant. Œdipe apparaît en haut du chemin, guidé par Antigone. Les soldats ne voient personne d'autre comme si les Hautes Collines étaient désertes. Il n'y a guère de vent. Pourtant, autour du chemin qui mène aux cabanes, on voit les hautes herbes bouger. Regardez ! dit un des soldats. Le chef se retourne et voit des dos et des têtes noires qui s'approchent sans bruit. « Ce sont leurs chiens, dit-il, les chiens de la nuit, prenez vos piques. » Douze longues piques thébaines font face aux chiens qui n'ont pas l'air menaçants mais qui, sur plus de vingt rangs de profondeur, barrent le chemin et arrêtent Œdipe et Antigone. Ceux-ci s'efforcent de les écarter, mais les chiens, en se serrant les uns contre les autres, les obligent à reculer.

Constantin s'éloigne, le chef des soldats lui crie : « Rappelez vos chiens ! » Il hausse les épaules, fait un signe d'impuissance et s'en va. Il y a maintenant plusieurs centaines de chiens entre Œdipe, Antigone et les soldats. Ceux-ci sont impressionnés par le silence des chiens, leurs mouvements d'ensemble et l'absence de toute présence humaine pour les diriger. Le chef crie à Œdipe et à Antigone : « Nous venons vous chercher ! » Il ordonne à ses hommes de se préparer à charger. À peine ont-ils pris la formation et abaissé leurs piques que d'autres chiens, encore cachés, les attaquent par-derrière. Plusieurs soldats sont mordus, l'un d'entre eux, attaqué par trois chiens, perd sa pique et tombe. Un ordre retentit, les soldats reculent de quelques pas et se forment en carré, le blessé au milieu.

Antigone en voyant la perfection de la manœuvre ressent une sorte de joie, le mur de fer thébain est formé. Chaque fois que les chiens attaquent, tous les hommes, d'un seul mouvement où chacun protège l'autre, leur opposent leurs piques et leurs boucliers. Plusieurs chiens sont tués, mais les autres se tiennent hors de portée et ne cèdent pas la place. Ceux qui entourent Œdipe et Antigone les ont irrésistiblement forcés à remonter la pente.

Les soldats reculent pas à pas jusqu'à l'entrée du chemin, alors les chiens rentrent dans les hautes herbes et les couverts. Le chef voit, sur le chemin libéré, la pique perdue par le soldat blessé. Il envoie un homme la chercher. À peine a-t-il fait deux pas dans sa direction qu'une vingtaine de chiens lui barrent le passage. Ils restent là menaçants jusqu'à ce qu'il ait rejoint les autres, puis disparaissent.

Œdipe et Antigone sont remontés jusqu'aux cabanes. S'il n'y avait les morsures qui leur font mal, les cadavres des trois chiens sur le chemin, et la pique qui brille au soleil, les Thébains pourraient croire que rien ne s'est passé. Ils font demi-tour, têtes basses, les oreilles emplies par le silence redoutable des chiens. Tant qu'ils sont là, dit le chef, impossible de les ramener, il y faudrait une armée. J'enverrai un message à Thèbes, au roi de décider.

Arga, deux archères et deux archers viennent trouver Antigone : Nous avons vu manœuvrer les piquiers de Thèbes et comment, après avoir été surpris par nos chiens, ils leur ont fait face. Constantin nous a dit que tu as appris l'exercice de la pique et que tu pourrais nous enseigner le mur de fer à la thébaine.

Une des archères lui donne la pique prise aux Thébains, elle est longue, elle est lourde, elle ne parle plus à ses mains ni à son cœur comme jadis. « Vous croyez, dit-elle, à la supériorité de la pique ? Les chiens ont empêché les Thébains de passer. – Ils n'étaient que douze, dit la jeune femme, s'ils avaient été deux cents, les chiens n'auraient pas pesé lourd. – Nous espérions, dit Arga, que tu deviendrais notre reine et que, grâce à toi, nous pourrions conclure avec les Achéens une paix durable. Tu as refusé. Les Achéens vont attaquer à nouveau. Il faut que nous soyons capables de leur infliger une défaite qui laisse à nos amis d'Athènes et de Lacédémone le temps de nous secourir. Nous devons pour cela avoir, comme Thèbes, la meilleure infanterie. Tu dois nous aider. »

Il y a des années qu'Antigone n'a plus touché d'armes, même pas le javelot de Clios. Elle n'a pas oublié l'intraitable passion du fer. Pourquoi viennent-ils la troubler alors qu'assise à l'ombre de la cabane elle écrivait, avec Œdipe, les anciens chants des Hautes Collines ? Est-ce que cela n'est pas plus important que le mur de fer des Thébains ? « Non », dit Arga. Arga qui sait ce qu'est le bonheur dans les vallées profondes.

Antigone se tourne vers Œdipe, il se tait. Elle sait que ce silence veut dire qu'elle a déjà accepté dans son cœur. Elle soupire et dit à regret : « Je ferai ce que vous voulez, mais il faut que je m'entraîne. Revenez dans vingt jours, je vous apprendrai ce que je sais. Mais le bonheur, Arga, crois-tu qu'il passe par le maniement de la pique ? – Pas le bonheur, Antigone, la survie. »

Chaque matin, Antigone refait tout le cycle de l'exercice de fer, tout le dur maniement de la pique et du bouclier. Œdipe l'assiste et la dirige. Il lui marque le rythme et lui rappelle certains airs oubliés des chants qui aident à garder la cadence. Les premiers jours, elle se sent lourde, rétive et surtout ridicule. Puis peu à peu elle retrouve les gestes, les déplacements de poids, la juste place à tenir parmi les autres, celle qu'on doit occuper tout entière et dont il ne faut pas déborder. Œdipe, en tapant de son bâton sur le sol ou en heurtant deux pierres l'une contre l'autre, anime la circulation cruelle de son sang et fait danser le monde avec son jeu de jambes.

Après vingt jours, elle fait venir les archers. Ils sont douze, six femmes et six hommes, et elle voit avec joie qu'Arga n'est pas parmi elles. Arga qui est gardée en réserve pour le bonheur, pour les enfants et l'élevage des poulains.

Ce sont des guerrières et des guerriers experts, des athlètes bien entraînés, mais après leur première matinée d'exercices ils sont épuisés. Ce sont d'autres muscles qui travaillent dans les exercices de la pique, c'est sur un autre mode et suivant d'autres rythmes qu'il faut user de la prudence, de la hardiesse, de la colère et de la force. Et toujours se souvenir que l'on n'est qu'un muscle parmi les autres, une partie, sans cesse en mouvement mais sans cesse contenue, d'un grand corps de fer dont la force devient à certains moments irrésistible si toutes ses composantes s'accordent. Il faut être pleinement soi et pleinement un autre qui se meut et produit sa danse de fer à travers votre terreur et votre jouissance effrénée. C'est un retournement total qu'il faut accomplir. Antigone s'en rend compte chaque jour en voyant la douleur des douze corps qui s'abandonnent à elle, en les sentant se transformer peu à peu et acquérir la maîtrise du dur métier qui, jour après jour, va devenir passion.

Cela est-il compatible avec le bonheur, avec le bonheur de Constantin, d'Arga et des vallées de chevreuils ? Non, sans doute, mais c'est en accord surprenant avec son labyrinthe intérieur, avec celui d'Œdipe qui a suivi avec tant d'attention son entraînement et celui des guerriers pendant les premiers temps. Puis il a cessé de venir et c'est elle qui a dû rythmer le travail avec des pierres ou des cris qui imitent les siens. Elle lui a demandé pourquoi il ne venait plus. Il a répondu : « Tu n'as plus besoin de moi et j'aime encore cela. Trop, beaucoup trop ! »

Au fur et à mesure qu'elle avance dans les exercices, elle sent aussi remonter en elle ses goûts d'autrefois, sa folie du fer. Elle se revoit s'exerçant, seule fille, avec Étéocle, Polynice et les garçons de Thèbes. Polynice était le plus habile, c'est ce qu'Étéocle ne pouvait supporter. Elle entend encore le bruit des piques qui se croisent, frappant les boucliers, et le cri de rage d'Étéocle lorsque son frère, une fois de plus, l'avait acculé ou pris en défaut.

Polynice ! Comme elle aimait combattre avec lui. Il retenait sa force et cela la fâchait. Mais un jour, piqué au jeu par une belle feinte, il ne l'a plus retenue, et elle, subtile, insaisissable, absorbant sa violence pour la lui renvoyer, lui a tenu tête. Le combat a été long et, soudain, il s'est arrêté. Il a dit : « Je ne l'aurais pas cru, mon élève est devenue mon égale. » Il a ri de ce rire aussi beau que celui d'Œdipe et c'est lui qui est allé chercher la cruche d'eau et la coupe dans laquelle ils ont bu, comme ils avaient l'habitude de le faire. Elle pense, attaquant de sa pique celle qui lui fait face et qui résiste chaque matin un peu mieux, que ce jour-là a été un jour de gloire. La gloire absurde de la folle Antigone et, de toute sa force soudain déchaînée, elle renverse son adversaire, craint de l'avoir blessée, voit que non et la serre dans ses bras, toute bardée de fer, suante, furieuse et prête à reprendre la lutte.

Celle-là, pense-t-elle, celle-là sera bientôt prête. Prête à tuer, prête à mourir selon le jeu de jambes, le jeu de la folie de Thèbes.

L'entraînement des douze guerriers a été long, mais chacun d'entre eux est prêt maintenant à en instruire d'autres qui formeront plus tard un corps capable d'intervenir de façon décisive dans une bataille. L'époque approche où, moyennant un lourd droit de passage, les éleveurs et les bergers des Hautes Collines sont autorisés à traverser les territoires achéens pour aller vendre leurs bêtes au marché de la vallée Bleue où se rassemblent acheteurs et vendeurs venus de Grèce et d'Asie. C'est la seule occasion pour Œdipe et Antigone de tromper la surveillance des soldats thébains, grâce au passage des troupeaux et à l'aide de Constantin et de ses bergers.

C'est le cœur serré qu'ils vont quitter les Hautes Collines qui, depuis plus d'un an, les ont protégés. Tous deux pourtant aspirent à reprendre la route.

Œdipe a sculpté une haute borne de diorite noire, surmontée d'un visage qui s'éveille. Avant de partir, il la fait dresser là où Constance les a secourus, le jour de leur arrivée. La statue, admirablement polie, s'illumine au soleil levant et brille alors quelques instants, comme si elle était tout en lumière. Constance vient la voir à l'aube avec Œdipe. Il est ébloui quand elle s'éclaire et bouleversé quand réapparaît la pierre sombre. Il dit : « Elle brûle comme la Jeune Reine dans ses moments d'inspiration et elle est brûlée comme Adraste. Comment as-tu pu les réunir dans une seule pierre ? – En écoutant leur histoire avec mes mains », dit Œdipe.

Constance prend les mains d'Œdipe dans les siennes et les embrasse comme il a embrassé jadis la main d'Adraste et sa longue cicatrice.

Ils sont partis vers la vallée Bleue, Constantin dirige les troupeaux et Antigone, vêtue en berger, est un des jeunes hommes qui l'assistent. Œdipe, trop facile à reconnaître, est caché dans un chariot.

Bien avant leur départ, Antigone a envoyé un message intérieur à Clios. Elle est sûre qu'il l'a reçu et que, s'il en a le pouvoir, il les aidera dans les hasards et les dangers de la route.

Au sommet d'un col, il y a un poste de guerriers thébains. Le chariot d'Œdipe est entouré par les troupeaux de Constantin, les soldats ne s'en approchent pas et les laissent passer.

Ils font halte le soir au col suivant. Le lendemain, Constantin et les troupeaux descendront vers la plaine tandis qu'Œdipe et Antigone devront traverser les montagnes. Le poids de la séparation pèse sur eux. Pour dissiper la tristesse, Œdipe propose de chanter. Ils sont heureux, les visages s'éclairent. Il demande : « Que voulez-vous que je chante ? » Constantin pense à la haute figure de pierre qui marque maintenant le lieu de l'arrivée et du départ d'Antigone : « Dis-nous le chant d'adieu de la Jeune Reine, Œdipe. »

Œdipe a-t-il pensé, lui aussi, à la gloire d'Adraste et à l'histoire menacée des Hautes Collines ? Il chante :

Toi, que j'ai fait roi dans le désordre de l'esprit et par le saisissement de la joie dans mon corps
Tu es emporté avec moi et tu t'en vas, étincelle du grand feu,
Esprit fier, esprit combattant, pendant qu'en ce dernier instant je chante
Menant sur le lieu de leur perte ces hommes avides, qui s'imaginent qu'ils sont nos ennemis.
De tout mon corps doré, je me livre à leurs yeux et je brille, je brûle pour attirer leur désir vers la mort.
Moi, la reine sans nom et sans mémoire, la captive, la furtive, la chétive du meurtre ancien
Qui parfois, de ma main tremblante, ai su lever le flambeau prophétique et déchirer le rideau de la clairvoyance

Tandis que toi, chaque matin, actif comme le soleil, tu nous délivrais de la peur.
Adieu présence et transparence, adieu voiles de l'apparence.
Les Achéens croient à la mort, et peuvent être engloutis par elle, mais nous les enfants de la Terre céleste
Rien ne pourra nous séparer, rien ne peut plus nous soustraire à la vie.
Adieu, amour du très cher corps et abîme avec toi, abîme où nous avons plongé.
Adieu à la limpidité, à l'ultime clarté de nos vies passagères, à l'entretien de l'âme et du cœur sous les arbres.
Salut au peu de jours que nous aurons vécus, au temps qui nous suffit pour inventer l'amour.
Je te quitte en pleurant, mortel, bonheur mortel.
Je te suis, souriante, et je passe après toi la porte.
Dans notre nouvelle existence qu'une mémoire ailée
Se souvienne de l'éphémère.

Son chant terminé, Œdipe les quitte et va dormir seul dans la forêt proche. La lune se lève au-dessus des montagnes, ils la regardent en pensant à Adraste, à la reine et à la Grande Déesse qui inspire Œdipe la nuit et l'a rendu aveugle le jour.

Une joie soudaine s'empare d'eux. Constantin et les bergers rassemblent du bois et font un feu immense comme autrefois sur le cap. Antigone ne refuse pas ce bonheur qui s'élève, ni de partager la danse des bergers. Parfois elle pense à Clios, à l'étape incertaine du lendemain et elle sourit à Constantin.

14

LA ROUTE DE COLONE

Antigone s'éveille plusieurs fois au cours de la nuit, elle entend crier les prédateurs nocturnes et elle craint en traversant les montagnes de retrouver les mêmes misères qu'avant les Hautes Collines. Elle pense à la séparation, à la tristesse de Constantin. Avant le départ, elle lui dit : « Ce qui manque sur les Hautes Collines c'est une femme qui vous enseigne les traitements de Diotime. Après la vallée Bleue, va la voir, demande-lui de vous envoyer Calliope. » Œdipe sourit : « Oui, c'est Calliope qu'il te faut. »

Déjà les troupeaux s'ébranlent, Œdipe abrège les adieux, ils s'en vont. Les chemins sont rudes et escarpés. Antigone sent que son père, qui peine et bute sur les pierres, a les mêmes appréhensions qu'elle et se demande comment ils trouveront à s'abriter et à se nourrir le long de ces sentiers perdus.

Le soir pourtant un paysan les reçoit dans sa grange et sa femme leur apporte une couverture et du pain. Le lendemain la journée est dure, par des chemins presque effacés et difficiles. À un carrefour, terrible surprise, deux soldats thébains que leur cachaient les arbres. Il est trop tard pour fuir ou se cacher. Les soldats ne semblent pas les voir, ils s'éloignent et, comme Antigone hésite encore, l'un d'eux se retourne et lui fait signe de passer rapidement.

Pendant les jours qui suivent, ils apprennent que de

nombreux soldats surveillent et sillonnent le pays et pourtant personne n'hésite à les secourir et à les loger. Chaque fois qu'ils pourraient s'égarer, il y a toujours un bûcheron, une chevrière ou un berger entouré de son troupeau, pour les mettre sur le bon chemin. « On dirait que quelqu'un nous assiste, dit Antigone, est-ce que ce serait Clios ? » Et Œdipe répond : « Peut-être » comme quelqu'un qui y a pensé.

Après de longs jours et de nombreux détours, ils parviennent en Attique et se sentent heureux. Ce n'est plus l'âpreté de Thèbes ni les côtes sauvages et les montagnes où ils ont erré si longtemps. Tout est vaste ici, surtout le ciel et tout en même temps est modeste. Œdipe ne se lasse pas de demander à Antigone les couleurs de la terre et les variations de la lumière au fil des heures. Elle est moins habile que Clios à traduire en mots ce qu'elle voit et surtout ce qu'elle éprouve. Parfois elle retrouve une de ses phrases, elle la redit avec joie et pendant un instant c'est comme s'il était à nouveau avec eux sur la route. La nuit approche, une jeune femme les attend à la croisée de deux chemins et les invite à venir loger chez eux. Elle s'appelle Eolia, Antigone lui demande comment elle a su qu'ils allaient passer par là. Un homme est venu il y a deux jours annoncer leur passage. Il a parlé d'un aveugle et de sa fille, il a dit qu'ils auraient besoin de repos. Elle a tout préparé avec Éole son mari. Antigone lui décrit Clios : « Est-ce que l'homme, c'était lui ? » Eolia dit que non et on voit qu'elle est incapable de mentir. Antigone est heureuse d'avoir traversé les montagnes et de trouver en Eolia une amie, pourtant elle est cruellement déçue.

Ils se reposent quelques jours et repartent avec Éole qui va les conduire jusqu'à la mer. À l'orée d'une forêt, ils entendent un bruit de soie dans le ciel. Ce sont deux cygnes qui passent au-dessus d'eux. Œdipe s'arrête et écoute longtemps le son de leur vol qui s'éloigne : « C'est comme la voix d'Eolia, comme celle d'Antigone qui sont entre la musique et le silence et qu'on ne se lasse pas d'entendre. » Éole, qui est très amoureux, sourit sans rien dire et Antigone ne sait pas si elle est heureuse ou confuse de savoir qu'Œdipe prend plaisir à écouter sa voix.

Ils font halte au sommet d'une falaise et, pendant qu'Éole leur construit un abri, Antigone s'assied à côté d'Œdipe. Elle est troublée de voir en face d'elle des brisants sortir de la mer avec l'air sauvage, échevelé des descendants de sa race. Laïos et Jocaste ont déjà été submergés par les flots. Œdipe et ses enfants, violemment séparés du rivage, vont-ils être engloutis à leur tour ? Elle est interrompue dans ses pensées par le retour d'Éole qui propose de les accompagner jusqu'à Athènes. Œdipe le remercie mais refuse. Le lendemain, il demande à Antigone de le mener au centre d'un large espace. Quand ils y sont, il dit : « Nous ne sommes plus libres. Il y a une protection. Qui pèse ! » Elle balbutie : « C'est peut-être Clios. – Je ne veux plus d'aide ni de lui ni de personne. Sur cette route-ci, il ne faut plus que toi et moi. Depuis Thèbes, Antigone, nous sommes perdus. Nous devons rester perdus. » Il hésite : « Et nous perdre toujours plus, toi et moi. » En forme de promesse, de serment, elle répète à voix basse ce qu'il a dit. Il sent qu'elle a compris, il donne ses instructions : « Éloigne-toi. Ne te retourne pas. Ne m'aide pas si je tombe, car je tomberai. Quand je pourrai repartir, suis-moi de loin. Dorénavant nous devons être aveugles, toi et moi. »

Elle obéit, elle s'éloigne en regardant la mer où passe une barque avec une voile rouge. Elle l'entend qui tourne sur lui-même en piétinant le sol avec force. Elle l'entend haleter, puis laisser tomber son bâton. Il faut se perdre toujours plus, toi et moi. Elle répète ces mots qui ne sont plus ceux du lien qui les unit mais ceux de la douleur qui les a jetés sur la route. Elle s'agenouille, elle tente de se boucher les oreilles avec ses mains. Elle ne veut pas l'entendre tomber, elle l'entend pourtant qui se relève et qui se remet à tourner dans l'autre sens. Elle ne voit plus la mer, elle ne voit plus que le sommet aigu de la voile qui était rouge et qui est devenue noire. Elle l'entend se relever plusieurs fois en hurlant comme il fait quand il veut retrouver des forces dans la colère. Elle aussi voudrait crier, mais elle ne peut pas. Elle ne peut que se laisser tomber de tout son long sur le sol et mordre sauvagement la terre. Il tombe encore et elle pense : Quelle force, quelle force il y a dans ce grand corps ! Elle n'entend plus rien, il est tombé une dernière fois et ne bouge plus. Un soleil brûlant pèse sur eux, elle n'a le droit de rien faire, elle a l'impression, malgré la souffrance, de s'endormir par instants, comme lui peut-être.

Elle l'entend qui remue et ne peut s'empêcher de regarder. Il a repris conscience et rampe misérablement à la recherche du bâton sans lequel il ne pourra pas se relever. Quelle misère, il va dans la mauvaise direction. Comme elle voudrait courir à lui, ramasser son bâton, le lui rendre et pouvoir lui verser à boire. Ce n'est pas ce qu'il veut et il a maintenant ce qu'il a voulu ! Il rampe à grand effort sous un soleil de feu, il approche de son bâton, il le trouve, il essaie de se redresser. En le regardant faire elle sent des restes de terre et de cailloux dans sa bouche. Elle crache sur Thèbes, sur Créon et Étéocle, sur le cher, le faible Polynice. D'un dernier sursaut elle crache aussi sur Clios et sur Antigone qui ont cru pouvoir aider Œdipe. Tandis que lui savait qu'il devait se perdre avec elle, rien qu'avec elle, sur la route inconnue.

Œdipe a fini par se relever, son bâton à la main il marche en vacillant dans la direction qu'il ne connaît plus. Il est blessé à la tête, du sang coule comme autrefois sur son visage. Antigone regarde vers la mer, la barque a disparu, le soleil commence à décliner à l'horizon. Il a mis du temps, beaucoup de temps à se perdre. Lui, qui savait toujours le chemin à suivre, s'en va vers le levant, Athènes est de l'autre côté. Peu importe, ils prendront le temps, tout celui qui sera nécessaire pour aller n'importe où, n'importe comment.

Œdipe s'égare sans cesse, il se déchire dans les taillis et les ronciers. Il pousse une clôture et pénètre dans un jardin où une femme, courbée sur le sol, est en train de sarcler des légumes. Il vacille, est-ce qu'il va tomber ?

La femme l'aperçoit, court à lui, comme Antigone voudrait tant pouvoir le faire et le soutient jusqu'à un tronc creusé dans lequel s'écoule l'eau d'une petite source. Elle appelle un grand homme rouge qui travaille dans la vigne à côté. Ils le font s'asseoir, le font boire. Antigone s'est arrêtée à l'entrée du jardin, à la distance prescrite par Œdipe et demeure là, très droite. L'homme la voit, la femme se retourne, elle semble d'abord stupéfaite, puis elle dit quelque chose à Œdipe. Lui alors, d'une voix brisée, l'appelle : « Antigone, viens, tu dois avoir tellement soif. » Elle s'élance vers lui, légère, rapide, pleine de jeunesse et de force à nouveau. La femme leur verse de l'eau et ils boivent longuement tour à tour. Il l'a appelée et elle peut enfin pleurer, enfin boire et avec la femme, qui s'appelle Gaïa, le soutenir jusqu'à la maison pour le soigner. Elles le dévêtent, le lavent. Gaïa dit : « Ce n'est pas trop grave, de l'huile sur le corps, le baume de ta guérisseuse, quelques jours de repos, il sera sur pied. C'est qu'il est solide ton aveugle. – C'est mon père, Œdipe. – Œdipe l'aède et toi tu es Antigone, celle qui l'a guidé chez nous en restant derrière lui. – Je ne l'ai pas guidé, il est venu. » Gaïa sourit et ne répond pas.

Œdipe reste couché tout un jour, le matin suivant il s'assied au pied d'un mur et sort de son sac une sculpture dont le poids inquiète Antigone. Elle l'interroge, il répond que c'est un masque d'Athéna. Le masque dans sa forte simplicité évoque moins le visage d'une déesse que celui de la femme qui avait perdu la mémoire et est devenue reine des Hautes Collines.

Pendant qu'il travaille, elle va avec Gaïa laver leurs vêtements et se baigner à la rivière. L'eau est claire, Antigone est surprise de se voir si grande, les cheveux en désordre, le visage brûlé par le soleil avec les vêtements usés, décolorés qui flottent sur son corps amaigri. Elle reprend un peu courage en voyant l'admiration de Gaïa lorsqu'elle entre nue dans l'eau. Après le bain, elles réparent et lavent les habits d'Œdipe. Antigone a le cœur serré en s'apercevant que le sang – celui de ses innombrables chutes – ne disparaît plus au lavage.

Œdipe a travaillé tout le jour à son masque et après le repas du soir il reprend son ouvrage. Au milieu de la nuit Antigone s'éveille inquiète, elle l'entend travailler encore. Elle se lève et va voir. Le jardin, le puits et au loin la mer dans laquelle s'avance un cap aventureux, tout baigne dans la lumière légèrement voilée de la lune. Œdipe est debout, il lui paraît énorme car il a revêtu son visage du masque d'Athéna où quelque chose fait peur. Ce sont les yeux qui étaient fermés, apaisés par le sommeil et qui ne sont plus maintenant que deux ouvertures sombres.

Il l'entend approcher : « Athéna ne peut plus, comme moi, regarder qu'en elle-même. À travers ses orbites creuses, j'ai vu, un instant, notre route vers Athènes. Antigone, je voudrais que tu peignes ce masque. En blanc, les yeux cerclés de rouge et, où tu le sentiras, des traits noirs, des traits bleus. » Elle est si troublée par la lumière étrange de la lune et de le voir si grand sous ce masque, si éloigné d'elle, qu'elle veut le faire tout de suite. Il enlève le masque et sourit : « Plus de hâte, Antigone, notre route sera dure, elle sera sinueuse. Nous devrons tourner longtemps autour d'Athènes avant de pouvoir l'atteindre. Ce qui nous appelle là-bas est très obscur. »

Elle voit qu'il a l'air fatigué : « Tu devrais dormir. – Cette nuit de lumière que je ne peux pas voir m'évoque trop de choses. Allons vers la mer, tu me diras si les couleurs que je devine sont les mêmes que celles que tu vois. Tu te rappelles, notre jeu autrefois à Thèbes ? » Elle se rappelle, bien sûr, ce jeu et ces moments qu'elle passait avec lui dans le jardin, pendant les soirées étouffantes de Thèbes. Elle se rappellera toujours les paroles surprenantes qu'il trouvait pour décrire les événements célestes ou la beauté de Jocaste et de ses petites filles. Les paroles dont il a retrouvé le secret, qu'il a surpassées, depuis qu'il est devenu un aède.

Ils s'en vont au sommet de la falaise, le ciel pâlit, la

lune s'efface avec sa lumière inaccomplie et la mémoire insensée des nuits de Thèbes. Quand elle lui annonce que le soleil va sortir des eaux, il chante pour elle seule, à voix basse, ce qu'a été pour lui la lumière d'Antigone. Alors, et elle ne va plus l'oublier, elle entre dans la patience, dans la confiance et commence à devenir un peu intelligible à elle-même. Pas plus que le monde qu'elle contemple, pas plus que l'aube qui la fait frissonner, mais pas moins.

Ils restent quelques jours dans la maison de Gaïa. Quand ses couleurs sont prêtes, Antigone recouvre le masque de blanc et entoure les yeux du rouge ancien, immémorial d'une terre qu'elle a trouvée dans un creux de la falaise. Sur le casque, la Gorgone est bleue qui montre l'intime et terrible accointance que pour Œdipe la folie entretient avec la sagesse. Le masque effraie et finalement rit, d'un rire de femme des Hautes Collines qui en sait plus sur la vie qu'aucun homme n'en saura jamais.

Œdipe pendant ce temps a gravé sur des morceaux de bois deux poèmes auxquels il a longtemps travaillé. Il les fait brûler dans la cour. Cela désespère Antigone qui tente de les sauver. Il l'en empêche, il les a écrits pour le feu.

Œdipe a repris des forces, ils repartent. Ils suivent une route hésitante, pleine de détours et de retours en arrière. Antigone ne s'inquiète plus de la lenteur ni de la pesanteur du pas d'Œdipe. Elle ne s'effraie plus de ses moments de vertige ni de la fréquence de ses chutes. Elle ne sait plus si c'est une maladie ou la route interminable qui pèse ainsi sur lui et provoque ce tremblement dans ses gestes et cette incertitude dans sa démarche. Elle accepte de le voir s'arrêter, chercher, changer constamment de direction comme s'il s'était heurté à d'invisibles obstacles. Il est entré dans un vaste labyrinthe dont il est seul à éprouver les aspérités et les risques. Ce n'est que par essais, tâtonnements et patientes tentatives qu'il pourra le traverser, mais elle est sûre qu'il y parviendra. Parfois en pleine campagne, car il ne suit aucun chemin, ou sur une plage déserte, elle le voit avancer avec précaution, se courber, sonder de son bâton des parois qui ne sont peut-être pas imaginaires, comme s'il était dans les grottes et les couloirs souterrains qui menaient à la mer intérieure. Elle ne cherche pas à pénétrer le sens, s'il y en a un, de l'étrange travail qu'ils font. Son rôle est de le suivre, à la distance convenable, sans lui donner aucun avertissement, sans lui apporter aucune aide et pourtant d'être présente, toujours plus présente à leur commune déperdition.

Ils croisent d'autres voyageurs, ils passent près de gens qui travaillent. Ils ne les prennent pas, comme elle le craignait, pour des fous en voyant leur étrange façon d'évoluer. Ils les regardent sans crainte ni moquerie, ils leur apportent souvent de l'eau, du pain ou des fruits. Ils ont l'air, elle ne sait comment, de les connaître, de les respecter et même de les aimer. Des femmes viennent lui dire où ils pourront trouver un abri le soir. Quand la nuit approche et même s'ils se trouvent dans des lieux solitaires, elle est certaine que quelqu'un va venir leur proposer de les recevoir sous son toit. Œdipe, sa journée de route finie, accepte l'aide qui se présente. Il sort du labyrinthe de sa mémoire ou de sa pensée et Antigone peut le rejoindre. Pendant le repas, il parle volontiers avec ses hôtes et si ceux-ci le lui demandent il chante un des exploits d'Héraclès. Pourquoi préfère-t-il maintenant Héraclès aux autres héros ? C'est qu'avant de vaincre et de triompher de ses épreuves, Héraclès doit surmonter ses propres peurs. Antigone entend qu'il ne dit pas « comme moi », mais que c'est ce qu'il pense et vit chaque jour. Le repas achevé, le chant terminé, Œdipe se lève et s'assied, adossé à un des murs extérieurs de la maison. Antigone apporte les outils, des morceaux de bois, des pierres. Œdipe entame une nouvelle œuvre ou grave quelques vers. Pendant ce temps, elle achève une des formes qu'il laisse toujours inachevées. C'est leur moment de bonheur. Antigone admire l'invention des plans, des courbes et des rythmes qui naissent sous les mains d'Œdipe et lui ne cesse de s'émerveiller de la manière dont elle parvient à dégager de ses tracés cruels des espérances inattendues.

Par des chemins qui ressemblent à une errance, ils vont toujours du levant au couchant pour repartir dans l'autre sens. Pendant plusieurs saisons, ils vont de la mer à la mer, traçant autour d'Athènes des courbes qui vont en se rétrécissant. Ils ignorent pourquoi ils doivent suivre une route si longue. Ils s'endurcissent, ils se fortifient dans cette ignorance. Antigone dit un jour : « Nous suivons une route invisible et c'est elle qui nous mène. » Œdipe répond : « Ce sont mes pieds, mes pieds blessés qui me dirigent. Avant je ne le savais pas, maintenant je le sais, mais je ne sais pas où ils vont. » Ces pieds d'Œdipe, qui vont où ils veulent, qui vont on ne sait où, surprennent Antigone et la font éclater de rire. Sa gaieté limpide éclaire le cœur d'Œdipe et il rit avec elle, très joyeusement.

Ils se sont arrêtés dans une maison de pêcheur, le matin Œdipe ne part pas. Il prévient Antigone : « Ne te fatigue pas car ce soir nous partirons et nous marcherons de nuit. »

Leurs hôtes, qui sont pauvres, leur ont préparé un bon repas. Dès que la nuit tombe, Œdipe se lève, les remercie avec cet étrange sourire qui doit tout dire avec les lèvres et s'en va. La femme donne des provisions à Antigone, elle pleure et dit : « Je ne te connais que depuis un jour et tu es déjà mon amie. Reviens ! » Antigone qui voudrait la consoler doit s'enfuir en courant car Œdipe est déjà loin. Il a trouvé un chemin qui doit être fréquenté le jour et où personne n'ose s'aventurer dans l'obscurité. La nuit est claire et Antigone n'a pas trop de mal à suivre, mais la marche est longue, la fatigue commence à peser et la distance ne cesse de grandir entre elle et Œdipe. Elle appelle pour qu'il l'attende, elle le voit s'arrêter. Quand elle n'est plus qu'à vingt pas de lui, elle fait halte à son tour pour respecter ses ordres.

Comme il ne repart pas et ne revient pas vers elle, elle s'étend dans l'herbe au bord du chemin.

Elle qui se sentait si seule et perdue en marchant, les yeux fixés sur la silhouette sombre d'Œdipe, voilà qu'elle est étreinte par une matière, par une lumière, qui l'envahit tout entière. Le plus profond, le plus caché de ses désirs, celui que le quotidien nie avec obstination mais dont l'appel constant est l'acte acharné de sa vie, ce désir est fait pour être entendu. Il l'est en ce lieu et en cet instant même. Elle est née pour cela, rien que pour cela. Cette nuit, elle en est sûre. Elle sent une ombre en face d'elle vers laquelle, éblouie, elle ne se décide que lentement à tourner son regard. C'est Œdipe, elle est heureuse, plus heureuse encore en le voyant. Il n'a sur lui qu'un pâle reflet des gloires qui se déroulent dans le ciel, mais cela suffit pour faire de lui un très bel astre.

Il s'étend à côté d'elle, il lui demande ce qu'elle voit. « Rien que ce que j'ai vu si souvent mais, cette fois, c'est moi qui suis vue. » Il enferme une de ses mains dans la sienne. Elle lui parle des étoiles, de leur présence, de la mer qu'on entend battre au loin sans la voir. Des cris lui échappent : « Œdipe, tout a un sens ! – Un certain sens, pas plus. – C'est trop peu. Ta parole est trop pauvre. – Je n'ai qu'elle. Je ne vais pas si loin. – Nous sommes ensemble sur la même route. – Un jour, tu iras sans moi. »

Ce mot la fait soupirer sans la distraire du bonheur qui est là. La force qui la traverse rayonne à travers elle, pénètre Œdipe et fait irrésistiblement s'écrouler les séparations et les pesanteurs qui l'entravent. Alors il n'y a plus de paroles entre eux, plus de limites dans les mots, plus aucune possibilité de se soustraire à cette autre langue qui les englobe, qui est là, sur un seuil incertain, malgré la formidable certitude.

Ils demeurent étendus dans l'herbe jusqu'aux premiers rayons du soleil. Œdipe se lève, ils doivent trouver un abri à l'ombre et dormir avant de marcher toute la nuit vers Athènes. Antigone le suit à regret. Un berger qui rassemble ses moutons les aperçoit côte à côte. Ont-ils encore sur eux quelques rayons de ce qui s'est passé cette nuit ? Il croit voir le grand dieu aveugle qui a sans doute créé ce monde et la jeune déesse naissante. Il leur sourit, ébloui et, comme Antigone répond à son sourire, il s'approche d'eux. Il part avec ses bêtes pour la montagne. Ils peuvent occuper sa hutte, qui est fort propre. Il leur allume du feu, leur donne une partie de ses provisions et s'en va, transporté par ce qu'il a vu et n'oubliera plus.

Antigone s'est endormie dans la cabane avec, sur son visage, ce sourire dont Œdipe croit sentir la présence dans ses paumes. Ce qu'elle appelle l'amour a pénétré en lui comme l'inspiration quand il chante. Aux confins de la folie, il remplit envers elle son contrat avec une justesse d'artisan. Le travail vous soumet à ses lois, vous lime, vous renforce, mais vous demeurez le même. Tandis que l'amour, tel qu'Antigone l'a connu cette nuit, tel qu'elle le connaît sans le savoir depuis longtemps, cette certitude d'être attendue dans l'ardeur, c'est un autre niveau de la vie, ou de ce qui est plus que la vie. Quand l'amour surgissant a tout renversé et brisé en moi, j'ai vu ce pesant magma, ces labyrinthes inutiles qui forment ce que les autres et moi-même appelons Œdipe. Pour un temps de lumière, il n'est resté de moi qu'une architecture vide où ne pouvait plus s'élever que la musique des astres. Il n'y a rien de plus vrai que l'amour d'Antigone, c'est grâce à lui que j'ai survécu, mais s'il doit être tout, ce tout qui serait seul à donner un sens à la vie, cela ne me suffit pas. L'amour d'Antigone est une voie parmi d'autres qui n'annule pas la démarche rampante, l'activité de fourmi et les passions qui ont été les miennes.

Il sent un regard sur lui, il interroge sans se retourner, car cet instant lui importe : « Tu es éveillée, Antigone ? » Et elle de sa voix de bonheur : « Je vais me rendormir bientôt et, toi aussi, tu devrais dormir si nous reprenons la route cette nuit. »

Il se tourne vers elle : « Ce que j'essaie de comprendre, Antigone, c'est que la nécessité ni l'amour ne sont tout. Je ne veux pas d'un tout qui soit tout. – Il n'est pas ainsi. Sur la route, nous avons eu chacun notre place, toi et moi. »

Œdipe est heureux de ce qu'elle a dit. Elle se lève, elle lui donne du pain et du lait. Elle remet du bois sur le feu pour le repas du soir. Il s'étend sur la couche de branchages qui sent bon.

Il rêve qu'il avance à tâtons et péniblement dans un souterrain. Celui-ci devient de plus en plus étroit, avec un tournant abrupt qui lui fait peur. Il s'arrête. Une lumière, car il n'est peut-être plus aveugle, lui indique que quelqu'un, venu de très loin, arrive à sa rencontre et l'attire irrésistiblement vers lui.

Il est heureux en s'éveillant, mais quel est celui qui vient de si loin à sa rencontre, en portant une lumière ? Ce n'est pas Thésée. C'est quelqu'un de plus proche, une sorte de père. Une sorte de fils que le rêve lui promet sans dévoiler sa voix ni son visage.

Antigone le prévient que le repas est prêt. Le soleil se couche, il faudra partir bientôt et déjà leurs cœurs se serrent. Il lui raconte : « Je rampais sous terre en rêve et l'espace ne cessait de rétrécir, il me donnait le vertige. En face, venait un homme qui semblait m'appeler avec sa lumière. Je me suis senti très heureux en m'éveillant, est-ce que sa lumière va nous aider ? – C'est pour cela qu'il vient vers toi. Tu connaissais cet homme ? – Je ne l'ai pas vu, je n'ai pas entendu sa voix. – Comment s'appelait-il ? » Œdipe est surpris par cette question, il est vrai que dans le rêve il savait son nom, il l'a oublié en s'éveillant.

Ils mangent en silence car l'appréhension ne cesse de grandir en eux. Au moment de partir, il dit : « N'emportons rien. Ce sont des suppliants qui doivent être accueillis ou rejetés par Athènes. – Et tes sculptures, tes outils ? – Tu laisseras les sculptures le long de la route.

Une tous les cinq cents pas. Avec la dernière, tu déposeras mes outils. C'est fini, je ne sculpterai plus. »

C'est comme s'il lui disait : Bientôt nous ne serons plus ensemble. Avec l'abandon de ses outils, c'est leur dure, leur douce communauté de travail qui va se défaire et elle voit qu'il partage son chagrin.

À ce moment, il se rappelle que l'homme du rêve s'appelait Sophocle, il ne connaît personne qui se nomme ainsi. Il interroge Antigone, ce nom ne lui rappelle rien non plus. Alors il dit : « Si tu es prête, partons. » Elle domine sa détresse et répond : « Va, je te suis. »

La nuit est très sombre. Il y a beaucoup de vent et le ciel est couvert. Entre deux masses de nuages, elle voit que les astres là-haut poursuivent leur course intemporelle. Peinant sur le chemin défoncé, elle n'en ressent que plus durement sa faiblesse. Devant elle, il n'y a qu'Œdipe et sa haute silhouette courbée qui lutte avec le vent.

Tous les cinq cents pas, elle sort du sac une petite sculpture de pierre ou de bois. Quand elle a tiré la dernière, le masque peint d'Athéna, elle embrasse un à un leurs outils et les dispose en cercle autour d'elle. Elle détache de son cou le poignard de Polynice, le seul objet précieux qu'elle possède, et, de toute sa force, l'enfonce dans la terre.

Œdipe, pendant ce temps, a avancé. Il est loin, elle se met à courir pour se rapprocher de lui. Tout en courant, elle pense avec colère : « Moi non plus, je ne sculpterai plus. Pas seule. C'est pour eux que j'ai sculpté, rien que pour Clios et pour lui. Ce n'est pas ma vocation d'être sculpteur ! »

Œdipe est proche. Elle est étonnée de sa colère. Elle se demande quelle est sa vocation et ne trouve que son nom. Ce nom, Antigone, qui la tire ou la pousse incessamment en avant. Ce nom lié à celui d'Œdipe. Œdipe le roi, le réprouvé, l'aède. Œdipe son tyran, son protégé, qui l'a contrainte à vivre avec une intensité qu'elle n'aurait jamais crue possible. Œdipe qui, peut-être, a plus appris d'elle que de Jocaste ou de Diotime. Tout cela qui, dans peu de temps, va disparaître. Car bientôt il y aura Œdipe mort. Mort pour tout le temps qui reste à vivre à celle qu'il a appelée Antigone.

Au moment où lui apparaît l'existence, toute son existence à vivre sans lui, elle éprouve une terreur, une douleur intolérables. Elle voudrait crier et n'y parvient pas. Elle découvre en elle une force, une redoutable réserve de force pour faire front aux épreuves qui s'annoncent. Quelque chose de noir et qui devrait lui faire peur est tout proche. Elle rejoint cette forme sombre, elle la soutient car elle est sur le point de tomber. C'est Œdipe, vacillant, et qui n'avance plus qu'à peine. Qui lui souffle : « Si tu n'étais pas là, je fuirais. »

Elle prend sa main, il est en sueur malgré la nuit froide. Elle le fait asseoir et le frictionne avec un pan délavé de ce qui fut autrefois le manteau bleu de Diotime. Quand il repart, il a retrouvé le rythme de son pas, mais il garde sa main dans la sienne.

Ils marchent encore pendant plusieurs heures, soudain elle n'en peut plus et est obligée de se coucher sur le bord du chemin. Il s'étend près d'elle en silence. Elle a obéi à son ordre et n'a rien emporté. Ils ont faim, ils sont tourmentés par la soif, car elle n'a trouvé d'eau nulle part.

Entre les nuages, elle regarde la cérémonie impassible des astres, elle serre sa main dans celle d'Œdipe : « Les étoiles me font penser à notre mère. » Il ne répond pas, puis comme à regret : « Toi et moi, Antigone, nous n'étions pas faits pour comprendre une vraie reine de la terre. Une reine qui ne veut que la terre, qui ne daigne aimer qu'elle. Étéocle et Polynice lui ressemblent mais, de son image dorée, il ne leur reste que la fureur. Ils croient combattre pour un royaume et c'est de l'ombre de leur mère qu'ils rêvent encore de s'emparer pour en priver l'autre à jamais. »

Œdipe se lève : « Partons, je dois arriver à la forêt des Érinyes avant l'aube pour qu'on ne m'empêche pas d'y entrer. Il y a une source, tu m'attendras sur la place et je t'apporterai à boire. »

Ils repartent, ils sont épuisés et se traînent, se soutenant l'un l'autre le long du chemin qui, heureusement, descend vers la ville.

Quand les étoiles commencent à pâlir, Antigone aperçoit, à travers la brume qui s'élève, de pauvres maisons le long de chemins ravinés. Elle pensait voir de hauts remparts, des portes monumentales comme à Thèbes. Il n'y a qu'une petite place, bordée de quelques demeures, que la lune éclaire faiblement. Elle se demande s'ils auront la force d'arriver jusque-là et si Œdipe pourra entrer dans la forêt dangereuse dont elle distingue le seuil de bronze.

15

RÉCIT DE NARSÈS À DIOTIME

Ce soir-là, Thésée nous appelle au palais, Clios et moi. Il sait comme nous que la longue errance d'Œdipe et d'Antigone à travers l'Attique approche de sa fin. Ils ne sont plus très loin de la ville et peuvent d'un jour à l'autre arriver à Colone où nous les attendons depuis si longtemps. Le roi vient d'apprendre qu'un groupe de soldats thébains, conduit par Créon, s'est présenté à la frontière. Créon vient, a-t-il dit, en ambassade et Thésée a dû donner l'ordre de le laisser passer. Il craint que Créon n'en profite pour s'emparer d'Œdipe. Il met des soldats à la disposition de Clios pour l'arrêter s'il y parvenait. Clios accepte et installe les soldats dans une maison de Colone, proche de la nôtre.

Pendant des mois, Clios, son aide Hippias et moi, nous avons préparé, sur les différentes routes qu'ils pouvaient prendre, l'accueil d'Œdipe et d'Antigone. Au début nous avons été tenus au courant de leur marche par nos envoyés, puis elle est devenue erratique et imprévisible. Œdipe, comme il le faisait autrefois, va à travers tout sans tenir compte des chemins ni des obstacles et nous avons l'impression, lorsque nous parvenons à retrouver ses traces, qu'il s'acharne, au lieu de s'y rendre, à tourner autour d'Athènes.

Tous nos plans sont bouleversés, le voyage d'Œdipe et d'Antigone est beaucoup plus long que nous ne l'avions prévu, et ils ne passent par aucun des points où tout était préparé pour les accueillir. Heureusement une rumeur annonçant leur passage s'est répandue dans le pays, les cœurs se sont émus et partout on désire recevoir le grand aveugle et sa fille.

Leur piste, un moment perdue, est retrouvée. Un de nos envoyés nous prévient qu'un jeune berger les a rencontrés. Ils avaient l'air de dieux en voyage. Des dieux très pauvres mais qui faisaient de la lumière, surtout la jeune déesse avec son sourire. Il les a installés dans sa cabane. Celle-ci est sur un sentier écarté qui va vers Colone et notre messager pense qu'Œdipe et Antigone peuvent arriver cette nuit ou demain.

Nous décidons de veiller. Hippias prend la première veille, moi la seconde afin de laisser Clios se reposer s'il doit, en cas de besoin, se porter avec ses hommes au secours d'Œdipe. Je prends la veille au milieu de la nuit, notre maison donne sur la place et je puis tout surveiller en me tenant sur le seuil. Je me sens nerveux, troublé par le nuage qui voile le ciel. À cette heure, la plus profonde de la nuit et par ce brouillard insolite, notre petite place m'apparaît sous un angle inquiétant que je ne lui ai jamais vu. La lune l'éclaire et l'ombre de la statue de Colone semble la couper en deux. En face de chez nous, dans le bois sacré, on entend encore le chant des rossignols. J'ai le sentiment soudain qu'Œdipe et Antigone ne doivent plus être loin. Je vais au centre de la place d'où je puis voir les deux chemins qui s'y rejoignent. L'attente n'est pas longue, après un moment j'entrevois, au sommet de la pente, deux formes que je distingue mal à cause de la brume. Ce sont eux qui avancent à grand-peine, qui se traînent plutôt, en s'appuyant l'un sur l'autre.

La lune est derrière eux et leurs ombres démesurées les précèdent. Elles viennent vers moi, vacillantes, décharnées. Elles m'effraient et je vais, absurdement, m'abriter derrière le coin de la maison.

Je ne retrouve plus le pas tâtonnant et majestueux d'Œdipe ni le port admirable d'Antigone. Hier encore, le jeune berger les a vus rayonner. Aujourd'hui, dans la nuit finissante, ils semblent blêmes, gris de poussière et de fatigue et peut-être d'appréhension. Ils s'arrêtent avant de pénétrer sur la place et je cours éveiller Clios et Hippias. Fascinés, nous regardons tous les trois leurs grandes ombres s'approcher en tremblant de celle de Colone. Elles hésitent un moment comme si elles n'osaient pas franchir cet interdit imaginaire. Puis la plus grande soutenant l'autre, elles franchissent la ligne et nous les voyons s'avancer en trébuchant dans la pauvre lumière de la place.

J'ai l'impression qu'ils sont malades, mais Clios me souffle : « Œdipe est toujours le même. Il est parti sans rien, sur ce chemin où il n'y a d'eau nulle part. Ils ont soif et ils ont faim. »

Les deux arrivants se dirigent vers le banc de pierre qui est en face de nous. Œdipe force Antigone à s'y étendre avec des gestes tendres et maladroits. Il se dirige ensuite vers le bois des Érinyes et, sans aucune hésitation, pénètre dans leur domaine redoutable.

« Quelle folie, dit Hippias, dès que les habitants le verront, ils crieront au sacrilège et le roi sera forcé de les chasser de la ville. »

Œdipe revient, il apporte à sa fille de l'eau de la source sacrée, le brouillard qui s'est épaissi nous empêche de les voir. Clios, qui ne veut pas encore se montrer à eux, me demande de porter de la nourriture à Antigone.

Nous entendons, du côté des remparts, s'élever les premiers bruits, les appels, les cris du chantier qui s'anime. Bientôt des passants vont s'apercevoir de la présence d'Œdipe dans la forêt défendue.

J'apporte à Antigone ce que lui envoie Clios. Étendue sur le banc de pierre, sans rien pour reposer sa tête, elle dort profondément. Œdipe a posé sur elle son manteau troué et plein de taches. Elle est pâle et maigre, elle a enlevé ses sandales, ses pieds sont couverts de boue et de poussière.

Je ne sais si c'est mon regard ou l'odeur de la soupe qu'a préparée Clios qui la fait s'éveiller. Elle me découvre avec surprise et un peu de déception. Je ne suis pas celui qu'elle attendait. Puis son visage s'éclaire du sourire transparent qui lui gagne tous les cœurs.

« Te voilà déjà à notre aide ! Il est vrai que j'ai faim et encore soif, très soif, malgré l'eau qu'Œdipe m'a apportée. »

Elle porte du pain à son père qui n'accepte rien d'autre et refuse de sortir du bois. Elle revient s'asseoir près de moi, elle mange avec appétit et je vois les couleurs revenir sur son visage.

Le bruit s'est répandu qu'un étranger est entré dans la forêt des Érinyes. Des gens effrayés descendent des maisons qui entourent la place, d'autres remontent des chantiers. Ils sont bientôt une centaine autour de l'enceinte. Ils ont peur que l'acte profanatoire d'Œdipe n'entraîne pour Colone et Athènes de redoutables conséquences. Certains le menacent, d'autres le supplient de sortir. Il ne répond rien et ils font appeler les prêtres du bois sacré qui peuvent seuls pénétrer sur son sol.

Le tumulte grandit autour de nous, des maçons et des tailleurs de pierre sont accourus des chantiers. Ce sont des hommes hardis, habitués aux actions de force, qui interpellent violemment Œdipe et parlent de le lapider s'il ne sort pas. Un chant s'élève alors, qui n'est pas celui d'une voix mais de plusieurs. On peut voir pourtant, à travers le brouillard, qu'Œdipe est seul à côté de la source.

Ce chant s'annonce comme celui des vierges invincibles qui n'usent, pour se faire entendre des hommes, que du langage plus pur de la musique. Il parle d'Athènes, de son sol nourricier, de ses dieux, de ses vaisseaux aux rames étincelantes. Des poulains sortis de la mer qui la borde et pour lesquels Colone, inspiré par Athéna, a inventé le frein et ses successeurs, la selle et les chars.

Nous ne comprenons qu'à demi ce chant de gloire, car il est proféré dans une langue qui semble être la nôtre et qui cependant en diffère. Les mots, l'intonation, l'accent ne sont plus les mêmes. Cette langue est-elle celle de notre passé ou déjà celle de ceux qui viendront après nous ? Je vois que, charmés, apaisés par la beauté de ce chant, ceux qui nous entourent ne parviennent pas plus que moi à le comprendre.

Le vent se lève, le brouillard de ce matin étrange se disloque, tourbillonne, mais ne se dissipe pas. Deux prêtres du bois sacré arrivent et la foule se fend pour les laisser passer. Quand ils s'approchent du seuil de bronze, Œdipe, sortant du brouillard, apparaît. Très haut, avec son bandeau noir et ses longs cheveux blancs, il ressemble à un dieu démuni et pourtant couronné de brume. Il met un genou en terre, fait vers les prêtres le geste des suppliants et se redresse avec une autorité souveraine. Bouleversés, les prêtres semblent, comme nous, avoir envie de lui demander pardon.

Il dit : « Il me fallait entrer en ce lieu où les Enfants de l'ombre enseignent le recueillement. Il n'y a point de sacrilège, allez prier le roi Thésée de venir me parler. En l'attendant, puisque l'espace lui-même a chanté la beauté, la douceur de votre sol et l'immense avenir de votre cité, moi, Œdipe l'aède, je chanterai pour Athènes et pour vous ce qui sera mon dernier chant. »

Sa voix s'élève, d'abord hésitante, cassée par la fatigue et le malheur. Elle retrouve peu à peu la force et les accents que j'ai entendus jadis dans la nuit du solstice, puis au cours de tant de soirs inoubliables passés à l'écouter, avec Larissa et Antigone, parmi les habitants de quelque pauvre village.

En réponse aux voix mystérieuses que nous venions d'entendre, il n'a pas célébré comme elles la gloire d'Athènes et les dons que le ciel lui a faits. Il a évoqué une autre cité, plus secrète, qui doit jaillir de l'autre grâce à la lumière de l'esprit et au chant des aèdes. Athènes, a-t-il annoncé, sera puissante sur la terre et saura régner sur les eaux, mais d'autres cités la surpasseront à cet égard. Elle ne deviendra immortelle que par la mince, vacillante et intrépide lumière dont Antigone et Œdipe éclaireront son avenir. Que serait Athènes dans le cœur des hommes sans les figures suppliantes et tragiques que nous venons introduire dans son histoire ? Les cités et les peuples naissent sous le signe de sombres et inéluctables passions et il est vrai qu'emporté par elles l'esprit n'est pas de force à leur résister. Mais l'esprit est patient, il ne craint pas les fatigues ni les dangers de la route. Son courage n'est pas de vaincre, mais d'aller sans savoir où il aboutira et de revenir sans cesse à la charge.

Pendant qu'Œdipe chante, Antigone fait face au chemin par lequel elle est arrivée. Soudain, son visage s'éclaire et elle crie : « Ismène ! »

En haut de la pente, j'aperçois, à travers les mouvements confus de la brume, une jeune fille qui survient, montée sur un joli cheval de l'Etna. Elle protège d'un chapeau de paille de Thessalie sa magnifique chevelure blonde. Elle est suivie d'un vieil esclave et, bien qu'elle soit habillée avec simplicité pour le voyage, tout en elle manifeste la princesse.

Ismène pleure en étreignant son père et sa sœur après tant d'années de séparation. Elle est heureuse de les revoir, émue de leur joie, troublée de les retrouver dans un état de détresse et de pauvreté qu'elle n'imaginait pas.

Hippias m'annonce que, craignant l'enlèvement d'Œdipe et de ses filles par Créon, Thésée demande à Clios de partir avec ses hommes selon le plan prévu.

Œdipe est sorti de l'enceinte sacrée. Selon la tradition, lui disent les prêtres, il faut qu'il offre aux Euménides un sacrifice. Il répond qu'il ne peut plus quitter le lieu où il se trouve, et c'est Ismène qui part à sa place accomplir les rites.

Une rumeur s'élève dans la foule, c'est Thésée qui arrive avec deux compagnons. Je suis frappé, comme chaque fois, par la simplicité de son allure, par l'air de liberté et de grandeur qui émane de sa personne. Il a commencé sa vie par les exploits d'un héros. C'est maintenant par le pouvoir de sa parole qu'il règne sur Athènes après avoir fait, du rassemblement de quelques bourgades, une des principales cités de la Grèce.

Quand il arrive près d'Œdipe et d'Antigone, il les reconnaît pour ce qu'ils sont et les traite en égaux. Il est touché de l'état misérable dans lequel il les voit et les assure de la protection d'Athènes.

Œdipe le remercie et lui dit qu'il ne vient à Colone que pour des paroles et des actions clairvoyantes.

Thésée, et c'est en cela qu'il est grand, sent qu'il dit vrai et que cet homme et cette jeune fille en haillons sont les précurseurs de la cité future. Il s'incline légèrement devant eux, il doit retourner vers la ville pour présider le sacrifice annuel que le peuple offre à Neptune. Il part, il se perd dans la brume qui persiste étrangement sur Colone et que le soleil ne parvient pas à percer.

Je veux m'approcher d'Œdipe et lui parler. À ce moment, je vois se tendre le visage d'Antigone, elle dit : « C'est Créon ! » et elle se place devant son père pour le protéger.

Je me retourne et, sur le second chemin qui arrive à Colone, je vois apparaître un homme qui est certainement un grand personnage car il est entouré par une troupe imposante. Ainsi Créon, comme s'y attendait Thésée, ose pénétrer en territoire athénien et jusqu'aux portes d'Athènes avec des soldats dont les casques baissés, qui ne laissent voir que leurs yeux, indiquent qu'ils sont prêts à faire usage de leurs armes.

Beau, majestueux, plein d'urbanité, c'est bien l'homme que nous a souvent décrit Antigone. Tandis que ses soldats, en se déployant en demi-cercle autour de lui, font reculer la foule, il s'avance sans hésitation vers Œdipe. Il lui dit que sa cité et sa famille souhaitent qu'il revienne sur le sol thébain. La cité pourvoira à tous ses besoins et à ceux de ses filles, et il ne sera plus jamais dans l'affreux état de dénuement où lui et Antigone se trouvent.

Œdipe l'écoute sans mot dire, sans faire un mouvement. Quand Créon, déconcerté, s'arrête, Œdipe ne répond rien et, à travers le brouillard qui s'épaissit, le silence devient très pesant. Créon commande à trois soldats d'emmener Œdipe. Ils ne parviennent pas à l'arracher au rocher sur lequel il est assis et dont il paraît maintenant faire partie. Quand ils y renoncent, Œdipe proclame qu'après des années de souffrance il est enfin parvenu au lieu où il doit être et que rien ne peut, contre sa volonté, l'en faire bouger. Thésée l'a fait citoyen d'Athènes et c'est la cité qui l'accueille, et non pas Thèbes, que fertiliseront sa mémoire et ses cendres. Il prononce ces mots avec une force et une majesté qui subjuguent la foule. Elle se précipite en avant, traverse les rangs des soldats surpris et vient entourer Œdipe et Antigone, prête à les protéger.

Créon voit qu'il ne pourra pas s'emparer d'Œdipe par la force, mais, lui dit-il, Ismène est déjà prisonnière et je vais emmener Antigone. Tu seras forcé de rejoindre tes filles, tes seules protectrices.

Les soldats thébains se sont ressaisis. De leurs piques, ils font reculer la foule qui gronde menaçante et commence à ramasser des pierres. Antigone s'interpose, elle ne veut pas être la cause d'un conflit inégal. Elle accepte de suivre librement les soldats de Créon. Œdipe, sur son rocher, ne fait pas un geste, ne dit pas un mot et son silence formidable pèse sur le départ précipité des Thébains. Ils entourent Antigone, je suis à côté d'elle, elle prend mon bras et les soldats, sans faire attention à moi, nous entraînent ensemble.

Seul Créon, impassible, demeure en face d'Œdipe afin de parler à Thésée. Impressionnée, la foule se tient à distance.

En marchant, Antigone m'interroge sur Clios, Io sa jeune femme, et leurs enfants. Je lui apprends qu'ils ont rebâti leur maison, reconstitué leur troupeau et que Clios est devenu un peintre célèbre, admiré de toute la Grèce. Quand il a reçu son appel à l'aide, Clios voulait partir les rejoindre aux Hautes Collines. C'est Io qui l'a convaincu de se rendre plutôt à Athènes avec moi pour obtenir l'appui de Thésée. Je vois qu'Antigone est heureuse de mes réponses et qu'elle est certaine que Clios viendra à son secours.

Nous rejoignons à un carrefour le groupe de soldats thébains qui s'est emparé d'Ismène. Celle-ci a peur, mais Antigone la rassure. À ce moment, le centenier qui dirige la troupe s'aperçoit de ma présence et veut me chasser. Antigone s'y oppose avec résolution. S'ils ne me laissent pas avec elles, les deux sœurs refuseront de marcher et il faudra les porter. Le centenier, furieux, me donne un coup, elle riposte avec une témérité incroyable. Le centenier voit qu'elle va mettre sa menace à exécution et, comme le temps presse, il me laisse près d'elle.

Quand nous sommes dans le défilé où Clios doit être en embuscade, je pousse un cri. Une énorme pierre dévale en face de nous et, derrière, un arbre s'abat. La voie est sans issue des deux côtés. Le centenier envoie des hommes déplacer la pierre. Deux d'entre eux sont immédiatement blessés par des javelots lancés d'un lieu invisible.

Les soldats se forment en carré et reculent en direction de l'arbre abattu que le centenier croit pouvoir contourner. La retraite de ce côté s'avère vite impossible.

Antigone intervient, elle dit au centenier : « Ne fais pas tuer tes hommes pour l'accomplissement d'un ordre insensé. Qu'ils déposent leurs armes, je les leur ferai rendre dès que nous serons libres. Toi, garde les tiennes pour l'honneur de Thèbes. »

Comme le centenier hésite, elle désarme elle-même les premiers soldats et les autres déposent les leurs en tas, sur le chemin. À ce moment, Clios apparaît en haut du défilé avec ses hommes. Il est surpris de voir le centenier armé et lève son javelot. Antigone lui crie : « C'est moi qui le lui ai permis. » Il abaisse son arme et descend en courant vers elle. Ils se regardent, transportés de bonheur. Antigone dit : « Tu es toujours là quand il le faut, Clios. » Puis : « Il y a des blessés. »

Il rit : « Je n'ai pas oublié mon Antigone et j'ai avec moi des baumes pour les soigner. »

Antigone s'approche des blessés et, comme je connais les remèdes, je l'aide à les panser. Ismène est stupéfaite de l'amour qu'elle lit dans les yeux d'Antigone et dans ceux de celui qui vient de les délivrer. Elle ne croyait pas qu'un tel amour était possible. En face de ce demi-dieu qui brille sous sa cuirasse, Antigone pourtant n'a rien qui rappelle la beauté de Jocaste. Elle en possède une autre, plus libre, plus déchirante sans doute, puisqu'elle atteint au cœur cet homme, pour elle inaccessible.

Ismène souffre de voir, dans les yeux de Clios, Antigone exister en ce monde où elle n'a pas accès. Elle n'est pas jalouse pourtant et lui demande comment ils vivaient pendant leurs années d'errance. « Antigone mendiait, je chassais, je pêchais et parfois je volais sans qu'elle le sache. Plus tard, Œdipe s'est mis à chanter et les gens nous ont donné sans que nous demandions rien. »

Antigone revient et demande à Clios de libérer les Thébains. Ils reprennent leurs armes, la remercient et s'en vont. Nous repartons vers Colone. Antigone prend le bras d'Ismène et se met à côté de Clios. Elle lui demande : « Est-ce qu'Io est aussi gracieuse que son nom ? Je la vois comme une biche. – Elle est ainsi. – Dis-moi encore quelque chose sur elle. – Quand je suis parti pour Athènes, je voulais l'emmener avec nos enfants. Elle a refusé, elle a dit : "Je crois qu'Antigone aime celle qu'elle appelait ta petite fiancée. Moi aussi je l'aime et je lui dois tout, mais nous nous aimerons mieux si je ne suis pas entre vous." »

Antigone est émue, elle se tourne vers Clios et dit : « C'est une pensée pour le bonheur et je suis heureuse, Clios. Heureuse à cause d'Io et parce que nous sommes à nouveau ensemble sur la route. »

Quand nous arrivons sur la place de Colone, Thésée et Créon sont face à face. Un peu en retrait, Œdipe attend en silence la fin de leur débat.

En voyant Antigone et Ismène libérées, Thésée ne peut retenir un sourire de victoire, mais Créon n'en a cure. Seul, entouré de soldats athéniens et d'une foule en colère, il demeure impassible. Il a pénétré en armes sur le sol athénien, agressé les protégés de la cité et perdu ses otages. Mais, malgré les reproches de Thésée et ses menaces, il sait bien qu'il ne s'agit plus que d'une négociation serrée. Chacun connaît le jeu de l'autre et voit qu'il ne peut l'emporter.

Clios me dit : « Regarde les trois rois ! Tout a réussi à deux d'entre eux, mais ils ne sont plus que de vieux marchands qui disputent du prix et des intérêts à payer. Œdipe seul a gardé sa couronne hors d'atteinte car elle est en lui-même. »

Antigone et Ismène se sont glissées près de leur père, il a pris leurs mains dans les siennes et, elles, comme deux colombes, posent leurs têtes sur ses épaules.

La discussion se termine et Thésée décide d'escorter Créon jusqu'au lieu où des soldats de Thèbes l'attendent. Il appelle Antigone et lui dit que son frère Polynice est venu à lui en suppliant et demande à parler à Œdipe. Il part avec Créon et la foule commence à se disperser quand, émergeant du brouillard en face d'Œdipe et de ses filles, Polynice est là !

Il est énorme, superbe et, bien que sans armes, avec tout l'aspect d'un grand prince et d'un guerrier redoutable. Il est consterné en voyant Œdipe et Antigone en haillons. On voit qu'enfermé dans la citadelle de lui-même, il n'a jamais imaginé jusqu'ici ce qu'ils avaient pu devenir depuis qu'il les avait laissé chasser de Thèbes. Il se jette impétueusement aux genoux d'Œdipe, les étreint, les embrasse en pleurant. Il le supplie de lui pardonner son crime et de venir aujourd'hui à son aide.

Œdipe l'arrête avec une singulière autorité, ses gestes et toute son attitude disent : Je sais, je sais. Son fils le sent et s'apaise. Il passe avec tendresse ses mains sur le visage de Polynice, sur son cou puissant et sa magnifique chevelure. Il dit : « Tu es roi, mon fils. » Il le fait se relever, se dresse en face de lui, et c'est Polynice qui est le plus grand. Il touche ses épaules, sa taille, ses mains longues, il se réjouit de sa prestance, de sa force et de sa beauté. « Tu es roi, dit-il, tu es plus, tu es le roi, comme ta mère était la reine. C'est ce qu'Étéocle n'a pas pu supporter. C'est donc à toi de comprendre pour deux et de faire la paix avec la force de ton âme. Un vrai roi, comme tu l'es, n'a pas besoin de trône pour régner. »

Un moment épanoui, le visage de Polynice se rembrunit, il ne comprend pas la pensée d'Œdipe, elle est trop haute pour lui. Il ne peut pas renvoyer ses alliés ni son armée. Il doit rabaisser l'insupportable prétention d'Étéocle et défendre son droit.

« Paix, paix, mon fils, dit Œdipe, cesse de vouloir défendre ton droit par la guerre et ton droit reviendra vers toi. »

Polynice espérait que son père renforcerait par sa présence son camp, qui est celui de la justice. S'il refuse, il poursuivra coûte que coûte son entreprise.

Antigone intervient, elle supplie son frère, après tant d'épreuves qui ont frappé leur famille, de s'arrêter sur la voie du malheur. Polynice refuse encore.

Alors la colère d'Œdipe éclate contre la folie de ses deux terribles fils. Qu'ils fassent la guerre s'ils ne veulent pas comprendre. Mais, dans ce cas, ils ne posséderont de la terre thébaine que l'étendue de leurs tombeaux. Il adjure une dernière fois Polynice d'arrêter, ne voit-il pas qu'il va, par cette guerre, faire avec le sien le malheur d'Antigone ? Non Polynice ne le voit pas, il proteste, il dit qu'Antigone qu'il a toujours aimée n'a rien à voir dans cette lutte pour la couronne.

Alors Œdipe crie : « Quand vous serez morts, qui sera roi ? » Polynice se tait et Œdipe continue : « C'est Créon. C'est déjà lui qui règne, avec Étéocle pour façade ! Quand il sera le seul maître, crois-tu que le cœur d'Antigone pourra se taire et supporter sa tyrannie ? »

Polynice, désespéré, ne répond pas. Il sait, peut-être l'a-t-il toujours su, qu'il va vers la mort, mais son cœur et son esprit ne sont pas assez vastes pour embrasser l'avenir et comprendre qui est Antigone. Il se détourne, ses sœurs s'accrochent à lui et tentent de le retenir, mais il se dégage de leurs bras et s'enfuit. C'est en vain qu'elles l'appellent en pleurant, il se perd dans le brouillard comme une ombre.

Antigone et Ismène reviennent près d'Œdipe pour lui apprendre que c'est Clios qui les a délivrées. Il leur demande de l'appeler et de le laisser seul avec lui.

J'ai assisté aux événements qui ont eu lieu ensuite et j'ai suivi Œdipe jusqu'aux abords du lieu où il nous a quittés. Clios pourtant a été près de lui pendant ce temps et il l'a accompagné plus loin que moi.

Malgré son désir de silence, il convient, Diotime, que je lui cède la parole et que ce soit lui qui te dise comment le voyage d'Œdipe s'est achevé par une fin qui a pris, pour Athènes et pour nous, la figure d'un commencement.

16

LE CHEMIN DU SOLEIL
récit de Clios

Après l'escarmouche avec les soldats de Thèbes, nous revenons tous vers Colone où Œdipe nous attend, comme lui seul peut attendre. Il ne fait, dans son attention et sa tendresse, aucune différence entre ses filles et ne marque aucune préférence pour celle qui est restée chaque jour près de lui alors que l'autre demeurait tranquillement dans le palais de Thèbes. Antigone est heureuse d'avoir retrouvé sa sœur et de cette égalité entre elles.

Œdipe a toujours son air de divin mendiant, mais il est franchement sale. Ses vêtements sont pleins de taches et déchirés. Il n'a plus été lavé depuis deux jours au moins et la sueur a tracé de larges sillons sur son visage couvert de poussière. Ses cheveux hirsutes et trop longs, sa barbe qui n'est pas faite lui donnent un air égaré. Il n'était pas comme ça quand je m'occupais de lui. La vie errante et les fatigues de la route ont dépassé les forces d'Antigone. Œdipe a beaucoup maigri depuis mon départ et ses cheveux ont prématurément blanchi. Je suis troublé de le retrouver ainsi, mais ce qui m'atterre c'est de voir ses mains inactives. Il n'a plus près de lui le sac qui contient ses outils. S'il est là sans ses outils, c'est qu'il est venu pour mourir. Cette certitude me bouleverse, je ne puis comprendre comment j'ai pu le quitter, comment j'ai pu l'abandonner seul sur la route avec Antigone. Des sanglots me déchirent, je me précipite sur le sol et j'embrasse ses pieds, ses pauvres pieds blessés et boueux que j'ai cessé de laver et de soigner comme j'aurais dû continuer à le faire.

Il se penche vers moi, il me saisit à la taille et je sens avec épouvante qu'il veut me soulever. Dans l'état de fatigue et de délabrement où il se trouve, il n'y parviendra jamais. Il y parvient et même avec une aisance merveilleuse car, malgré son aspect brisé, il a conservé toute sa force. Il me soulève au-dessus de lui, en penchant son corps en arrière comme je l'ai vu faire avec Antigone sur le cap, quand il l'a offerte au soleil. Derrière moi, j'entends le rire heureux et soulagé des deux filles. Elles ont eu peur et sont fières maintenant de la force de leur père.

Il me dépose et je me retrouve devant lui qui sourit d'un air amusé de tout son visage sans yeux. Son geste m'a délivré de ma tristesse et de mes remords et je ne puis que lui dire : Merci ! Mais, entre nous, merci suffit puisqu'il me dit à sa façon abrupte : « Tu as bien fait, tu devais partir, Clios. Il fallait rebâtir ta maison, reconstituer ton troupeau et, avec Io, rendre la vie à ton clan. Tu es peintre maintenant, cela aussi c'est bien. »

Je sens qu'il y a dans ces mots un adieu, et une angoisse m'étreint : « Si tu nous quittes que deviendra Antigone ? – Elle découvrira, le jour venu, ce qu'elle doit faire. Tous deux vous avez changé, vous avez grandi dans les épreuves et l'admiration que vous éprouvez l'un pour l'autre. »

Pendant que nous parlons, le sinistre brouillard de la matinée se dissipe. Le ciel apparaît très pur, très calme et la brise qui emporte les nuées agite à peine les arbres. Comme nous le faisions souvent, pendant nos haltes au bord de la route, nous restons tous deux silencieux, laissant, après la pénombre et l'agitation de cette matinée, pénétrer en nous cette tranquillité bienheureuse.

Bien que le ciel soit parfaitement bleu, on entend au loin un roulement de tonnerre et un éclair traverse l'air. « C'est le signe », dit Œdipe et il me demande d'envoyer un messager prévenir Thésée. Hippias est là et part en courant.

Je fais venir Antigone et Narsès près de nous et je demande à Œdipe pourquoi, depuis tant de temps, il a tourné autour d'Athènes au lieu d'y venir directement comme il aurait pu le faire.

Il s'agenouille sur le sable et prie Narsès de lui faire suivre du doigt les aller et retour de son voyage. Il se relève et dit : « J'ai tracé sans le savoir sur le sol de ce pays une forme presque parfaite, je ne comprends pas ce qu'elle signifie ni ce qu'elle annonce peut-être. Comme dans le dernier rêve que j'ai fait, c'est toujours l'inconnu qui vient à ma rencontre. »

« Ici, dit Antigone, nous avons été exposés devant tous. Chacun a pu nous voir, nous rejeter ou nous retrouver en lui-même. Nous avons été attaqués, défendus et finalement accueillis. Le sens apparaîtra à son heure. Laissons Athènes le découvrir. »

Le tonnerre retentit pour la deuxième fois, sans troubler Œdipe. Il est toujours celui qui a pu, sur le cap, dominer et faire retomber dans la mer l'énorme vague de la folie.

Un messager vient nous annoncer que Thésée arrive. Je vois qu'il me reste peu de temps et je dis à Œdipe :

« Je n'ai pas seulement peint à Athènes dans les temples et le palais du roi. Sur un mur, en pleine campagne, j'ai fait une fresque qui évoque nos années sur la route. C'est un chemin de terre et de cailloux comme nous en avons tant parcouru. Un chemin où mon père et ma mère aimaient se promener dans mon enfance en me tenant par la main et qu'ils avaient appelé le chemin du soleil. Les branches des arbres se rejoignent souvent au-dessus de lui, il est bordé seulement de buissons, de ronces et de fougères. Une seule touffe de coquelicots suffit pour l'éclairer – Quand j'étais petit, dit Œdipe, je pensais qu'il n'y a rien de plus beau que la mer et les coquelicots. Décris-moi encore ce chemin, Clios, car il parle à mon cœur. – Il est parsemé de ces pierres à demi cachées sur lesquelles tu as si souvent buté. Entre les branches, on reconnaît parfois la couleur éclatante des fleurs que dans nos vallées on appelle des soleils. Il n'y a rien d'autre, c'est un sentier comme il y en a beaucoup en Grèce. Un chemin qui n'est jamais pressé, qui serpente indéfiniment et sans dire d'avance où il va. Je ne l'ai pas fait pour Thésée, mais pour Antigone et pour toi. Aussi pour les petites gens et pour les esclaves exilés loin de leur patrie qui viennent en grand nombre le voir et le revoir. »

Pendant que nous parlons, Narsès a emmené Antigone dans notre maison où Ismène la revêt d'une robe blanche qu'elle lui a apportée de Thèbes. Je suis heureux de la voir revenir aussi belle qu'autrefois dans ton manteau bleu, Diotime.

Thésée survient au moment où le ciel, toujours parfaitement pur, retentit d'un long grondement de tonnerre. Il s'approche d'Œdipe avec respect et peut-être une certaine crainte. Ils sont tous deux, dans leur jeunesse, entrés dans le Labyrinthe. Œdipe l'a traversé de vive force, en combattant le Minotaure sans le tuer. Thésée a tué le Minotaure et est parvenu par ruse et par séduction à revenir en arrière. Il est devenu le roi et le fondateur d'une grande cité, Œdipe, un mendiant et un aède aveugle.

Un nouveau coup de tonnerre fait vibrer l'air et trembler le sol. Œdipe se lève et dit : « Voici l'heure. » Thésée lui offre de le guider vers le lieu où il est appelé. Œdipe sourit et répond : « Comme je te l'ai annoncé, c'est moi maintenant qui suis le clairvoyant. »

Il abandonne son bâton et part en tête avec autorité. Thésée, à ses côtés, peine comme nous à suivre son allure. La marche est longue, il s'arrête brusquement au bord d'un gouffre. En face de lui le tronc creux d'un grand arbre contient des amphores. Il demande à ses filles d'aller puiser de l'eau à une source qu'on entend.

Pendant ce temps, je le soigne comme je le faisais autrefois. Je coupe et je coiffe ses cheveux, je lui enlève avec respect ses haillons et, quand l'eau est là, je le lave pendant que ses filles procèdent aux rites. Nous gardons tous le silence et je sens qu'il prend plaisir à mes soins. Son corps, terriblement amaigri, est toujours celui d'un athlète, je me réjouis de ses justes proportions et de la force que je sens encore dans ses muscles. Avec l'aide d'Antigone, je lui passe une robe neuve qu'Io a tissée pour lui. Nous sommes tous les deux très émus. Il me dit : « Cette robe est tissée avec la laine de ton troupeau, comme celle dont tu as revêtu ton père mort. »

Il fait signe à Narsès et à ceux qui nous ont suivis de demeurer là. Il repart, portant sur son visage et tout son être les signes d'une allégresse que je n'ai jamais vue à personne. Thésée se tient derrière lui et je le suis avec Antigone et Ismène. Il marche à grands pas dans la direction du couchant, je suis surpris, puis effrayé de voir qu'il se dirige vers le mur où j'ai peint le chemin de mon enfance et celui de notre long voyage.

Il arrive devant la fresque, il la contemple longuement et dit : « C'est bien la route. »

Il appelle ses filles, les embrasse, les bénit, toujours avec cette puissante égalité qu'il a établie entre elles. Il dit : « Vous avez souffert par ma faute, mais personne ne vous a aimées plus que moi. »

Il se tourne vers moi : « Tu es parti et tu es revenu au jour juste. Tu as été un ami véritable pour Antigone et pour moi. Tu le seras aussi, Clios, pour tous ceux qui verront tes œuvres. »

Une voix puissante s'élève de la terre, il veut repartir pour répondre à son appel. Thésée l'arrête pour dire devant lui à Antigone : « Œdipe est à jamais citoyen d'Athènes. Vous deux, vous serez mes enfants. Que veux-tu faire, Antigone, quand ton père ne sera plus là ? »

Elle, toujours si simple, lui répond par deux vers qu'elle profère dans cette langue étrange que nous avons entendue chanter dans le bois sacré de Colone. Ils disent à Thésée de la renvoyer à Thèbes pour arrêter, s'il se peut, le Meurtre en marche vers ses frères.

Je me demande si ce sont des vers d'Œdipe que je ne

connais pas, mais il n'est plus temps de poser des questions. Œdipe nous quitte, il est au pied de la fresque, il fait un premier pas sur le chemin. Il marche sans buter sur les pierres, il est sous les branches des arbres. Il cueille le fruit sombre d'une ronce, il se penche vers la touffe de coquelicots. Il va sans se retourner et nous le voyons s'éloigner sans savoir si c'est dans les couleurs que j'ai préparées pour lui qu'il s'enfonce ou dans nos cœurs où le chagrin et un bonheur inattendu se mêlent. Il arrive à ce point où la clarté du ciel se confond avec la lumière dorée des soleils. Là, les lignes vers la profondeur se prolongent à l'infini et il n'est bientôt plus, pour nos yeux trop faibles, qu'un point minuscule qui peu à peu s'efface.

Le tonnerre gronde, nous avons peur, nous avons froid et nous nous prenons par la main comme des enfants abandonnés. Antigone est au milieu, elle nous entraîne, elle nous oblige à revenir vers Colone. Le ciel est devenu tout noir, la foudre s'abat plusieurs fois près de nous.

Ismène est épouvantée et je le suis aussi. C'est le calme et le pas ferme d'Antigone qui nous retiennent de fuir. Je ne puis m'empêcher de me retourner, la foudre a renversé le mur et ce qui reste de la fresque est en train de brûler. Je le dis à Antigone, elle ne s'arrête pas, elle ne se retourne pas et dit : « Le chemin a disparu, peut-être, mais Œdipe est encore, est toujours sur la route. »

Parc-Trihorn, août 1984
Montour, septembre 1989

LECTURE
DE
ROBERT JOUANNY

On l'appelle Œdipe. Il pourrait aussi bien porter le nom de chacun de nous. L'important, c'est qu'il se sent irrémédiablement coupable, qu'il est ressenti comme tel et maudit par tous ceux qui l'approchent ou le rejettent. Et pourtant, au terme d'une longue déchirure d'avec lui-même, il parviendra « à ce point où la clarté du ciel se confond avec la lumière dorée des soleils » (p. 259), où les tourments de la conscience coupable se dissolvent dans une assomption résolue. Pour en arriver là, il lui aura fallu « remonter une à une les lignes désaffectées de ce train mort. Retrouver l'aiguillage et le lieu de l'erreur. On ne peut faire cela tout seul. Mais on n'est pas seul. On peut appeler à l'aide. On peut ainsi reprendre le fil des jours, l'artère invisible retrouvée avec la Sibylle. Toute une histoire et peut-être la négation de l'histoire. Tout un présent, sous le maillet. » Comment mieux caractériser le chemin suivi par Œdipe qu'en empruntant à *la Déchirure* ces quelques lignes qui, de surcroît, établissent la relation essentielle entre le vieux mythe et l'interrogation de Bauchau sur lui-même ? Dans les dernières pages de l'*Écriture et la circonstance*, en effet, celui-ci évoque les moments successifs de sa longue familiarité avec Œdipe et son passage, via Freud, créateur du mythe moderne, dans un autre contexte de pensée, et surtout grâce à *la Mort d'Œdipe* de Conrad Stein, à une lecture renouvelée et infiniment personnelle qui aboutit en 1990 à la publication d'un « roman », bien des fois remis sur le chantier.

De Sophocle à Bauchau

Pour suivre Œdipe à travers « le déroulement des apparences, l'obscurité des certitudes et des incertitudes » (p. 216), Bauchau a pris pour guide avoué le récit mythique transmis par Sophocle, mais l'originalité de sa démarche tient au fait qu'il ne se contente pas de l'interpréter, voire d'en combler les lacunes. Sa coopération interprétative est constructive. Respectueux de la tradition, il inscrit son récit entre *Œdipe roi* et *Œdipe à Colone* : « Que mon destin à moi suive sa route », s'écrie le héros blessé de Sophocle, annonçant son prochain départ. C'est cette route qu'imagine Bauchau, à partir du moment où, un an après le drame, Œdipe se résout à quitter Thèbes. Et lorsque, au terme de son errance, le héros lassé approche de Colone, toutes les composantes du récit de Sophocle se retrouvent dans les deux derniers chapitres, dans l'ordre et avec la signification qu'a voulu leur donner le dramaturge grec : l'approche de Colone, l'entretien avec Thésée, l'arrivée d'Ismène, décrite dans les termes mêmes de Sophocle, le chantage de Créon, l'enlèvement et la libération des deux sœurs, la rivalité d'Étéocle et de Polynice, les avertissements du ciel et la certitude d'Œdipe qui « sait sans erreur » que sa mort est proche, sa disparition, enfin, en forme d'assomption glorieuse chez Bauchau, plus furtivement douloureuse, peut-être, chez Sophocle. Mais on méconnaîtrait l'originalité de l'écriture de Bauchau si l'on omettait de préciser qu'au sein même des récits surajoutés, nés de son imagination ou de sa culture, se poursuit le récit mythique, avec la résurgence de faits passés, réels ou recomposés, « des faits confus, des événements mal enchaînés qui surgissent on ne sait d'où » (p. 13), dont le héros espère se libérer, fût-ce en les contant ou en les chantant, afin de se réfugier en « quelque lieu bien pauvre, bien vide, où s'écrouler et disparaître tout d'un coup » (*ibid.*). La raréfaction progressive des plus douloureuses résurgences – l'enfance, la mort du père, les « époux délirants » – au profit d'expériences nouvelles, d'un regard nouveau porté sur l'homme, sur soi, sur le passé, sinon sur l'avenir, témoigne de l'acceptation par Œdipe de son être et de son destin.

« *Toute une histoire et peut-être la négation de l'histoire* »

Mais Bauchau ne veut pas se laisser enfermer dans l'univers tragique, ni, à plus forte raison, dans une retractatio inhibante. Son projet n'est pas de nous engager, après tant d'autres, dans une histoire où les dés que tient l'homme dans ses mains sont irrémédiablement pipés, mais bien au contraire de traduire l'errance comme réalité et comme symbole, comme un entre-deux qui verra Œdipe passer de la sclérosante culpabilité à la découverte de « l'artère invisible ». La structure même du livre, associant dans un enchevêtrement complexe des réminiscences littéraires et des matériaux plus ou moins artificiellement empruntés au corpus mythique de l'Antiquité ou surgis de l'imaginaire du romancier, pourrait inciter à proposer plusieurs grilles de lecture, exprimant chacune l'une des vérités du texte, et se détruisant, en même temps, l'une l'autre, pour peu qu'on les sépare de leur corollaire, voire de leur contraire. Certains procédés contribuent à donner au livre une unité polymorphe, qui peut sembler gratuite aussi longtemps qu'on n'en a pas perçu la nécessité sous-jacente. Tel est le cas des épisodes, plus ou moins complaisamment développés, qui, à des degrés divers engagent le destin des protagonistes : sculpture de la vague, épidémie de peste et maladie d'Œdipe, vain retour du couple Antigone/Œdipe à Thèbes, errance dans les Hautes Collines, puis aux approches de Colone, etc. Tel aussi le cas des récits mis en abîme : histoire de Clios et Alcyon, descente d'Œdipe au Labyrinthe, longue histoire de Constance et du peuple des Hautes Collines, à quoi l'on pourrait ajouter l'épisode de *Diotime et les lions*, publié à part en 1991, ainsi que les nombreux récits de rêves et les chants dont le caractère « poétique », au plein sens du terme, est mis en évidence par la typographie. On en dira autant de tous les personnages, qui, nés de l'imagination de Bauchau, voient leurs destinées s'imbriquer à celles des protagonistes et dont certains, Clios, Diotime, Calliope, cesseront vite d'être des comparses pour jouer un rôle fondamental. Dans tous les cas, au récit linéaire de la marche cahotante du couple puis du trio, profondément marquée par les soucis du quotidien – la faim, la soif, le besoin de se laver, la toux d'Antigone, les vomissements d'Œdipe –, se trouvera associée la présence de l'Autre, que cet autre soit, pour Œdipe, un autre lui-même dont le souvenir lui pèse, ou bien un Autre véritable, dont le vécu, voire l'évolution – c'est le cas de Clios –, contribuera à éclairer le propre devenir des protagonistes. « Être avec l'autre, être avec le vivant », écrit le poète des « Deux Antigone », et Diotime fait écho : « Il ne faut pas qu'ils enferment leur malheur en eux-mêmes ; il vaut mieux qu'ils le vivent » (p. 84), attestant par sa propre expérience que toutes les manières de vivre le malheur, fût-ce par vies interposées, peuvent être fécondes.

On ne s'y trompera pourtant pas : ce n'est pas une « comédie humaine » qu'écrit Bauchau. La difficulté que l'on peut éprouver à accepter son écriture tient, en particulier, au fait qu'il s'écarte des écritures romanesques convenues et tend à « neutraliser » temps, espace et personnages – ces trois fondements de tout roman –, dans leur rapport avec un réel qu'il estime non significatif. *Le temps*, qui semblerait devoir s'inscrire dans l'Histoire, est chez lui indéterminé et non linéaire ; des années s'écoulent sans que le lecteur soit en mesure de déterminer la durée de l'errance, pourtant datée par maintes références saisonnières, considérées, elles, comme significatives. Le temps humain y est traduit comme une perception fragmentée de l'éternité. Fragmentation rendue sensible par l'usage à peu près constant, dans le récit de la « route », d'un présent intemporel et par la rareté des liens de subordination. Des faits sont juxtaposés : Œdipe avance, sans savoir vers où ni pourquoi. En revanche, la syntaxe et l'utilisation des temps verbaux sont plus complexes dans les récits en abîme, car eux, relevant d'un passé révolu, ont valeur de bilan et prennent place dans le temps de l'Histoire et non dans le temps relatif de la vie. Au rapport en forme d'enquête s'oppose la narration rétrospective, déjà signifiante. L'*espace* est traité de façon comparable, avec une incontestable indifférence au paysage réel, sinon aux réalités du cadre de vie. Si notre culture nous permet de « reconnaître » les rudes solitudes qui séparent la Béotie de l'Attique, ce qui intéresse Bauchau, peintre de la Grèce originelle, ce sont l'eau et le lait, la tempête et le soleil, les odeurs et les objets usuels, éléments déterminants du dialogue de l'homme avec son environnement. Comme dans tout le livre, le détail compte plus que l'ensemble, les symboles plus que les réalités, les lectures de l'instant plus que les théories. On ne s'étonnera donc pas, en ce qui concerne le *statut du personnage*, que le refus de l'écriture romanesque ou historique soit associé à son corollaire, le refus du personnage romanesque, rendu sensible, dans les pages de l'errance, par l'abondance des pronoms personnels sujets, obsédants, lassants parfois, destinés à rappeler au lecteur, à chaque pas, que ces êtres sont à la recherche de leur identité, abandonnés par le romancier, témoin et non juge, à leurs incertitudes. À peu près indifférent à leur apparence physique, Bauchau n'élucide jamais ni leurs motivations, ni leurs sentiments, ni leur réalité psychologique ou morale. L'important pour lui est de les voir agir, et se révéler à eux-mêmes par le comportement qu'ils assument. Écriture blanche, d'une certaine manière, sans complaisance jamais, sans attrait parfois, étrangère à la psychologie, à l'histoire, à la littérature, la seule qui pouvait convenir au récit de la triple errance d'Œdipe, du romancier, du lecteur.

Un réseau de correspondances significatives

Dépassant le niveau de la lecture et de la structure romanesques ou de la reconstruction historique, refusant de se contenter d'une « explication », fût-elle freudienne, se contentant d'observer, à la lumière des faits historiques et des hypothèses qu'ils lui suggèrent, un itinéraire aussi mystérieux que surprenant dans son aboutissement, Bauchau fonde sa lecture d'Œdipe sur le postulat que « la vie abonde en choses surprenantes » (p. 185), et sa première démarche est de nous apprendre à les lire. Quoi de mieux, pour cela, que de suivre le héros, ainsi qu'il nous y invite dans l'*Écriture et la circonstance*, sur un « chemin tout ordinaire comme (Clios) en a tant arpenté durant son voyage avec Œdipe, Antigone et parfois peut-être avec moi » ? Des jeux de correspondances s'établissent, tout au long du livre, dont on ne tarde pas à découvrir qu'ils ne sont pas des ornements mais bien des thèmes signifiants, dont la récurrence et l'entrecroisement concourent à faire entrevoir la signification d'une extraordinaire aventure spirituelle.

Sans prétendre en épuiser l'inépuisable profusion, contentons-nous d'en regrouper certains autour de trois axes majeurs qui permettent d'entrevoir la vie sous-jacente et les complexes entrecroisements du texte :
– Les uns témoignent de l'existence de relations muettes, de communications spirituelles et morales entre des êtres qui peuvent sentir passer entre eux « un échange, une découverte » (p. 74) : sourire rassurant d'Œdipe, « regard intérieur dans son absence et dans sa plénitude » (p. 118), ou encore regard de l'aveugle qui voit passer Thésée au large et lui répond d'un geste « sans que ses compagnons aient pu le prévenir »

(p. 88). Mais cette communication peut également s'opérer par le truchement de l'art : le chant, d'abord refusé puis accepté par Œdipe ; la musique et la danse qui lient Clios et Alcyon ; la peinture dont les couleurs ont une signification métaphorique (on se souviendra du « bleu grave » [p. 48] du manteau d'Antigone) et dont le pouvoir est libérateur (« La couleur grandira avec toi, elle prendra de la place, de plus en plus de place [...]. Quand on a été, comme nous, très loin dans le crime, on ne peut en sortir que par la liberté » [p. 121], dit Œdipe à Clios) ; ou encore l'écriture dont Antigone découvre très tôt les exigences et dont on augure qu'elle « va devenir plus humaine que la parole » (p. 180).

– D'autres se réfèrent aux éléments, à l'eau et au feu surtout, eau lustrale, mer (mère et épouse) révélatrice, initiatrice, destructrice pour Œdipe qui en arrive à s'absorber et se consumer en elle, bondissant « hors de lui-même pour devenir l'époux nombreux de la mer ou son épouse bien aimée » (p. 85) ; mer et feu glorieusement destructeurs dans l'épisode de la Mer intérieure qui voit se consumer Adraste et s'engloutir la Jeune Reine.

– Le dernier, enfin, qui mériterait à lui seul un développement autonome, tant il est au centre de la problématique œdipéenne, associe et entrelace les images successives de la Femme, mystérieuse et double, Sibylle, épouse, mère, fille, servante, blanche, noire, dévorante et soumise, délirante et chaste. Dans la Sphinx il a reconnu la Sibylle – et l'on sait l'importance de ce mythe dans l'œuvre et dans la vie de Bauchau –, mais il l'a perdue pour avoir voulu « toucher son amour » (p. 144) ; dès la première rencontre de Jocaste, descellé de lui-même par l'amour, il a perçu « l'inépuisable ressemblance de la morte et de la vivante. Elle si claire et de regard immense, et la Sphinx avec sa beauté d'Africaine et son corps demeuré sauvage. L'une qui posait la question, l'autre qui semblait la réponse » (p. 146-147). Ce passage trouve son harmonique éclairant dans la danse presque rituelle (p. 168-169) des deux jeunes filles, Antigone et Calliope, la blanche et la noire, qui incarnent les virtualités de la Sphinx et de Jocaste, Antigone, la fille qui pourrait devenir reine, qu'Œdipe, la confondant, dans son délire, avec Jocaste, frappera cruellement et fera s'enfuir, « ensanglantée » (p. 160) – sang virginal, sang « qui a jailli de ses yeux le jour où Jocaste est morte » (*ibid.*) –, Antigone qui se résignera à ne jamais enfanter et se contentera d'une nuit d'amour mystique avec Œdipe, au cours de laquelle son désir s'accomplit à « un autre niveau de vie », pénétrée « par une matière, par une lumière qui l'envahit tout entière » (p. 235), par une force qui « rayonne à travers elle, pénètre Œdipe et fait irrésistiblement s'écrouler les séparations et les pesanteurs qui l'entravent » (*ibid*) ; Calliope qui, après avoir symboliquement accouché d'Œdipe malade (p. 165) et l'avoir ramené à la vie dans les douleurs de l'enfantement, après l'avoir apaisé en lui chantant les chansons africaines de Mérope, sa mère adoptive, sera deux fois refusée sexuellement par son « enfant » qui, grâce à elle, aura compris quel bonheur c'est pour un petit garçon d'avoir une mère aussi jeune qu'elle et, de ce fait, aura vu s'éloigner de lui « l'amère splendeur de Jocaste » (p. 167). Véritable psychodrame associant les quatre images féminines, qui nous fait entrer au cœur même des angoisses et des désirs d'Œdipe, et, en corrélation avec tout le réseau de correspondances significatives, crée un climat propice à sa guérison morale.

La psychothérapie d'Œdipe

L'homme qui, à la fin du livre, s'engage résolument dans la fresque peinte par Clios pour affronter, au-delà des apparences, les incertitudes de l'infini, agit en homme libre et non en héros pardonné. En praticien averti, Bauchau veut faire entendre au lecteur comment Œdipe s'est peu à peu libéré non de sa faute, mais de lui-même, de sa conscience coupable. Tel est le véritable sujet du livre. Suivons les étapes de cette évolution avant d'en examiner les modalités.

Homme de colère et de désir, Œdipe a trop cru en son intelligence et refusé d'entendre la voix qui lui conseillait de ne « jamais éclairer quand il suffit de rester là » (p. 144) ; toujours en quête de fugitifs « états de gloire » (p. 23), animé par la volonté nietzschéenne d'« inventer un sens au vertige et un futur à (sa) folie » (p. 147), il s'est retrouvé seul et criminel : « Fier de ma réussite et de mon savoir, je me suis pris pour un homme accompli. Pire pour un sage. C'est ainsi qu'ont commencé mes malheurs » (p. 142). Sa descente au labyrinthe où il s'était engagé par désir de braver l'interdit aurait pu lui être fatale s'il n'avait été protégé par son corps et par l'amitié de Nestiade de la tentation de retrouver une « vie antérieure » (p. 136), hors du temps. Mais il n'avait pas su entendre l'avertissement. Maudit, sacré, puis pardonné par les hommes au cours de la cérémonie rituelle du Solstice d'Été, il sait qu'il ne pourra redevenir « un homme parmi les autres hommes » (p. 126) que du jour où il sera délié du jugement qu'il a prononcé contre sa propre vie. « Il comprend qu'il lui faut du temps. Il laisse grandir en lui des forces, des actions nouvelles (...) Qui ne font que le traverser, qui viennent il ne sait d'où, qui consument ses violences et ne s'adressent peut-être à personne » (p. 125).

Pour en arriver là, c'est à une véritable psychothérapie qu'il va se soumettre, sous le regard éclairant de Diotime. Découvrant, d'abord, avec Clios, « n'importe où, n'importe comment » (p. 84), dans la violence et le désarroi, « le bonheur de n'être plus ni le sens ni le centre de (soi-même) » (*ibid.*), il franchit une première étape dans la sculpture de la vague, épreuve qui lui permet, face à la mer et à la douleur, de voir plus clair dans son passé : « La Sphinx a disparu comme s'effacent les vagues. Il a cru en être cause (...) sans voir qu'en face de lui une autre vague, bien plus haute, se soulevait déjà (...) il faut affronter la tempête tout entière avec sa succession de vagues pour retrouver le port » (p. 92-93).

Dès cet instant, le passé est en voie d'être assumé : Œdipe obtient en rêve qu'Antigone le rejoigne sur la falaise, Antigone qu'il nommera désormais « de cette façon déchirante : ma sœur » (p. 93-94).

La deuxième étape importante sera la découverte du chant, à l'instigation de Diotime, d'un chant qui, longtemps refusé, jaillira soudain, informe, pathétique et libérateur, cri primal, hurlement de loup venu du fond des âges, auquel, « sentant remonter en eux la mémoire de l'ancêtre » (p. 129), s'associent ses proches ; un chant qui, peu après, sous une forme plus élaborée, lui permettra de dire enfin la Sphinx et Jocaste. Un peu plus tard – troisième étape significative –, après sa maladie et la parturition symbolique de Calliope, Œdipe redevient effectivement homme de décision, maître de ses désirs, prêt à affronter le destin qu'il a choisi, assez fort physiquement pour porter Antigone dans ses bras, assez fort aussi moralement pour affronter le rire qui démystifie définitivement le tragique : « Oui, Œdipe le criminel rit de lui-même » (p. 186) ; il rit parce que, au fond, ce dont il avait fait « le drame de Thèbes, une affaire d'État, l'histoire terrible d'un roi et d'une reine (...) n'était que l'histoire d'un enfant malheureux » (*ibid*).

Heureux d'avoir pu « surmonter ses propres peurs » (p. 233), il est désormais prêt à passer au-delà des apparences, après qu'Antigone, au cours de leur nuit mystique, lui aura, par un seul cri – « Œdipe, tout à un sens » (p. 235) – permis d'accepter à nouveau l'irrationnel, la passion, le désir, le héros mythique naguère honni. Prêt aussi, après avoir annoncé à Athènes un avenir glorieux et passé la main à Sophocle, à s'engager seul sur la route.

Au début de cette évolution qui permet à Œdipe – reprenons les mots de *la Déchirure* – de « retrouver l'aiguillage et le lieu de l'erreur », le rôle de Diotime est déterminant : « On ne peut pas faire cela tout seul. Mais on n'est pas seul. On peut appeler à l'aide. » C'est elle qui lui permet de se prendre en main, en lui suggérant ou lui imposant les modalités d'action sur et contre lui-même ; en tenant à ses côtés le rôle dévolu à la psychothérapeute. Elle lui impose le recours à l'art : si la musique et la danse avaient, pour Clios et Alcyon, abouti à un échec car, confie Clios, « mon âme était endormie (...) et je n'ai pu tirer aucun espoir de renaissance, aucune possibilité de vie de ce que j'ai vu ce jour-là » (p. 78), il n'en ira pas de même pour Œdipe qui, grâce à Diotime, découvre la vertu cathartique du *chant*. Plus efficace encore sera la *sculpture*. Le premier essai est concluant puisque, à partir d'une branche d'olivier, Œdipe sculpte une source que Diotime la première sait reconnaître. Succès de l'art : l'invisible devient évident. La sculpture de la falaise va dans le même sens : Œdipe tenant « tout un présent sous le maillet » (*La Déchirure*) doit affirmer la force de la barque et de son pilote – Œdipe lui-même, tel qu'il est, aveugle – contre la vague. C'est lui qui, surmontant sa peur, sculptera le plus difficile, la vague qui pourrait noyer les hommes, et Antigone se plaira à constater que « sans l'action d'Œdipe, la vague qui était délire, rien que délire, serait maintenant en train de nous engloutir » (p. 108-109). Grâce à lui, cette « aventure qui a meurtri leurs corps et lié leurs esprits » (p. 122) s'est révélée généreuse et libératrice : « ce qui est sorti de leur fatigue (...) est cette fois donné. Donné au ciel, à la mer, aux astres, aux désastres, à l'oubli, à l'effacement final » (*ibid.*). Une autre pratique efficace est celle des *corps*, amorce d'une psychothérapie collective : Œdipe guérisseur est lui-même surpris du bonheur « au cours de ces longs et mystérieux contacts qu'il redoutait tellement » (p. 158). C'est l'Autre, tous les autres qu'il retrouve « dans ce qu'ils ont d'indicible et pourtant de commun ». (*ibid.*) Mentionnons enfin l'*écriture* dont Antigone a découvert très tôt l'importance et la rigueur et qui, plus tard, apportera une aide définitive à Œdipe : « (il) écrit des choses qu'on ne pourrait pas dire. Peut-être que l'écriture va devenir plus humaine que la parole » (p. 180), constate avec surprise Diotime, consciente que désormais sa tâche est achevée : il suffira à Œdipe de rencontrer celui qui aura pour mission de dire et de lier la passé à l'avenir, l'univers tragique à celui des hommes, un homme de lumière, « une sorte de père, une sorte de fils » (p. 237) entrevu en songe, Sophocle, dont le nom revient péniblement à sa mémoire. « Ce qui attire Œdipe et Antigone à Athènes, c'est l'écriture. L'écriture qui va les dire, le théâtre qui les fera agir. » (*L'Écriture et la circonstance*.)

L'errance terrestre d'Œdipe est achevée, du moment où il a implicitement passé le flambeau et dépassé sa propre et illusoire culpabilité : il peut poursuivre sa route, en pénétrant dans la fresque de Clios pour y retrouver un jour, étape nouvelle mais non fin de course, l'Œdipe de Bauchau, Henry Bauchau lui-même, vous, moi ; pour y retrouver aussi les dieux avec lesquels il pourra désormais dialoguer en homme libéré d'un destin tragique, ayant découvert dans le dialogue éclairant avec soi, avec les autres, avec le réel, par-delà la vanité des fautes, des remords et des pardons espérés, « la lumière inespérée » (p. 148) qu'il attendit un jour de Jocaste. La vie et les vivants.

ÉLÉMENTS BIOBIBLIOGRAPHIQUES

1913 : Naissance à Malines où son père est ingénieur. Famille d'origine mosane par son père, de Louvain par sa mère.

1920-1931 : Études secondaires à Bruxelles.

1931-1939 : Études de droit. Service militaire. Avocat en 1936. Activités dans le journalisme et les mouvements étudiants et chrétiens. Secrétaire de rédaction de la revue *la Cité chrétienne*. Se marie, aura trois enfants.

1939-1946 : Mobilisé en 1939. Campagne de mai 1940. Fonde avec des amis le service des « Volontaires du travail », qu'il dirige. Démissionne, suivi par la grande majorité des membres, quand en 1943 l'occupant veut y faire entrer des collaborateurs. Entre dans la Résistance armée, blessé dans le maquis des Ardennes en 1944. Fonde en 1945 une maison de distribution et d'édition à Bruxelles et à Paris où il s'installe en 1946.

1947-1951 : Psychanalyse avec Blanche Reverchon-Jouve, épouse du poète Pierre-Jean Jouve. Recommence à écrire.

1951-1975 : Installation en Suisse. Fonde et dirige à Gstaad l'Institut Montesano, collège international pour jeunes filles. Divorce et se remarie en 1953 avec Laure Henin. Écrit des poèmes et, en 1954, une pièce de théâtre : *Gengis Khan*.

En *1958*, publication d'un premier livre de poèmes : *Géologie* (Gallimard) qui obtient le prix Max-Jacob.

En *1960*, *Gengis Khan* est monté aux Arènes de Lutèce par Ariane Mnouchkine.

En *1961*, mort de sa mère, commence un premier roman : *La Déchirure* publié en *1966* (Gallimard).

En *1964*, *L'Escalier bleu*, recueil de poèmes (Gallimard).

En *1969*, publie une seconde pièce de théâtre : *La Machination* (Rencontre).

En *1972*, publication d'un second roman : *Le Régiment noir* (Gallimard) et d'un recueil de poèmes, *Célébration* (Rencontre). Pendant les années *1965-1968*, psychanalyse didactique avec Conrad Stein.

1975-1983 : Départ de Gstaad, installation à Paris où il travaille comme psychothérapeute dans un hôpital de jour pour adolescents en difficulté.

Publie, en *1975*, *La Chine intérieure*, poèmes (Seghers).

En *1981*, *La Sourde Oreille ou le Rêve de Freud*, poèmes (L'Aire-Lausanne).

Termine l'*Essai sur la vie de Mao Zedong* auquel il a travaillé huit ans et qui est publié en *1982* (Flammarion).

Chargé de cours à l'Université Paris VII. Son enseignement porte sur les rapports de l'art et de la psychanalyse.

1984-1995 : Commence en 1984 le roman *Œdipe sur la route* qu'il écrira pendant cinq ans.

Reçoit en *1985* le prix Quinquennal de littérature pour l'ensemble de son œuvre.

En *1987*, parution de *Poésie 1950-1986* (Actes Sud) qui regroupe toute son œuvre poétique et de nombreux inédits.

En *1988*, *L'Écriture et la Circonstance*, conférences à la chaire de poétique de l'Université catholique de Louvain.

En *1990*, *Œdipe sur la route*, roman (Actes Sud) qui obtient le prix Antigone à Montpellier et le prix Triennal du roman à Bruxelles.

Élu à l'Académie royale de littérature française de Belgique.

En *1991*, *Diotime et les lions*, récit (Actes Sud). L'université de Bologne organise un colloque international sur son œuvre en novembre 1991.

En *1993*, *Jour après jour*, journal, 1983-1989 (Les Éperonniers) consacré surtout à l'écriture d'*Œdipe sur la route*.

En *1994*, sortie des traductions italienne anglaise, japonaise et tchèque d'*Œdipe sur la route*. Traduction en italien de *Diotime et les lions*.

En *1995*, *L'Arbre foul*, récits (Les Éperonniers).

HENRY BAUCHAU PARLE DE LA GENÈSE ET DE LA SIGNIFICATION D'*ŒDIPE SUR LA ROUTE*

(Voici, extraites de *l'Écriture et la circonstance*, les pages qu'Henry Bauchau consacre à *Œdipe sur la route*. Elles nous semblent indispensables à la perception, de l'intérieur, du sens du roman.)

Après avoir terminé l'*Essai sur la vie de Mao Zedong*, je commence un troisième roman. J'en écris une première version mais quand, au début des vacances d'été de 1982, je veux entreprendre la version définitive, j'oublie à Paris le premier cahier du texte initial. Il me faut quelques jours pour me le faire envoyer. Lorsque je le reçois, je me suis engagé dans l'écriture d'un poème et je me heurte à un refus intérieur catégorique de me remettre au roman. Je suis obligé de l'abandonner et, pendant cet été et les années qui suivent, je me sens incité ou peut-être contraint d'écrire les poèmes du recueil *les Deux Antigone* qui seront publiés en 1987 par Actes Sud dans l'ensemble de mes poèmes intitulé : *Poésie 1950-1986*.

L'écriture d'un de ces poèmes : *Les Deux Antigone*, m'a pris deux mois et m'a mené à la limite de mes forces. Ce poème, qui demeure à mes yeux le plus attentif de ceux que j'ai écrits, a eu une grande importance dans l'évolution de mon œuvre en ramenant dans mes perspectives d'écriture deux personnages auxquels je m'intéressais depuis longtemps : Œdipe et Antigone.

Ce poème a trait aux événements de ma vie, j'y exprime ce que j'ai vécu, on y voit apparaître le souvenir « des genoux puissants de mère en beauté jeune », l'image de la femme aimée comme un « soleil levant de velours bleu », celle de Mérence et celle de la Sibylle.

Derrière ce regard initial, il y en a un autre qui ne m'est apparu qu'après la fin du poème et qui a trait au rapport du poète avec l'écriture et la langue. Dès le premier vers – qui fut un vers donné – le poème dit : « Ainsi le temps nous fait l'un pour l'autre Antigone. » Le poète suscite l'écriture qui ensuite le soutient et le guide dans son parcours aveugle. C'est « la lumière Antigone en lumière acharnée » qui forme « ce dessein d'une tête aveuglée / Éclairée, consumée, habitée par le Dieu ». Cette tête est celle du poète qui à son tour découvre dans la poésie :

La reine délivrée par le porte-lumière
Toute en vitrail brisé par le feu, par le jeu
Toute par le vrai corps avançant vers le Dieu
Vers son amour énigmatique, en labyrinthes
Où je suis cet aveugle avec sa lampe éteinte.

Ce parcours du poète et du poème se fait sous le signe des « feux de la Sibylle » et de « l'ange du péril » car « la beauté foudroyée, étreinte d'allégresse » erre comme Gérard de Nerval, Hölderlin ou Van Gogh sur les confins fascinés du violet de la folie, sur la scène :

Où nous sommes sans roi, sans emploi pour les reines
Où le cœur parle au cœur : Il est tard, Antigone
Œdipe sur la route approche de Colone.

À la fin de son périple aveuglé le poète peut, comme Œdipe aux portes d'Athènes, devenir voyant. Quittant les paradis perdus de la nostalgie, il invente les « paradis perdants » de l'œuvre conçue dans les dimensions de sa propre existence et de son époque, avec les limitations et les surprises émerveillées des « mots de la tribu ». Le poète, lié d'amour à l'écriture et à la langue, demeure cependant séparé d'elles. Il ne va pas vers la fusion mais vers la création :

Princes et suppliants, princes dans le royaume
D'Antigone, avançons l'un dans l'autre, Antigone.

En 1984, alors que je songe à reprendre le roman abandonné deux ans plus tôt, les personnages d'Œdipe et d'Antigone ne m'apparaissent plus comme des thèmes de poèmes mais comme des personnages de roman. Cela ne m'inquiète pas car je n'envisage alors qu'un récit bref. Je commence à l'écrire et peu à peu je m'aperçois que, contrairement à mon désir apparent, c'est un long roman qui s'esquisse. Je me retrouve embarqué dans une vaste entreprise, celle d'accompagner Œdipe et Antigone dans le long voyage qui doit les mener de Thèbes, cité royale du désastre et de l'aveuglement, à Colone, lieu de la clairvoyance, de la mort et de la gloire d'Œdipe. Je termine à la fin de l'été 1986 une première version de cet *Œdipe sur la route* et je travaille encore maintenant à sa version définitive. Cet Œdipe, inspiré du mythe grec et des tragédies qu'il a suscitées, est cependant un Œdipe après Freud. Comme Lévi-Strauss l'a justement remarqué, Freud, en plaçant le mythe d'Œdipe dans un autre contexte de pensée, a créé un mythe moderne. Il l'a fait en partant de l'*Œdipe* de Sophocle et il s'arrête au moment où son héros s'aveugle. Il ne parle pas d'*Œdipe à Colone* et c'est Conrad Stein qui, dans son beau texte sur *la Mort d'Œdipe*, remarque que, parvenu à Colone, Œdipe n'est plus le « seul scélérat », ainsi que Freud s'est vu lui-même au milieu des bien-pensants, ni un misérable qui s'est mutilé dans une crise de désespoir, mais qu'il est devenu « un divin mendiant ». Les étapes de cette transformation, les épreuves, les rencontres, les inspirations qui l'ont permise forment le sujet de ce roman.

Une première question s'est posée à moi : pourquoi Œdipe a-t-il choisi de s'aveugler ? Cette question, à laquelle on peut faire de nombreuses réponses, suscite plutôt en moi une autre interrogation : Œdipe peut-il se suicider ? Il faut peut-être s'étonner ici, car la réponse d'un héros antique à un grand et irréparable désastre était le suicide. C'est l'issue que choisit Jocaste, la reine, que je ne vois pas du tout, ainsi qu'André Bonnard, comme une femme « d'une sagesse médiocre ». Elle me semble au contraire un personnage pleinement royal, le seul de la fin d'*Œdipe roi*. C'est en vain qu'elle a tenté d'écarter Œdipe de la recherche à tout prix de la vérité pour défendre son propre royaume, qui est celui du principe du plaisir. Œdipe en transgresse les frontières et dévoile aux yeux de tous qu'ils ont été, qu'ils sont « les époux délirants » ainsi que va les nommer Eschyle. Elle est encore la Reine, mais elle est surtout « la mère épouse aveuglée » que verra Freud. Elle comprend que la grande aventure amoureuse et politique, pour laquelle elle était faite, est finie. Alors, sans un mot, sans s'accuser ni se justifier, elle se retire et se tue. Jocaste est une vraie reine antique, un vrai personnage tragique dont le destin ne peut s'accomplir que dans le triomphe ou la mort.

Œdipe ne choisit pas cette voie royale et l'on peut dire qu'en somme il ne vole pas si haut. Il risque tout dans la course folle de la tragédie, tout sauf sa vie. Œdipe est un coureur de fond. En s'aveuglant, il joue, il vit une scène tragique mais il continue à vivre. C'est pourquoi *Œdipe à Colone* a pu, a dû sans doute poursuivre l'action d'*Œdipe roi* dans l'œuvre de Sophocle.

Œdipe refuse la fin royale de Jocaste et la destinée du héros tragique, il garde en lui l'espérance – et l'acharnement – de découvrir un plus de vie dans un plus de sens, comme le font ceux qui entreprennent leur analyse. Les malades psychiques, comme Œdipe, ne voient pas ce qui leur crève les yeux et c'est en travaillant leur aveuglement par l'analyse qu'ils entreprennent d'aller vers plus de clairvoyance.

Ce n'est pas le choix de Jocaste, et des associations me soufflent que ce n'est pas non plus celui de Socrate qui aurait pu s'échapper de sa prison, comme ses amis le conjuraient de le faire. Il a refusé cette fuite, préférant boire la ciguë pour demeurer fidèle à une certaine idée, peut-être, qu'il avait de lui-même et du respect dû aux lois de la cité. Pourquoi le nom de Socrate me traverse-t-il ici l'esprit ? C'est parce qu'il m'évoque ma première analyste en qui je voyais une sibylle. Quelqu'un, qui a été aussi en analyse avec elle, m'a dit récemment que, pour lui, elle était Socrate. Quelle surprise que la confrontation de ces deux images. Socrate, le grand interrogeant, celui qui faisait voir qu'on ne savait pas ce qu'on croyait savoir et que l'on savait ce que l'on pensait ignorer. Socrate qui est une image laïque, alors que la Sibylle était une image reliante qui vous rattachait à la parole entrecoupée du dieu, du prophète ou du poète et à la part mystérieuse de l'existence. Une autre association me fait voir que Jocaste est, elle aussi, un personnage laïc qui se satisfait de la vie comme elle est et qui l'interrompt elle-même, par un acte volontaire auquel les dieux n'ont point de part, lorsqu'elle s'aperçoit que le règne du plaisir s'obscurcit.

Œdipe est-il un personnage laïc ou sacré ? Ou est-il assez vaste pour être l'un et l'autre comme celle qui pouvait faire naître à la fois les images de Socrate et de la Sibylle ? Il faut observer ici qu'Œdipe, pendant sa longue errance, a pu se voir comme un personnage comique : le devin qui n'a rien compris à sa propre énigme, le héros qui soulève à grand-peine une énorme pierre pour la faire retomber sur ses pieds. Celui qui n'accepte pas de mourir dans la tragédie entre forcément dans les petits problèmes et les comédies de la vie courante. Comédie qui risque de devenir sinistre pour un mendiant aveugle destiné, semble-t-il, à périr de misère en s'écroulant dans quelque trou. Comédie triste, comédie de clochard dans laquelle Œdipe ne tombe pas car Antigone, d'un esprit et d'une main fermes, le maintient à jamais dans le monde de la tragédie.

La mort glorieuse d'Œdipe est encadrée par la mort tragique de deux femmes. Celle de Jocaste qui, dans le jardin du principe du plaisir, demeure volontairement en deçà de la sublimation. Celle d'Antigone qui est peut-être au-delà. Depuis Freud, *Œdipe roi* a un peu effacé *Antigone* dans l'admiration portée à l'œuvre de Sophocle. Tel n'était pas le point de vue des romantiques allemands et Hegel – qui a tenté de traduire *Œdipe à Colone*, comme son ami Hölderlin a traduit *Antigone* – a dit d'Antigone qu'elle était « la plus noble figure qui soit apparue sur la Terre ».

Œdipe entreprend avec Antigone un très long voyage. Dans la perspective d'*Œdipe roi*, ce voyage semble un châtiment, la conséquence de ses erreurs et du piège que lui ont tendu les dieux. Au contraire, dans la perspective d'*Œdipe à Colone*, il s'agit d'un voyage initiatique où, d'épreuve en épreuve et de découverte en invention, le voyageur s'initie à la nécessité intérieure, s'en inspire et se ressource en elle. Antigone fait le même voyage et si Œdipe, en arrivant à Colone, est un voyant qui se dirige lui-même vers le lieu de son accomplissement, elle, à son retour à Thèbes, est prête à affronter seule Créon et à mourir pour les lois du cœur qui sont au-dessus de celles de la cité.

Au cours de leur long périple on peut penser qu'ils se parlent, qu'ils s'écoutent. Lui, l'irréductible chercheur de la vérité, elle, la fille intraitable d'un père intraitable comme l'appelle le Coryphée. Ils dialoguent et chacun, en face de lui, trouve à qui parler. Ce dialogue perdu, imaginaire, a été pour moi une source d'inspiration proche de celle dont Gérard de Nerval a dit : « La Muse est entrée dans mon cœur comme une déesse aux paroles dorées ; elle s'en est échappée comme une pythie en jetant des cris de douleur. »

Pendant les premiers jours de son voyage avec Œdipe, je vois Antigone – car il s'agit d'une sorte de vision – attaquée par un jeune criminel qui veut la violer et la tuer. Habituée à la lutte par ses deux terribles frères, Étéocle et Polynice, elle se défend seule avec acharnement mais Clios, le criminel, finit par la terrasser. Alors, dans un mouvement de confiance enfantine, elle appelle au secours son père aveugle. Œdipe survient et armé seulement de son bâton finit, au terme d'une longue lutte, par abattre son adversaire. Au moment où, comme une suite naturelle de sa victoire, il va tuer Clios, Antigone l'arrête. Œdipe l'épargne et lui rend ses armes. Le lendemain Clios, subjugué, leur demande la permission de les accompagner et il va vivre avec eux pendant une grande partie de leur voyage.

Quand, avant de l'écrire, j'ai vu cette scène, je ne savais pas que Jacques Lacan dans son séminaire « Antigone dans l'entre-deux-morts » de *l'Éthique de la psychanalyse* avait dit : « Antigone choisit d'être purement et simplement la gardienne de l'être du criminel comme tel. » Dans la tragédie *Antigone*, elle défend les droits de Polynice, ceux du criminel, après sa mort. Dans mon livre elle défend aussi les droits des criminels qui, comme Œdipe et Clios, veulent vivre en se transformant intérieurement.

À travers les années, les épreuves, les joies, Œdipe et Antigone parviennent à Colone. Qu'est-ce qui, à travers moi, les appelle en ce lieu ? Je me suis longuement interrogé à ce sujet et quelque chose qui ressemble à une réponse ou à une découverte tardive a fini par m'apparaître. Ce n'est pas un dieu qui les appelle car pour moi, ainsi que je l'ai dit dans « La Circonstance éclatante [1] », ce qu'on peut appeler le côté divin de l'écriture est antérieur à sa naissance et à l'œuvre produite qui ne se dirige pas vers les dieux mais vers le plus humain en nous. Ce qui attire Œdipe et Antigone à Athènes, c'est l'écriture. L'écriture qui va les dire, le théâtre qui les fera agir. Et celui qui les appelle, c'est Sophocle.

---

1. Titre de la première conférence de *l'Écriture et la circonstance*. *(N.d.É.)*

À Colone, ils retrouvent Clios. Il est devenu peintre et a été appelé à Athènes par le roi Thésée qui lui fait peindre des thèmes mythologiques. Pour son propre plaisir et celui du petit peuple athénien, Clios a peint sur un mur modeste, dans un lieu écarté, une fresque qui représente un chemin de terre. Un chemin tout ordinaire comme il en a tant arpenté durant son voyage avec Œdipe, Antigone et parfois peut-être avec moi. Un chemin bordé de buissons, de ronces, de fougères et coloré ici et là par quelques touffes de coquelicots.

Œdipe, devenu voyant, précède et guide le roi Thésée vers le lieu où il doit se rendre. Il découvre au passage la fresque de Clios. Renonce-t-il alors à la mort glorieuse qui lui a été promise ?

Je vois seulement qu'il entre dans l'œuvre de son ami et s'enfonce dans le chemin de terre de son long pas tâtonnant. Quand il parvient à la ligne d'horizon, il n'est plus qu'un point qui s'efface, mais comme la perspective se prolonge à l'infini je sais, lorsque je ne le vois plus, qu'il est toujours sur la route. Comme Antigone, qui nous dit encore aujourd'hui, par la voix de Sophocle : « Je suis de ceux qui aiment, non de ceux qui haïssent. »

TABLE

1 –	Les yeux d'Œdipe	7
2 –	Clios	18
3 –	Alcyon	51
4 –	Le refus d'Antigone	80
5 –	La Vague	89
6 –	Le solstice d'été	124
7 –	Le Labyrinthe	131
8 –	Calliope et les pestiférés	150
9 –	Les portes de Thèbes	171
10 –	Constance	179
11 –	Histoire des Hautes Collines	188
12 –	La Jeune Reine	204
13 –	Les chiens de la nuit	218
14 –	La route de Colone	226
15 –	Récit de Narsès à Diotime	241
16 –	Le chemin du soleil	254

Lecture de Robert Jouanny 260
Quelques éléments biobibliographiques 272
Henry Bauchau parle de la genèse et de la signification d'Œdipe sur la route 276

DU MÊME AUTEUR (SUITE)

Essais

Pierre et Blanche, Actes Sud, 2012.
Essai sur la vie de Mao Zedong, Flammarion, 1982.

Théâtre

La lumière Antigone, Actes Sud, 2009.
Théâtre complet, Actes Sud, 2001.
Prométhée enchaîné d'Eschyle, Cahiers du Rideau, 1998.
Gengis Khan, Mermod, 1960 ; Actes Sud, 1989.
La machination ou *La Reine en amont,* L'Aire, 1969.

5501
Composition
PCA à Rezé
*Achevé d'imprimer en Slovaquie
par NOVOPRINT SLK
le 27 février 2024*

1er dépôt légal dans la collection : mars 2000
EAN 9782290301524
OTP L21EPLNJ00104-633575-R8

ÉDITIONS J'AI LU
82, rue Saint-Lazare, 75009 Paris

Diffusion France et étranger : Flammarion